» LA GAJA SCIENZA «

VOLUME 1375

FIORE DI ROCCIA

Romanzo di
ILARIA TUTI

PROPRIETÀ LETTERARIA RISERVATA
Longanesi & C. © 2020 – Milano
Gruppo editoriale Mauri Spagnol

www.longanesi.it

ISBN 978-88-304-5534-4

I edizione giugno 2020
II edizione giugno 2020
III edizione giugno 2020
IV edizione luglio 2020
V edizione luglio 2020
VI edizione settembre 2020
VII edizione ottobre 2020
VIII edizione dicembre 2020
IX edizione dicembre 2020
X edizione giugno 2021
XI edizione settembre 2021
XII edizione ottobre 2021
XIII edizione marzo 2022
XIV edizione agosto 2022

Per essere informato sulle novità
del Gruppo editoriale Mauri Spagnol visita:
www.illibraio.it

Questo libro è stampato col sole

Azienda carbon-free

Fotocomposizione Editype S.r.l.
Agrate Brianza (MB)

Finito di stampare
nel mese di agosto 2022
per conto della Longanesi & C.
da Grafica Veneta S.p.A. di Trebaseleghe (PD)
Printed in Italy

FIORE DI ROCCIA

A papà.
Ora capisco perché eri così orgoglioso di essere un alpino.

A Maria Gabriella Tuti,
esempio luminoso di forza e amore.

«*Anin, senò chei biadaz ai murin encje di fan.*»
Andiamo, altrimenti quei poveretti muoiono anche di fame.

Maria Plozner Mentil (1884-15 febbraio 1916)

Maggio 1976

Affondò le rughe delle mani in quelle della terra, in un gesto che racchiudeva la tenerezza del ritorno alle origini, il cercare le radici sul fondo umido, annodarle alle dita e tirare a sé quanto era rimasto, in una parte di mondo che si era fatta breccia dalla valle fino alle vette.

La Carnia aveva tremato, il Friuli si era squarciato e sanguinava nel silenzio di polvere. L'Orcolat, lo avevano già ribattezzato i figli della terra schiantata in macerie: l'orco che secondo la leggenda viveva in quei recessi di pietra si era risvegliato, scrollandosi di dosso l'umanità. Il terremoto aveva impresso sui sismografi un tracciato che i telegiornali continuavano a riproporre. Se presa e tirata tra dita immaginarie, quella linea di cuspidi acute avrebbe disegnato il referto di un cuore commosso. Ancora una piccola tensione, e avrebbe ricordato il profilo delle montagne.

La donna alzò lo sguardo alle cime e fu come ritrovare un'abitudine mai estirpata, sentirsi ridisegnare tra solchi remoti, per lungo tempo abbandonati.

Non rivedeva la sua terra da decenni. Aveva attraversato oceani per ritornare dove tutto era iniziato, ora che tutto sembrava essere stato cancellato. Eppure i suoi occhi riuscivano ancora a seguire gli antichi camminamenti per la fienagione che si inerpicavano chiari fino ai magri prati d'altura. Il pal *era lassù, oltre i boschi, con la sua corona di rocce e di trincee. Mai più solo misero pascolo, ma sacrario benedetto.*

I calcinacci scivolarono tra le sue dita assieme al terriccio.

Riconobbe nel vento il richiamo della valle.

E il ricordo di ciò che era stato tornò a scorrerle nel sangue.

1

Giugno 1915, la Guerra

Da bambina vidi un branco di lupi su queste montagne.

Mio padre li indicò tra i rami carichi di neve, oltre il dosso che ci riparava. Erano una fila peregrinante sull'altra sponda del ruscello.

Mi convinsi di poter afferrare il loro odore nel vento. Lo ricordo ancora: pelliccia bagnata e vita raminga, un'asprezza calda, sangue selvatico.

Il fucile restò sulla spalla di mio padre.

«I lupi non si mangiano» mi disse in un sussurro che portava le impronte della sua voce tonante. Aveva un petto largo, che adoravo sentir sussultare sotto la guancia a ogni scoppio di riso.

Con quelle parole spiegò tutto, mi armò di una legge di vita e di una consapevolezza che non ho mai perduto. Lui ha sempre saputo quale fosse il posto dell'uomo in questo mondo.

Le bestie che scalfivano il ghiaccio con artigli consunti non assomigliavano a quelle delle fiabe. Erano magre e curve. Erano occhi dorati su musi affilati dalla fame, come i nostri. Quell'inverno, il gelo stava bastonando tutte le creature di Dio.

Il lupo che precedeva i compagni zoppicava, la femmina che lo seguiva aveva mammelle esauste che sfioravano terra. I due esemplari più giovani erano poco più che cuccioli, l'andatura tradiva la loro inquietudine: sapevano che non sarebbero stati capaci di badare a loro stessi. Il manto indicava privazione e fatica: larghe chiazze rivelavano le curve delle coste sotto la pelle.

La mia paura si trasformò in pietà. Era un branco morente.

Non ho mai più rivisto i lupi in questa terra. Ancora oggi, da adulta, mi chiedo quale sia stata la loro fine. Eppure, ora mi sembra di riaverli davanti agli occhi. Solo che adesso le loro sembianze sono umane, abitano questa chiesa mentre il prete asperge d'incenso l'aria rafferma. I banchi sono quasi tutti vuoti. I capi chini appartengono a donne e qualche bambino. Gli infermi sono rimasti nelle case. Non ci sono più uomini in forze, a Timau. È scoppiata la guerra.

Il portale ha un sussulto che ci fa voltare, proprio come animali in allerta. Entra un ufficiale, il passo svelto, gli stivali che battono il suolo sacro. Si avvicina al prete senza dargli il tempo di scendere dal pulpito. La guerra è profanatrice, e quel suo figlio non è da meno. Guardiamo la sua bocca dalle labbra sottili articolare parole che solo i due possono sentire.

Don Nereo è turbato quando poi si rivolge a noi.

«I battaglioni schierati nella Zona Carnia sono in difficoltà» annuncia. «Il Comando Logistico e quello del Genio chiedono il nostro aiuto. Servono spalle, per assicurare i collegamenti con i depositi del fondovalle.»

I generali e gli strateghi del Comando Supremo hanno finalmente compreso ciò che contadini e taglialegna sanno da sempre: non ci sono rotabili che portino ai contrafforti, né mulattiere per trasportare lassù viveri e munizioni a dorso di mulo. Le linee difensive sono isolate sulle vette, migliaia di giovani sono già ridotti allo sfinimento, ed è solo l'inizio. Li ho sognati, la scorsa notte, immersi nel sangue. Scorrevano come fiori pallidi portati a valle da una corrente purpurea.

La voce del prete ha tremato invocando il nostro aiuto, e io so perché. Prova vergogna. Sa che cosa ci sta chiedendo. Sa che cosa significa salire questi pendii impietosi, per ore, e farlo con le granate che tuonano come l'ira di Dio sopra le teste.

Accanto a lui, l'ufficiale ci fronteggia senza mai incontrare con lo sguardo i nostri volti. Dovrebbe farlo. Si renderebbe conto di ciò che gli sta davanti. Lupe stanche, cuccioli affamati.

Si renderebbe conto del branco morente che siamo.

2

Ci siamo riunite con il buio, quando gli animali, i campi e gli anziani costretti a letto non avevano più necessità da soddisfare. Ho pensato che da sempre siamo abituate a essere definite attraverso il bisogno di qualcun altro. Anche adesso, siamo uscite dall'oblio solo perché servono le nostre gambe, le braccia, i dorsi irrobustiti dal lavoro.

Nel fienile silenzioso, siamo occhi che inseguono altri occhi, in un cerchio di donne d'ogni età. C'è chi ha il figlio attaccato al seno. Qualcuna è poco più di una bambina, se di questi tempi è ancora ammesso esserlo, se in questa terra aspra che non concede mai nulla per nulla sia mai stato possibile esserlo. Mi guardo le mani: non sono quelle delle dame di cui leggo nei libri di mio padre. Unghie crepate, schegge che hanno formato calli e un reticolo di ferite rapprese le une sulle altre. In alcune, il terriccio è penetrato in profondità, è diventato carne. Il sangue che ho stillato goccia a goccia nei solchi dei campi mi ha resa più che mai figlia di questa valle.

Le mie compagne non fanno eccezione, hanno corpi forgiati dalla fatica con cui conviviamo ogni giorno. Nate con un debito di lavoro sulle spalle, diceva mia madre, un debito che ha la forma della gerla che usiamo per cullare i figli così come per trasportare fieno e patate.

I bagliori della lampada a olio ci trasformano in confini tremolanti tra ombra e luce, tra ciò che è desiderio e ciò che è obbligo. Non siamo abituate a chiederci che cosa vogliamo davvero, ma questa notte, per la prima volta, dovremo farlo.

«Ci hanno appena dato il permesso di tornare nelle nostre case e adesso dobbiamo uscire per andare a rischiare la vita?»

Viola dà voce al pensiero di tutte. Io e lei siamo nate la stessa notte di Natale del 1895 e ci sentiamo sorelle, ma la sua lingua è sempre stata più sciolta e veloce della mia.

«Hanno capito che vivere nell'ultimo paese prima del confine e parlare un dialetto tedesco non vuol dire stare dalla parte degli invasori. Non è mai troppo tardi» mormora Caterina. È la più grande tra noi e in apparenza la più calma. Sembra non possa essere scalfitta, come la pietra più resistente, e come una pietra è rimasta immobile da quando ci ha raggiunte, curva nella veste scura della vedovanza, i capelli lanuginosi e striati di bianco raccolti in una crocchia bassa. In verità, sotto lo scialle le dita nocchiute come legno di fiume non hanno mai smesso di lavorare a maglia.

«Sospettano ancora di noi, altroché!» ribatte Viola. «Se no perché mandare i nostri uomini sul Carso, invece che sulle montagne che conoscono?»

«Tu il marito non ce l'hai, Viola, e nemmeno il fidanzato» la zittisce Caterina, senza mai alzare lo sguar-

do dalla calza che prende forma tra le sue ginocchia.
«Forse per questo sei arrabbiata. Ora dove lo trovi uno disposto a prenderti?»

Le più giovani ridono, le altre donne si concedono un sorriso fugace, come se fosse indecente dimenticare la morte anche solo per un istante. Forse lo è, o forse invece sarebbe necessario.

Viola si ritrae, pizzicata da un pungiglione che intendeva essere benevolo.

«Qualcuno è rimasto» dice, con tono così sommesso che sembra voler rincuorare se stessa. I suoi occhi sfuggono alle redini della volontà e mi cercano. So a chi sta pensando, e lo sanno anche le altre: le attenzioni che Francesco Maier mi riserva la consumano da mesi. Il figlio dello speziale è abituato a prendere senza chiedere e non intende ragioni. Non ricambio il suo interesse, ma Dio non voglia che Viola si allontani da me.

Lucia, rimasta in silenzio fino a questo momento, ci viene in soccorso con l'istinto materno che le è proprio fin da quando era ragazzina e badava a noi, più piccole di qualche anno.

«Magari lassù, tra le cime, incontrerete un bell'alpino» dice.

Scoppiamo a ridere e finalmente mi sembra di poter respirare, ma il silenzio ritorna presto sulle nostre bocche. Mi pare di assaporarlo, ha la consistenza vischiosa e il sapore salato del dubbio: più te ne cibi, più ne avverti il bisogno, e alla fine le labbra sono secche, la gola riarsa.

In questa notte di inquietudine, affioriamo dall'oscurità come se vi fossimo avvezze, ma in realtà non lo siamo affatto. Abbiamo grandi occhi lucidi, ventri concavi e schiene vigorose avvolte negli scialli neri della tradizione. Le sottane delle faccende quotidiane, con l'orlo brunito dalla terra, trattengono ancora l'odore del latte munto prima del vespro.

Conosco da sempre ognuna di loro, ma è la prima volta che le vedo spaventate. Sui monti attorno a Timau i cannoni sparano. È il diavolo che si schiarisce la gola, ha detto un giorno Maria, sgranando il rosario da cui non si separa mai.

Mi domando come sia possibile decidere del nostro destino così, tra questa paglia ammuffita che durante l'estate non sarà sostituita da quella fragrante, perché nessuna di noi salirà sui costoni a falciarla.

Lucia stringe il figlio addormentato tra quelle braccia talmente forti da poter cingere il mondo intero. Nonostante la giovane età, con la sua forza quieta è sempre stata un punto di riferimento per noi, ora più che mai. Noto gli occhi cerchiati di nero e sto per chiederle se oggi abbia mangiato qualcosa di più di una patata. Riceve ottanta centesimi al mese per il marito soldato sul Carso e trenta per ciascuno dei quattro figli. Non è abbastanza.

«Io vado. Agata, tu che cosa vuoi fare?» mi precede Lucia, all'improvviso.

Per un attimo non trovo le parole. È così difficile sceglierle, impastate come sono con l'incertezza e la paura, amalgamate in un patto di obbedienza e cura che nessuno ha mai preteso a voce, ma che dimora nel sangue di madre in figlia.

Che cosa *voglio* fare? Non me lo ha mai chiesto nessuno.

Guardo queste donne, le mie amiche.

Viola, l'esuberanza e l'entusiasmo.

Caterina, la saggezza pacata e a volte ruvida della maturità.

Maria, un po' discosta, il rosario tra le dita e sempre una preghiera sulle labbra.

So che la mia risposta chiamerà, come in una catena, anche le loro, e questa consapevolezza mi spaventa: sono un uccello da richiamo che forse canterà per imprigionarle in un'impresa suicida.

Ma poi Lucia mi sorride, di quei sorrisi che conducono l'anima alla docilità.

Conosciamo queste montagne più di chiunque altro, mi sta dicendo nel suo silenzio, le abbiamo salite e scese tante volte. Sapremo proteggerci, se necessario.

Del resto sono consapevole: se non rispondiamo noi donne a questo grido d'aiuto, non lo farà nessun altro. Non c'è nessun altro.

«Vengo con te» mi sento uscire dalle labbra.

Lucia annuisce, un gesto breve quanto solenne, prima di posare un bacio sulla fronte del suo piccolo.

«Andiamo» sussurra, «altrimenti quei poveretti muoiono anche di fame.»

3

Non è ancora l'alba quando mungo la capra: una tazza di latte, non le tolgo di più. Il cucciolo non le si è mai staccato dal fianco, il muso nero e umido mi fiuta senza tregua. Come mi allontano, si riappropria di una mammella, sincerandosi che ogni cosa sia al suo posto. Mi riconosco in lui: anch'io so che la felicità, a volte, è solo constatare che nulla è mutato.

Vorrei poter dire lo stesso della mia vita. La stalla non accoglie altro bestiame dallo scorso inverno, il suo vuoto è l'oscenità della miseria. Però la capra c'è, mi dico, e ha partorito. La felicità, in fondo, è anche ostinata disciplina mentale.

Chiudo la stalla, mentre la frescura quasi aguzza della notte alpina punge la pelle sotto il colletto dell'abito, scuotendomi di brividi. Le vie del paese sono deserte. I lampioni rilucono nel blu violaceo del tempo sospeso tra l'oscurità e il giorno. La nuova linea elettrica si arresta poco prima della nostra casa. Tra la bruma che ammanta l'abbraccio dei boschi, il costone del Gamspitz si staglia poco sopra Timau. Nelle ultime settimane, il nastro di neve sopravvissuta nei ritagli dell'ombra perenne si è assottigliato fino a scomparire.

Una luce appare sulla collina, al limitare del Bosco Bandito. È lo *stali* di Caterina la vedova. La mia fantasia può disegnare nelle evanescenze il suo tinello ordinato e lei assonnata che ripone la pietra focaia, i lunghi capelli cinerei sulle spalle, che nessuna di noi ha mai visto sciolti. Alcuni attimi dopo, un'altra finestra si illumina pochi tetti più avanti. Anche Viola ha acceso il suo lume.

Negli strascichi di questa notte agitata, le donne si risvegliano come stelle del mattino. La linea di luci scende da Timau verso Cleulis e Paluzza. Abbiamo risposto in tante alla chiamata.

Respiro a fondo la mia terra. Sulla valle del Bût aleggia un silenzio irreale. La guerra sembra addormentata come la foresta, ma quando alzo lo sguardo sul profilo del confine, il Nord rosseggia. Le cime del Pal Grande, del Pal Piccolo e del Freikofel ardono come bracieri. Le giogaie sono il tempio in cui dimora un gigante che ha fame d'uomini. È lì che, disarmate, dobbiamo andare.

La casa mi accoglie con il suo tepore, il sentore strinato del paiolo annerito in cui ribolle l'acqua, la dolcezza della melissa appesa a essiccare in mazzetti tra le travi, sopra i canovacci su cui riposano capolini e foglie di arnica e iperico, menta selvatica e tiglio. Le assi del pavimento scricchiolano sotto gli *scarpetz*, unico rumore che mi fa compagnia. Le attività preparatorie del nuovo giorno sono un dagherrotipo stinto di quando qui viveva una famiglia. In un angolo accanto al focolare, il telaio attende da mesi le mie dita. Dio solo sa quanto avrei bisogno di sottane e camiciole nuove.

Tra le mani, la tazza colma di latte diffonde una promessa di burro e formaggio grasso che resterà incompiuta. Con una spalla sospingo la porta che dà sulla stanza dietro la stube. È rivolta a est, per accogliere il primo sole del mattino, ma ora solo una lampada a olio rischiara il letto e il vecchio che sta tra le coperte come un orso consumato da troppi inverni. Il giaciglio di lana ha i colori del fogliame bronzato e porta le tracce odorose dell'olio di iperico con cui curo le membra immobili di mio padre. Il letargo non è svanito con la primavera. Durerà per sempre.

«Papà» lo chiamo. «È l'alba.»

Poso la tazza sul comò e prendo posto sulla sedia accanto a lui. Stringo le sue mani nelle mie: sono adagiate sopra le lenzuola come quando gli ho augurato la buona notte.

«Sono fredde» gli dico, e le sfrego dolcemente. Erano forti, ora sembrano di cartapesta. Da bambina le guardavo per ore lavorare con il coltellino i rami giovani di nocciolo, nelle lunghe sere di tempesta o bufera. Scortecciavano, incidevano, spellavano fino a ottenere strisce sottili di midollino da intrecciare per costruire gerle leggere e durature. A volte penso di essere anch'io una gerla: scortecciata dalla vita fino a che è rimasto solo il necessario, incisa da perdite, spellata dal bisogno.

Tra le palpebre socchiuse, gli occhi di mio padre fissano appannati un punto oltre le mie spalle. I suoi libri. Tappezzano l'intera parete. Sono sempre stati il suo tesoro più prezioso, li ha disposti minuziosamente secondo il colore: dal blu oltremare al lapislazzulo, un'onda di verdi brillanti che digradano verso il giallo fino all'oro e al marrone, prendono fuoco nel rosso cardinale e nel prugna più acceso. Non aveva trovato altro modo per ordinarli: è analfabeta. Quei libri appartenevano a mia madre.

E lei è lì, in mezzo a loro, nell'ultimo ricordo che ha lasciato e che resta custodito da tempo in una scatola di velluto porpora, incastonata tra i dorsi dei romanzi a lei più cari. Né io, né mio padre abbiamo avuto il coraggio di aprirla da quando lei è morta.

Mi chiedo se lui, prigioniero di una bocca senza voce e di un corpo che è una bara, sia ancora con me. Non lo saprò mai ma, in ogni caso, le mie labbra non saranno avare di parole d'affetto e per lui serberò solo tenere carezze.

Avvicino la tazza e con pazienza lo nutro. Il movimento della sua gola è poco più di un riflesso involontario. Più tardi, lo laverò come farei con un bambino. Un pensiero mi sfiora: nell'inverno della vita, sacra è la presenza che si prende cura della dignità umana.

Guardo il blu schiarire nel pertugio tra le imposte. È ora di andare. È ora di attaccare la montagna e salire.

«Papà, ho paura.»

La confessione si dissolve nel silenzio come cerchi nell'acqua.

Quando la prima luce del giorno oltrepassa i bastioni naturali e lamina d'oro le acque del Bût, arriviamo a Paluzza, le gerle vuote come le pance e il fiato corto.

Lucia ha guidato una fila stranamente silenziosa. Nessuna di noi ha molta voglia di parlare, nemmeno Viola. Troviamo il paese in fermento come in un giorno di mercato, lo attraversiamo tra la polvere sollevata da scarponi che battono passi affrettati e uomini in divisa che lanciano richiami secchi. I carri militari sfilano lungo la via d'ingresso portando carichi di armi e munizioni. Sono diretti al magazzino del campo, come noi. Due alpini ci attraversano la strada tirando sei muli recalcitranti che, in assenza di carrarecce, sono utili quanto un bue da traino zoppo. Caterina sembra leggermi nel pensiero.

«Siamo noi i muli, oggi» mi dice all'orecchio.

Viola cerca la mia mano e la stringe.

«Li hai visti? Gli alpini... Sembrano cavalieri. Vestono come principi, e quei cappelli...»

Li ho visti. Sono ragazzi della nostra età, ventenni, o forse anche più giovani, sui visi torvi è calato il copricapo di feltro con la penna d'aquila e la nappina del battaglione, alcuni di loro portano sulle spalle un manto color del bosco, nonostante il sole inizi a scaldare la terra. Penso che debbano essere vedette notturne appena rientrate dal turno di scolta trascorso nel freddo umido della foresta e degli anfratti. Non sono i principi delle favole, accompagnano per le redini muli e non bianchi destrieri, ma appaiono così diversi dagli uomini a cui siamo abituate.

La confusione mi disorienta. Lungo questi valloni non ha mai riecheggiato tanto rumore. Volti sconosciuti si aggirano da padroni dove prima c'erano fratelli e sorelle, padri e madri. Ordini che schioccano e mani che spingono impazienti hanno sostituito le lente trasformazioni della natura. Il mondo che conoscevo è cambiato fino a farmi sentire straniera. Il suo odore di metallo e paura mi fa stringere lo stomaco.

«Coraggio, non fermatevi» ci sprona Lucia, e svelte attraversiamo la piazza. Sullo sfondo, alle divise grigioverdi vedo mescolarsi camici bianchi e croci rosse: l'ospedaletto da campo è in quella direzione.

Davanti al deposito militare, altre donne del posto ci riconoscono e alzano le braccia per invitarci a raggiungerle. Siamo in tutto una ventina e altre, ci dicono, arriveranno.

È Lucia a farsi carico per tutte dell'incombenza di parlare con gli ufficiali, un compito che nessuna vorrebbe per sé. La vedo chiedere informazioni a un soldato e indicarci. Poco dopo, entrambi ci raggiungono. Dall'espressione dell'alpino trapela sgomento quando passa in rassegna il nostro aspetto: il fazzoletto annodato sulla nuca, le camicie con le maniche rimboccate, gli strati di sottane, i gomitoli di lana che spuntano dalle tasche dei grembiuli. E poi, le nostre calzature, gli *scarpetz* della tradizione, fatte di leggerissimo velluto nero ricamato.

Stiamo per salire su un fronte verticale nel quale si sta consumando un rito di sangue, come durante la macellazione dei maiali prima dell'inverno, e lo facciamo come queste montagne ci hanno insegnato.

Il soldato si presenta come caporale e annuncia che prima della partenza dovranno essere assolte alcune incombenze. Davanti al tavolo di un'osteria trascinato nel mezzo del piazzale, ciascuna di noi riceve un lembo di stoffa rossa con un numero stampigliato: è il bracciale di riconoscimento che dobbiamo indossare, indica il reparto al quale siamo state assegnate. Ci viene messo in una mano il buono di prelevamento e nell'altra un libriccino.

«Vi saranno annotate le consegne che farete. Sarete pagate una lira e cinquanta a viaggio.»

Ci guardiamo stupite per la generosità inaspettata, ma non c'è tempo per rallegrarsi.

Il caporale ci scruta a una a una.

«Qual è il vostro titolo di studio?» chiede.

«Abbiamo preso il certificato di studi a undici anni, signore» risponde Lucia.

«Io non ho studiato» ammette Caterina, «ma so fare di conto e so scrivere il mio nome.»

«Fare di conto...» mormora l'alpino, alzandosi. «Donne, avete ben inteso dove andrete?» Al nostro silenzio, il suo tono si fa più pressante. «Avete inteso che cosa sia la guerra e i rischi che comporta?»

Lucia non si fa spaventare. Almeno lei, penso.

«Caporale, forse siamo ignoranti, ma le nostre orecchie ci sentono bene. Abbiamo inteso.»

Senza altri indugi, veniamo condotte al magazzino militare, dove ci invitano a deporre a terra le gerle. Nessuna di noi si muove.

«Avete detto che il vostro udito è perfetto. Posate i canestri, vanno riempiti» incalza il caporale.

Lucia fa un passo avanti.

«Le gerle si caricano in spalla» spiega, con gentilezza.

«O appese. Altrimenti è impossibile sollevarle una volta piene. E voi volete riempirle fin quanto è possibile, non è vero?»

Il soldato stringe le labbra, ma annuisce. Ci fa disporre in fila, una di fianco all'altra. Soldati che non riusciamo a guardare in volto iniziano a sistemare i rifornimenti nelle gerle, mentre altri li spuntano dai buoni di prelevamento. Nessuna parola di conforto viene detta, nessuna domanda su chi siamo. Per la prima volta nella storia del nostro popolo, le gerle che per secoli abbiamo usato per portare i nostri infanti, i corredi delle spose, il cibo che dà sostentamento, la legna che scalda corpi e cuori accolgono strumenti di morte: granate, munizioni, armi.

Il peso aumenta, ma noi non ci lamentiamo.

Il peso aumenta, ma nessuno ci chiede se sia troppo.

Quando terminano, fissano sulla mia gerla e su quella di Lucia due bandierine rosse.

«A cosa servono?» chiede Viola.

Il caporale che ha seguito in silenzio l'operazione di carico perde per un attimo la compostezza. Lo vedo titubare e il viso intero si accende d'imbarazzo. Un impaccio da cui né io né le altre lo traiamo in salvo, continuando a fissarlo in attesa della risposta. Alla fine arriva, ed è una frustata.

«Segnalano un carico di esplosivo» ci spiega, sbrigativamente. «Voi due trasportate balistite e polveri.»

Avevo pensato che fosse scostante per natura e per ruolo. Sbagliavo: la verità è che prova turbamento per ciò che è costretto a fare. Ora sappiamo che con noi potrebbero dare la miccia ai cannoni di tutti i fronti.

Guardo Viola e ci intendiamo.

«Dai a me la tua gerla» dice lei, rivolta a Lucia. «Sei mamma.»

Lucia esita, ma Caterina e io le stiamo già abbassando le cinghie sulle spalle e poco dopo, non senza fatica, lo scambio è concluso.

Proviamo a fare qualche passo, ricurve. Bilanciamo il peso sulla schiena, troviamo l'equilibrio. Sarà lo stesso per ore e ore.

Ci aiutiamo a vicenda a indossare il bracciale. Tremano le mani e la volontà. Non riesco ad allacciare la fascia attorno al braccio di Viola. Lo fa Lucia, per un istante mi stringe le dita come per infondermi coraggio.

«Siamo pronte» annuncia, guardandomi serena. Non riesco a capire se lo stia dicendo a me o al soldato che attende.

Ci mettiamo in marcia al fischio del caporale, ma al primo passo Maria ci ferma. «Aspettate!» Ha il rosario in una mano e con l'altra ha afferrato la gerla di Lucia.

Capiamo il suo intento. Ignorando i richiami a proseguire ci raccogliamo tra noi. Occhi negli occhi, respiri profondi, ci facciamo giusto il segno della croce. Non c'è tempo per pregare.

4

Siamo state assegnate al sottosettore Alto Bût, opereremo fino a ridosso della linea del fronte. A gruppi copriremo le trincee dalla cima del monte Coglians al passo di monte Croce, continuando dal Pal Piccolo al Pal Grande, dal Freikofel fino al Gamspitz, casa nostra. Sedici chilometri di vette, hanno detto. So calcolare il cammino necessario per percorrerli tutti – migliaia di volte le mie braccia moltiplicate ciascuna per due volte e mezzo il mio passo – ma non riesco a srotolarli nella mente per dare loro un valore in termini di fatica. Non sarà l'ampiezza di questo teatro di guerra a spaccarci le schiene, ma la sua distanza dal cielo. Ho imparato dai soldati a chiamare per nome il nemico della tempra più vigorosa: dislivello. Fino a milleduecento metri di salita nervosa affacciata sui burroni. Mezza giornata di sfinimento, e altrettanto per ridiscendere.

La linea difensiva è servita dai battaglioni Tolmezzo e Val Tagliamento degli alpini, gli unici a reclutamento locale. La nostra speranza è di trovare qualche volto conosciuto lassù, tra i dodicimila soldati asserragliati sugli sbarramenti.

Attraversiamo il fondovalle nella luce gloriosa del giorno. La mattina è esplosa in canti di passero e richiami di francolino tra le fronde. Agli acuti del maschio seguono gli inviti gorgoglianti delle femmine. L'erba incolta della radura è mossa dal volo ronzante di moltitudini d'insetti, punti luminosi che sfiorano le corolle giallo acceso dei botton d'oro e il blu violaceo di brunella e genziane. Le spighe ruvide della gramigna infilzano le nostre gonne, lasciandosi trasportare lontano. La natura pulsa di vita, continua a germogliare e a gravidare grembi, mentre l'uomo soccombe a suo fratello. L'oggi sembra ignaro di se stesso.

Quando il piano inizia a salire, la fila di trenta donne si divide tra saluti e benedizioni. Proseguiremo a piccoli gruppi attaccando le giogaie come raggi di una ruota, ciascuno diretto al reparto che gli è toccato in sorte. Lucia, Caterina, Maria, Viola e io siamo destinate al Pal Piccolo. I visi rivolti in alto, ci concediamo qualche istante per scrutare il gigante di pietra che siamo tenute a domare.

Caterina sembra leggermi nel pensiero.

«È immobile solo in apparenza» mormora. «Può scrollarci dalla groppa quando vuole.»

Non c'è pietra che non possa ruzzolare, i vecchi lo ripetono da sempre. Metti un piede davanti all'altro. Non staccare il secondo se la presa del primo non è ben salda. Tutto si muove. Tutto può franare e trascinarti giù.

«Gli spallacci sono un tormento. Mi fanno male» si lamenta Viola.

«Anche a me, tanto» sospiro.

Le cinghie di cuoio mi stanno entrando nella carne, e so che è soltanto l'inizio. Il carico sembra volerci far avvitare nella terra, quando invece i piedi dovranno volare per raggiungere la cima.

Grida lontane anticipano un arrivo inatteso. Vediamo una sagoma scura a due teste avanzare traballante tra i prati. I due uomini in bicicletta urlano parole che il vento ci porta in sillabe sbriciolate, il più tozzo in piedi alle spalle del compagno, che sta attaccato al manubrio come al timone di una barca in balia della tempesta.

«È don Nereo» lo riconosce Maria. «E con lui c'è Francesco Maier.» D'istinto, a quest'ultimo nome mi ritraggo.

I due uomini ci raggiungono sferragliando e sbuffando. Il sacerdote è in bilico sul portapacchi, un grosso sacco di juta su una spalla, Francesco è chino sul manubrio e rosso in volto. A cosce larghe, tenta una frenata ardita lungo un dosso, piantando di colpo i talloni. Il terreno pregno di rugiada gli risucchia i piedi e, per un momento, il mezzo sembra sul punto di alzare il didietro e lanciarli in aria, ma la stazza del prete smorza lo slancio. La bicicletta si arresta con un fremito e il *dlin* scompagnato del campanello.

Lucia e Maria tendono le mani verso il sacerdote per aiutarlo a scendere, ma lui non le afferra in tempo, inciampa nella tonaca e rovina a terra, scoprendo le gambe nude. Vorrei distogliere lo sguardo per rispetto, ma don Nereo è veloce a tirare giù il panno e io troppo smaliziata dalle cure che presto a mio padre. Il mio senso del pudore se n'è andato quando papà si è ammalato, ecco perché adesso i miei occhi non sono fuggiti. Mentre le altre lo aiutano a rimettersi in piedi, io mi piego sulle ginocchia, schiena dritta e ferma come un'asse, attenta a non sbilanciare il peso della gerla. Raccolgo le lettere uscite dal sacco di don Nereo e non posso fare a meno di notare che le scritte sulle buste sono quasi sempre aggraziate. Mani di donne hanno tracciato nomi maschili anticipati da gradi militari, o seguiti dai nomi dei reparti.

Madri, mogli, fidanzate, sorelle, figlie.

Altre mani si uniscono alle mie e fingono di sfiorarle per caso. Alzo gli occhi sul bel volto bruno di Francesco. Mi scruta con uno sguardo di brace, appena mitigato da un sorriso gentile che non riesco a ricambiare. Il mio pensiero corre a Viola. Non ho bisogno di conferme per sapere che ci sta guardando.

«Quando potremo parlare?» mi chiede sottovoce Francesco.

Ritraggo la mano, il cuore che batte in gola. Punto gli occhi sulla curva nobile del suo polso, tratteggiata da cotone lindo e inamidato. Conosco Francesco da quando sono nata. Per me è sempre stato «il figlio dello speziale» e io, per lui, «la figlia di Maddalena la maestra». Ma quella maestra, negli ultimi mesi di vita, aveva dovuto ripensare il suo modo di stare al mondo, di rendersi utile per la famiglia. Riconosco nelle impunture della camicia di Francesco il passo accurato e minuto delle dita di mia madre, o forse la sto solo cercando nei dettagli più sparuti ora che non c'è più.

«Lo stiamo facendo» rispondo.

«Sì, be'... Intendevo tu e io. Soli.»

Mi alzo con tutta la rapidità che il peso in bilico sulle spalle mi consente e per un attimo ondeggio tra l'equilibrio e la caduta. Caterina mi afferra per un gomito e mi sostiene, e io ne approfitto per mettere due passi di distanza tra me e lui.

«Porteremo noi la posta al fronte, don Nereo» sta dicendo intanto Lucia. «Qualche chilo in più non farà differenza» mente.

Il sacerdote annuisce, si vede che ci abbraccerebbe tutte. Invece ci benedice e recita una breve preghiera. Una mano scende poi a palpare la gamba sinistra, quella che gli ho visto poco fa. La gamba resa più corta dalla poliomielite. Se avesse potuto, don Nereo si sarebbe offerto per essere a capo della nostra impresa. Su, fino in vetta.

Prendiamo il sacco e dividiamo il peso. A me e a Viola basta uno sguardo per intenderci: non porteremo noi le lettere. Se per qualche ragione esploderemo con il nostro carico, almeno quelle parole di conforto e amore giungeranno a destinazione.

Ci salutiamo, faccio in tempo a vedere le labbra di Francesco compitare in silenzio una sola parola.

«Resta.»

Resta perché? Perché la mia presenza è un suo capriccio o perché andare è pericoloso?

Resta per chi? Per proteggere me stessa o darmi a lui?

Proseguiamo il cammino e io espiro sollievo. Sono certa di stare per addentrarmi in un territorio che Francesco non contempla nemmeno nei sogni. La montagna, con la sua asprezza, con il sudore che richiede per concedere il passaggio, è un confine che lui non ha mai varcato. Il prestigio della famiglia a cui appartiene, la ricchezza che da generazioni gli assicura lenzuola soffici su cui dormire lo preservano dalle prove più dure. Non mi volto a guardarlo. Seguo l'incedere delle altre lungo i sentieri battuti da tempi immemori per la fienagione estiva, vie che contengono appena i nostri piedi minuti e che solo un occhio abituato sa distinguere da quelli segnati dal passaggio degli animali. Poco dopo, il bosco mi offre un riparo allo sguardo di quest'uomo che sembra quasi pretendermi, ma continuo a sentirlo addosso come un odore.

Riconosco che cosa mi disturba di Francesco: l'essere estraneo alla fatica, a questa lotta per la sopravvivenza, una lingua che lui non ha mai dovuto imparare. Io ho mani più abili delle sue e una schiena più forte. E una pelle dura, e denti che potrebbero divorare il mondo tanto è il vuoto che masticano abitualmente. Persino in questi tempi, in cui donne anziane, madri e giovinette poco più che bambine si spezzano fiato e corpo per portare sollievo al fronte, la sua condizione di nascita lo esonera dal sacrificio, e questo marchio di differenza io non lo posso tollerare. Siamo specie diverse. Se lui avesse insistito per aiutarmi e io gli avessi ceduto questa gerla, so che sarebbe crollato sotto il suo peso. Il cane addomesticato da una mano benevola non avrà mai la resistenza feroce del lupo.

Lucia e Caterina estraggono ciascuna quattro ferri da maglia dalle tasche dei grembiuli, per confezionare guanti, calze e berretti per l'inverno. Si mettono a sferruzzare senza aggiungere una parola, l'animo talmente modellato sul lavoro da non concedersi l'ozio, nemmeno durante la salita. Davanti a me, Viola si è adombrata all'improvviso. Posso sentir crepitare il suo orgoglio come una fiammella che si arrampica sulla paglia secca della sua illusione. Se alimentata, scatenerà un incendio. Alla prima curva del sentiero la supero.

«Viola, io non provo nulla per Francesco» sussurro nell'affanno.

Sono certa che mi abbia sentito. Ogni suo senso era in attesa di questa conferma, e anche il suo cuore.

La mia ombra è un orlo in movimento attorno ai piedi quando lasciamo il mondo conosciuto delle radure e dei boschi. Dopo ore di scarpinata, alzo il capo e vedo la vetta ancora lontana. Come in un maleficio che ci vuole estenuare, ogni passo che facciamo sembra allontanarla di altrettanto. Deve essere il dolore del corpo a sollevare dal pietrisco questo miraggio al contrario, perché la prova che avanziamo è attorno a noi: siamo entrate da tempo in un luogo muto e sidereo. Il silenzio è increspato solo dal vento, che quando si infila nei canaloni canta con voce di baritono, e dal suono di una slavina lontana. Niente più selva, niente più richiami e fughe furtive d'animali nel sottobosco. Solo qualche filo d'erba che caparbiamente vuole vivere dove la natura non lo ritiene necessario.

Ho avuto il tempo di contar la roccia, quasi, nelle schegge in cui l'eternità l'ha franta, e di certo ho provato a definire tutte le infinite sfumature che la luce, l'ombra e Dio usano per tingerla. Non c'è grigio identico all'altro e anche il bianco calcareo ha le sue individuali declinazioni. In una tela minerale che molti immaginano monotona, riscopro inaspettati capricci di fiordaliso, carta da zucchero e bronzo. Il blu freddo della campanula e il celeste diafano della cicoria selvatica si mescolano alle luminescenze fredde dell'argento, quando un raggio di sole colpisce i sassi spaccati dalle frane. Sfiliamo attorno a massi grandi dieci volte più di noi. Le nervature che corrono sul granito mi fanno pensare a vene sotto la pelle di un gigante, ai monoliti idolatri di cui ho letto nei libri di mio padre, teste gigantesche di re e guerrieri custodi di un'isola senza più alberi.

È un regno inclinato che possiede un odore proprio, di cuore nudo della terra e acqua antica che stilla in gocce che mai rifletteranno il brillio del giorno nelle cavità più remote. È così che fin da bambina ho immaginato il profumo della luna.

L'aria è più fresca, ma il sudore continua a scorrere in rivoli lungo il collo e pizzica quando incontra gli affossamenti che gli spallacci hanno scavato nella carne. A volte tento di infilarci le dita, di sollevare il cuoio dalla piaga, ma il peso è tale che nemmeno un filo di seta vi passerebbe. Brucia la pelle, bruciano le membra spronate a uno sforzo disumano.

Lucia si volta appena, è solo un profilo quando parla.

«Volete fermarvi?» chiede. «Il tempo di un morso.»

«Un morso ne chiamerebbe un altro» rispondo, ma anch'io guardo alle mie spalle e interrogo le altre.

«Una sosta?»

«Ho paura di non riuscire più a continuare, se mi fermo» dice Viola.

Caterina e Maria annuiscono.

«Si va avanti.»

Un sorso d'acqua è diventato un'ossessione. La fatica ha lasciato solo un caparbio pensiero dell'arrivo.

Tuona. D'istinto guardiamo il cielo terso. È un deserto azzurro da parte a parte. A est mi sembra di veder esplodere la terra verso il cielo in un ventaglio che per un istante adombra l'orizzonte.

«Colpi di cannone!» urla Viola. Gridiamo tutte e ci rannicchiamo come possiamo tra le pietre. Mi rendo conto che in questo punto siamo allo scoperto, il sentiero serpeggia sul dorso di una piccola cresta senza offrire ripari. Poco più in là, si inerpica tra torrioni di pietra.

«Dobbiamo continuare» dico, sollevandomi. Non per coraggio, ma per istinto di sopravvivenza. Con me trascino Viola, recalcitrante. Lucia ci è subito dietro e con lei poi Maria e Caterina. È come in uno di quei sogni in cui cerco di correre e invece a stento riesco a muovere qualche passo. La gerla ci trattiene al suolo.

«Moriremo!»

Viola scoppia in singhiozzi, ma non cede di un passo, non rifugge la responsabilità di cui si è fatta carico assieme ai viveri e alle munizioni che porta.

Punto un dito verso i bastioni.

«Là saremo al sicuro» dico. «Le increspature ci proteggeranno.»

Così avanziamo, l'aria che fischia di granate e proietti, e noi sempre più curve. Maria intona una preghiera alla Vergine a cui ci uniamo tutte. Le nostre voci tremano quando l'aria è squassata da boati che sembrano spaccare la montagna. Per la prima volta da quando ho accettato, mi chiedo che cosa ci sia ad aspettarci oltre la linea del fronte, che cosa saranno costretti a vedere i miei occhi.

Ripenso all'incubo fatto, ai rivoli di sangue che tingevano di porpora le vette unendosi in un torrente di corpi spezzati e occhi senza vita.

All'improvviso queste preghiere mi sembrano litanie funebri, e io non voglio raccomandare l'anima a Dio e alla Madonna fino a quando non sarà il momento. Sono ancora viva e inizio a cantare. Canto contro la paura, canto sempre più forte per non sentire i pezzi da artiglieria.

Mi volto a guardare le mie compagne e all'improvviso scoppiamo a ridere. Il mio canto diventa quello di tutte.

Chissà che cosa penseranno i soldati vedendoci arrivare al fronte intonando strofe d'amore, le lunghe gonne del colore di corolle, i capelli sfuggiti ai fazzoletti. Donne che non sanno fare la guerra, che non hanno titoli di studio per capirla. È un pensiero che spinge il ritmo dei miei passi, che solleva le membra sopra i macigni e mi fa avanzare con un ardore che sconfina nella rabbia.

«Agata, aspetta!» mi chiamano le altre, ma io corro. Abbasso il fazzoletto sul collo, voglio sentire l'aria e il sole lambirmi, come lambiscono le penne delle aquile che dominano queste altitudini e che le bocche da fuoco hanno allontanato.

«Manca poco, vedo il *pal*!» annuncio. Il prato magro d'altura, aggrappato al nervo della cresta con radici corte ma dure come acciaio, è forse quanto di più simile a noi in questo momento.

Torno indietro, gli *scarpetz* leggeri fanno presa sul ghiaino, si flettono assumendo la forma dei sassi, e io divento un tutt'uno con la montagna. Questo è il modo in cui la mia gente la affronta da secoli, mi dico. Sono giunta dove scalatori esperti non sono riusciti ad arrivare. Gli scarponi dei soldati impareranno a rispettare queste calzature povere, fatte di strati di vecchi panni cuciti assieme con filo di spago.

Aiuto le altre a salire, diventiamo una catena di mani che si stringono e si lasciano, superiamo gli ultimi pendii e infine li vediamo, ritti su pareti verticali come stambecchi.

Sono le prime vedette. Alpini.

5

Se il sollievo concesso dall'arrivo non fosse un argine per ogni altra percezione, riconoscerei subito l'odore.

Se avessi dimestichezza con la guerra, saprei con che parole salutare il silenzio che aleggia basso tra i fumi, dopo un'eternità di cannoneggiamenti. Non «pace» e nemmeno «tregua», ma «conta dei morti».

Se non fossi quella che sono, fuggirei. Invece resto inchiodata al terreno, assieme alle altre.

«Quanti sono?» singhiozza Viola, ma non capisco a che cosa si riferisca. Se ai vivi o ai morti, se ai corpi o ai loro pezzi.

Non ho voce per parlare, né fiato per gridare.

Tum. Tu-tum. Tum. Tu-tu-tum.

Il nemico non ha riaperto a tradimento il fuoco, è il mio petto che batte nelle orecchie, sangue che precipita nelle vene. Oh, mio Dio, è questo il tuo Uomo?

La spianata davanti a noi è mossa da un frenetico trascinare e ricomporre ciò che si è potuto afferrare nella foschia purulenta. Ombre furtive escono dalle trincee come animaletti dalle tane, prima la testa, poi il corpo. Si issano, corrono curve e arraffano quanto più possono dei loro compagni. *Quanto* più possono.

Sopra di loro, oltre la bruma di polvere e miasmi, garrisce una bandiera bianca. La sua gemella risponde con schiaffeggiare di stoffa dal versante in mano al nemico. Appartengono a eserciti contrapposti, ma raccontano l'assedio con lo stesso alfabeto, sono lettere funebri scritte sui brandelli di un sudario.

L'inferno è grigio e non arde. Ha afrore di corpi infranti e viscere scoperte. È una cloaca di sangue e feci sotto i nostri piedi.

Si levano solo ora i lamenti, come se per liberarli i sopravvissuti avessero atteso il nostro arrivo.

«Sono soltanto ragazzi.» La voce di Maria è un guaito. Lucia e Caterina voltano le spalle all'orrore e lo nascondono ai nostri occhi. «Non guardate» dicono, «non fermatevi!» Ancora una volta, sembra che le schiene coperte dalle gerle siano la sola parte di noi atta ad andare avanti in questo mondo: ci fanno scudo, ma non ci rendono sorde ai pianti, alle grida. Sento qualcuno invocare la madre. La chiama «mamma», una parola che strazia quando trema alta in un urlo. Rincorro la voce, alzo gli occhi e vedo un giovane senza più le gambe.

«Continua, Agata.» Le mani di Lucia mi spingono avanti.

Il nostro arrivo sospende il tempo, come se fossimo una gelata improvvisa che cristallizza ogni movimento.

Quelli davanti a noi sono uomini che ci scrutano senza più nulla di militaresco, sembrano solo disperati, sono solo sopravvissuti. Che cosa hanno visto più di questo, che è già al di là di quanto una mente sana possa sopportare?

Hanno occhi bui a cui è caduto un velo. Sul fondo

del loro sguardo si dibatte una promessa: nemmeno tu sarai più la stessa.

Il fischio di un caporale riporta l'attenzione sul campo e noi sussultiamo a un richiamo che ci sprona ad avanzare. Un alpino ci fa segno di procedere e indica un gruppo di tende nelle posizioni più arretrate, poi si rimette a scavare fosse, il cappello con la penna d'aquila posato sulla terra macchiata. Quale simbolo potrebbe essere più potente?, mi chiedo sconvolta. Credo che le buche siano trinceramenti fino a quando dal sentiero sopraelevato non scorgo il contenuto di quelle già ultimate. La nausea mi riempie la bocca di saliva acida.

Le tende sorgono contro il fianco della montagna, accanto a piccoli edifici in costruzione, oltre la gittata delle bocche da fuoco austroungariche. Travi e pietre ora abbandonate tra attrezzi e stracci testimoniano la laboriosità di artigiani militari che si dividono tra battaglie e lavori edili, alternando moschetti a scalpelli e cazzuole. Uno di loro stava incidendo il numero del battaglione su un architrave. In questi attimi, se è stato fortunato, starà raccogliendo cadaveri. Se è stato risparmiato, dovrà lavare via il sangue dei compagni dalle sue mani, prima di riprendere il lavoro.

Il bivacco più ampio è in ogni modo di dimensioni ridotte. Il suo uso è dichiarato dalla croce rossa cucita sulla stoffa chiara, ma è un'attenzione superflua: i lembi dell'entrata risucchiano e sputano senza sosta soldati, infermieri e barelle. Qualcuno vi si è aggrappato, le dita hanno lasciato tracce di sangue. L'ospedaletto da campo più vicino è a Paluzza, quasi quattro ore di sentieri e dirupi sotto di noi. Mi chiedo con angoscia che cosa possano fare le mani di chi è rimasto, se non chiudere occhi e scavare sepolture.

Lo vedo, il cimitero. È un campetto al limitare del mio sguardo, terra smossa e croci di filo spinato divelte: gli obici nemici non risparmiano nemmeno i morti. Continuano a colpirli e li spargono attorno. Il vento soffia e mi porta il loro respiro. Per un momento, mi pare di sentirli cantare.

Ma non c'è tempo per piangere i caduti, perché due soldati ci prendono in consegna.

«I vostri libretti!» intimano. Nell'agitazione, ci cadono di mano, li confondiamo con i buoni di prelevamento che ci vengono strappati via.

«Da dove venite?» domandano.

«Timau.»

«Chi vi ha mandato?»

Noi donne ci guardiamo confuse. Non lo sappiamo e solo ora ci rendiamo conto che la chiamata a cui abbiamo risposto aveva poco di ufficiale e molto di disperato.

Finalmente leggono le carte che ci accompagnano e sembrano iniziare a capire. Confrontano gli elenchi di ciò che trasportiamo e alle poche parole che si scambiano intervallano occhiate incredule nella nostra direzione.

«Quando siete partite?» domanda uno dei due.

«All'alba» risponde Lucia, la voce tenuta ferma a fatica.

Il soldato passa in rassegna le nostre gerle, lo immagino soppesarle e tirare le somme dello sforzo compiuto.

«Non è possibile» lo sento dire.

Quando capiscono che cosa trasportiamo, altri arrivano ed è quasi un'aggressione. Mani che frugano, che spingono, che strappano le gerle dalle schiene anchilosate. Gli spallacci rompono le vesciche e il dolore esplode, più forte delle bombe. Privati del peso da sostenere, ossa e muscoli si afflosciano a terra, come capita anche allo spirito quando le preoccupazioni cessano: il sollievo, talvolta, è dolore che si espande in membra atrofizzate, invade gli interstizi abbandonati dalla volontà. Ma accogliamo questo dolore come una liberazione. Tiriamo a noi le ginocchia e restiamo sedute, quasi strette le une alle altre, massaggiandoci a vicenda le schiene. Davanti a noi, la scena è quella di un assalto: la disciplina militare ha ceduto il posto alla frenesia, i gradi gerarchici si confondono con gli istinti umani elementari. Sono soldati e sono ragazzi. Gli uni e gli altri finiscono per darsi il cambio dove passa la linea immaginaria dello stato di bisogno, così confusa, così intimamente connessa all'indole e alla resistenza di ciascuno. Li guardo con un timore sempre più spuntato, e anche il fastidio per il trattamento ricevuto sfuma in un'indulgente tenerezza, quando vedo che la merce più ambita da quelle mani rudi è fatta di lettere. Cercano i propri nomi, si fanno aiutare dai compagni a decifrare le scritte. Capisco che molti sono analfabeti.

«Cercano più le parole di conforto che le scorte di cibo» mormora Lucia, accanto a me. La vedo trattenere un sorriso e penso che non smetterà mai di essere madre di qualunque creatura inerme abbia bisogno di essere accolta. Chi può sorridere davanti a tutta questa devastazione, se non chi vuole con tutta se stessa continuare a vederci la vita? In mancanza di questa sua vocazione, nessuna di noi ora sarebbe qui.

Io invece non riesco a smettere di rabbrividire, ma è un terremoto interiore quello che mi scuote. È la materia più profonda di cui sono fatta a muoversi, frantumandosi in parti che collidono le une con le altre.

Dall'infermeria da campo esce un ufficiale che rimette i soldati sull'attenti con la sola presenza. Stanno ritti e non fiatano, alcuni con le braccia piene di viveri, altri con gli occhi ancora fissi sui fogli riempiti di una calligrafia fitta, altri ancora intenti a togliere dalle gerle munizioni e proietti come lucenti frutti metallici appena colti. L'ufficiale ci vede, indugia con lo sguardo per un istante su di noi, ma capisco che con pochi battiti di ciglia ha già misurato quanto gli serviva sapere. Lo chiamano capitano, è il comandante di questo inferno, ma è uscito dalla tenda con le maniche arrotolate e le mani sporche, la divisa in disordine e i calzoni macchiati di fango all'altezza delle ginocchia. Un soldato riceve i suoi ordini, poi ci raggiunge in fretta.

«Ci vorrà tempo» comunica. «Il carico deve essere controllato.»

Noi donne ci guardiamo. Il tempo, su queste montagne, non lo scandisce l'uomo, nemmeno se è un capitano. Lucia mi esorta con un cenno a dare voce alle nostre ragioni. Si aspettano tutte che sia io a parlare, perché ho addomesticato quest'arte fino a farmela amica. Nei libri di mio padre, pagina dopo pagina, notte dopo notte, per lunghi anni, ho trovato lo spazio di interi mondi che ora so chiamare per nome, e visitato geografie interiori che non mi disorientano più. Saggio le parole sulle labbra prima di pronunciarle, suonano giuste.

«Attenderemo, ma...» Aggiungo in fretta l'ultima sillaba per non congedarlo. «Ma solo fino a quando il sole avrà raggiunto quella guglia.» Il mio dito indirizza lo sguardo del soldato. «Poi dovremo tornare a valle. E se il vostro capitano chiederà spiegazioni, diteli che abbiamo bisogno delle ore di luce. Ci attendono i lavori nei campi e a casa c'è chi ha bisogno delle nostre cure.»

Lo vedo esitare e per un momento mi aspetto una replica aspra, che però non arriva. Dall'espressione del giovane alpino immagino si stia chiedendo come, o forse addirittura se, riferire le nostre intenzioni.

Torno a sedere dalle altre, Viola mi si fa subito vicino.

«Ma credono davvero che abbiamo rubato roba mentre salivamo?» bisbiglia. «Dovevamo lasciarli morire di fame!»

«Ssh!» la zittisce Lucia. «Non hai già visto abbastanza morte, oggi, per augurarne altra?»

Prendiamo dalle tasche il pranzo che abbiamo rimandato fino a questo momento. Qualche patata lessata, croste di formaggio vecchio e resti di polenta abbrustolita che dividiamo in parti uguali. Un pasto che sta tutto nel mio palmo e odora di muffa. La borraccia d'acqua è subito svuotata.

«Masticate a lungo» dice Maria. «Forse sembrerà bastare.»

«Bastare? Bisognerebbe saperlo moltiplicare» ribatte Caterina.

Il gomito appuntito di Viola mi pungola un fianco.

«Sta tornando» avverte, abbassando gli occhi.

Il giovane alpino ripercorre al contrario i suoi passi, ma ci mette più fervore. È rosso in viso. Davanti a me, questa volta fa un piccolo cenno col capo.

«Il signor capitano vuole parlare con voi. Per favore.»

Non c'è dubbio che abbia aggiunto le ultime parole di sua iniziativa: sono lo sfiato sgraziato di un corno sfuggito dalle labbra. L'ansia tronca il respiro.

Rassicuro Lucia con un tocco sulla spalla, ripongo il mio pranzo nella tasca del grembiule e seguo l'alpino, stringendomi nello scialle. L'aria delle cime rende gelido il sudore. È così che muovo i primi passi nelle retrovie del fronte, che non distano poi molto dalla prima linea. Trincee e baraccamenti sono stretti tra i fianchi della montagna e il vuoto. Dall'altra parte, visibili, corrono le linee difensive nemiche. Potrei guardare negli occhi un austriaco, se solo volessi, se solo dalle pietre e dai sacchi accatastati qualcuno di loro osasse alzare la testa.

La vista delle fosse in cui i ragazzi italiani vivono, combattono e resistono mi ripugna. Fango, sporcizia e degrado le abitano tanto quanto i topi, suppongo. Alcuni soldati si concedono una sosta rovistando ciascuno tra i capelli degli altri. I pidocchi sono già arrivati e non concedono tregua. Il terreno è ricoperto di scatolette di latta vuote. Non le avevo mai viste prima di oggi e il cibo che contengono, privo della forma e dell'odore che conosco, mi fa pensare di essere finita in un futuro triste.

Il soldato che mi ha fatto strada si ferma davanti a una tenda, scosta i lembi e sull'attenti mi fa segno di entrare.

L'ufficiale che poco prima ho visto uscire dall'infermeria del campo è davanti a me, di spalle.

«Sono il capitano Colman, comando questo reparto» si presenta, senza voltarsi. Sfrega le mani in un catino, d'istinto vorrei dirgli che il sangue non se ne andrà, mai, perché è questo che ognuno di noi oggi cercherà di fare: cancellare quanto gli ha contaminato l'anima.

Si volta e vedo che ha tentato di ricomporsi. Ha srotolato le maniche, ha pulito alla bell'e meglio il resto, si è persino pettinato. La forma è parte della disciplina ed espressione del rispetto. Non è riuscito a radersi, però, anche se il necessario è accanto a una brocca. Sul viso un'ombra scura tratteggia la mascella dal pizzetto al collo. È più grande di me, ma non saprei dire di quanti anni. Mi aspetto che poche settimane di guerra facciano invecchiare come decenni di pace. Su un tavolino da campo il cappello con la penna sembra attenderlo, allungando l'ombra verso il terreno di battaglia.

«Come vi chiamate?» domanda secco, ma non attende che risponda. «Siete volontarie, nessuno di certo vi ha obbligate a salire quassù, né vi ha chiesto esplicitamente che vi atteniate alla regola militare, ma è questo che io mi aspetto da voi.» Si asciuga le mani in una pezza pulita e la lancia sul tavolo. «Gli ordini di un capitano non possono essere contestati, soprattutto davanti ai suoi uomini. Quindi, non contestateli.»

Incrocia le braccia sul petto e io mi chiedo se sia arrivato il mio turno per parlare, ma il capitano ha ancora molto da dire.

«Siete donne, non vi è richiesto di capire le esigenze della guerra. Gerarchia è economia di parole e l'economia, in battaglia, spesso salva vite. Attenderete fino a quando io vi dirò che potete andare. I miei uomini stanno controllando il carico e per quanto questa operazione possa sembrarvi insignificante o persino incomprensibile, vi atterrete agli ordini. E se dovesse mancare anche solo uno spillo, ve ne chiederò conto.»

L'unica cosa a cui riesco a pensare è che quest'uomo abbia un'idea piuttosto vaga dell'espressione «economia di parole». Non ha mai incontrato un timavese. E mi sbagliavo sul concetto di rispetto: ci ha appena trattate da ladre.

Ora dovrei dire qualcosa. Lui, finalmente, sta aspettando. Eppure, all'improvviso sento che non capirebbe, non è pronto ad ascoltare.

Lascio scivolare un po' lo scialle. Poche dita, quanto basta per scoprire il collo arrossato dalla gerla, le macchie di sangue sulla camicia, all'altezza delle spalle.

Punto un piede sull'altro e tolgo gli *scarpetz*. Appoggio i piedi sulla nuda terra, l'aria sulla pelle mi fa capire che è come pensavo: le ore di camminata in salita hanno consumato la lana già lisa delle calze e le mie dita si offrono livide al suo sguardo.

Infine prendo la mezza patata che ho conservato nel grembiule e la poso sul tavolo, accanto al suo cappello.

Resto così, per un tempo che a entrambi sembrerà fin troppo, poi rispondo alla sua unica domanda, quella a cui non gli è interessato avere risposta: «Il mio nome è Agata Primus».

Può uno sguardo rompersi? Il suo lo ha appena fatto.

Afferro gli *scarpetz* e me ne vado. Fuori dalla tenda li infilo saltellando e poi, trattenendomi dal correre, raggiungo le mie compagne. Quando mi vedono, si alzano e mi circondano.

«Che cosa ti ha detto?» chiede Lucia.

«Che possiamo andare» rispondo, caricando la gerla sulle spalle. Non la guardo negli occhi, ma so di non avere mentito.

Il sollievo rigenera tutte e poco dopo, al passo sciolto della discesa, abbandoniamo le trincee.

Viola mi prende sottobraccio.

«Gliele hai cantate?» domanda.

«Eccome!» annuisco. «L'ho sistemato per bene.»

Viola ride, scioglie la presa e quasi danza lungo il sentiero davanti a me.

In verità, amo le parole, ma l'istinto è quello di custodirle. Ho imparato a maneggiare la loro arte, ma dentro di me è ancora salda la convinzione che alcuni, pochissimi, sentimenti non abbiano bisogno di suoni e non richiedano dialettica. Si espandono nei gesti, cantano nei sensi.

«Agata Primus!»

Mi volto, sorpresa. Il capitano Colman sta scendendo a lunghi balzi. Quando mi arriva davanti si piega, le mani sulle ginocchia.

«Non siete una donna di molte parole» dice tra l'affanno.

Sostengo il suo sguardo. Forse ormai assuefatto all'ombra delle trincee, lo vedo socchiudere gli occhi, abbagliato dalla luce.

«Anche ora, perché non rispondete?» mi sollecita.

Vorrei dirgli che non ha fatto alcuna domanda, che il fiato mi serve per scendere, che ha uno sbaffo sul naso che potrebbe far sorridere se non fosse fatto col sangue, ma lui come al solito non attende. Si raddrizza e l'odore dell'uniforme mi colpisce come il fiato di un moribondo.

«Agata, vi chiedo perdono per i modi bruschi» dice, d'un tratto mite. «Ho perso sessantatré uomini oggi, e non è nemmeno pomeriggio. Non eravamo pronti a vedervi arrivare. L'unica signora che incontriamo su questi monti è quella con la falce. Abbiamo dimenticato le buone maniere, io per primo. Posso sperare che accettiate le scuse a nome di tutte?»

Mi porge la mano. Nessun uomo ha mai chiesto la mia per stringerla in un accordo. Gli guardo il palmo e vedo schegge, calli e un taglio mal rimarginato che lo attraversa da parte a parte. Sulla sua pelle è scritto un racconto che la mia pelle riuscirebbe a comprendere.

Cerco con lo sguardo le altre e le vedo attendermi poco prima del tornante. Conosco la loro volontà, non ho bisogno di chiedere.

Stringo la mano del capitano, con un cenno breve accolgo per tutte la proposta di un nuovo inizio, ma quando mi volto per andarmene, lui mi trattiene.

«Se non vi vedremo tornare, capiremo» dice. «Vi siamo grati per il molto che già avete fatto.»

Faccio scivolare le dita via dalle sue. Cerco le parole più rispettose per non recargli offesa, ma alla fine spero che le circostanze giustifichino la spudoratezza di quanto sto per dire.

«Comandate ai vostri uomini di preparare i panni sporchi per domani, se desiderate che siano lavati.»

6

Siamo arrivate a valle nel pieno pomeriggio. Lucia ha ritrovato la figlia ad attenderla dove iniziano i prati; tra le mani, la bimbetta aveva un cestino con la silene raccolta per la cena, piccola donna di casa a nove anni. Pietro, più piccolo della sorella di un anno, è arrivato correndo e si è tuffato tra le braccia della madre.

«Hai visto i soldati?» ha chiesto.

«Sì, certo che li ho visti.»

«E i cannoni?»

«Anche quelli!»

«E tu, Agata?»

«Io ho conosciuto il comandante.»

«E gli hai parlato?»

Il bambino insiste per portare la gerla della madre e prosegue con noi.

«Qualcosa gli ho detto, sì.»

Pietro mi prende per mano.

«Non mi hai più insegnato a scrivere. Quando ricominciamo?»

«Presto» prometto. «Ma tu continua a leggere, prima di addormentarti.»

«Ci provo, ma è difficile.»

«Insisti, è così che si impara.»

Ci separiamo quando arriviamo in paese.

Caterina e Maria hanno preso la via per Cleulis, dove le attendeva un parente in comune per certi accordi su un confine tra campi. Viola e io abbiamo proseguito fino a Timau, salutandoci sull'uscio di casa sua.

«Prega san Lorenzo, prima di addormentarti» mi ha detto. «Proteggerà i sogni dalla guerra.»

«E tu non pensare troppo agli alpini, o non riposerai.»

È solo all'imbrunire che riesco a contare i danni su me stessa, quando le incombenze più urgenti sono assolte. Le calze non sono l'unica cosa rotta in questa giornata. Sollevo con lentezza esasperata la camiciola. Sotto, le spalle sono scorticate. Troppo peso. Troppo. La pelle aperta mi impressiona, non perché non l'abbia mai vista, ma perché il pensiero che mi colpisce è che la vita, raschiato il possibile, ora abbia iniziato a consumarmi fino all'osso e presto di me non resterà nulla se non uno scheletro sonante.

Raccolgo i capelli, li fermo sulla nuca con un nastro. Le onde sono tutt'altro che lucenti, una trama fitta di fili spenti.

Tampono le ferite con una pezza bagnata. L'acqua sembra accendere il dolore come aceto e l'unguento che stendo avendo cura di non strofinare le piaghe non porta sollievo immediato.

Un borbottio sordo mi richiama nella cucina. La zuppa di ortiche e tarassaco sta sbuffando nel paiolo. Tolgo il pentolone dal fuoco e lo poso sul tavolo, ormai solo un'asse tarlata che non richiama convivi di affetti e non ospita le storie della sera da un tempo che non riesco più a computare sulle dita di due mani. Le rughe del legno sono increspature vuote, negli ultimi mesi ho scovato e mangiato anche il più piccolo frammento di briciola.

Di tutto ciò che ho visto al fronte e di tutto ciò che ho fatto oggi, nella mente si attorciglia e si svolge un'unica immagine: la mezza patata che ho lasciato lassù. Sono stata una sciocca. Vi ho rinunciato per orgoglio, ma l'orgoglio riempie solo il petto, mai la pancia.

Dalla dispensa prendo l'ultimo uovo donato dalla moglie del fornaio, «per tuo padre, Agata», e un involto in cui conservo un trancio di lardo dell'anno prima. Apro i lembi e gli odori di un'altra vita mi avvolgono in spire così consolatorie che sento gli occhi inumidirsi. La stanza dell'affumicatura è vuota ormai, i muri anneriti conservano ricordi fragranti e nient'altro, ma rammento fin troppo bene il tempo in cui salsicce e prosciutti pendevano dalle travi del soffitto.

Cibo. Mi si riempie la bocca d'acqua tiepida.

Affetto il lardo, una striscia così sottile da essere trasparente controluce. Le mani tremano, i denti battono come per afferrarla. Non glielo permetto, non tolgo le briglie a questo istinto maledetto che ha a cuore la mia conservazione, ma che mi renderebbe una figlia empia.

Tutto ciò che mi concedo è appoggiare la fetta sulla punta della lingua e inspirare a fondo. La saliva ribolle tra le mandibole che sono in procinto di scattare, e io attendo fino all'ultimo istante prima di deglutire sapori e nient'altro, che esplodono deflagranti più di un ordigno nella gola che li risucchia. Allontano svelta la tentazione, adagio il lardo in un piatto che riempio di zuppa fumante e che tra poco sfamerà mio padre. A me spetterà il piatto magro, come lo chiamava mia madre: niente carne, solo il brodo scuro e amaro. Mezza patata, rimugino caparbia, lo avrebbe reso più dolce. Lo lascio intiepidire, il calore sfumerà assieme al mio tormento: la stanchezza, se non altro, fa tacere i pensieri, anche quelli più ostinati e crudeli.

Fuori dalla finestra il crepuscolo ammanta la valle. Le montagne sono sagome puntute contro un cielo lapislazzulo. La notte è tintura che scende in polvere sulla foresta e sulle case, sfuma i contorni, unisce ciò che è distante. La chiamo l'«ora blu», ma anche quella della vergogna. È il momento in cui esco da questa casa diretta al lavatoio del paese, carica di panni che altri occhi non devono vedere. La malattia non macchia solo indumenti e coperte, ma anche la dignità. Non è il mio decoro che proteggo, ma quello di chi mi ha dato la vita.

Ho lavato mio padre, ho massaggiato con essenze d'erbe il suo corpo, che pare tornare quello di un bambino giorno dopo giorno. Ho cambiato gli abiti e la biancheria del suo letto, e intanto gli ho descritto la guerra. Non quella vera che si consuma tra stenti e pidocchi, ma quella dei poemi epici che mia madre raccontava a me come se fossero fiabe. Perché togliergli il potere dell'immaginazione, del pensiero potente e vigoroso di eroi a presidio di queste montagne? Perché togliere a me l'illusione?

Così glieli ho descritti, scintillanti invece che lerci, ritti e orgogliosi invece che ingobbiti dalla paura e dalla fatica. Ho raccontato Enea, Ettore e Achille sotto mentite spoglie, mentre lo sguardo vagava per la stanza, in cerca di qualcos'altro da scambiare l'indomani per poter mangiare.

Accendo la fiamma nella lampada e drappeggio lo scialle di lana per proteggere le piaghe. Di nuovo, per un'ultima volta quest'oggi, carico la gerla sulla schiena. È leggera, il peso di lenzuola e camicie da notte è quasi carezza.

Il respiro della montagna soffia sulla via che scende nel centro del paese e si accompagna al frinire degli insetti notturni. I profumi dei prati e dei pascoli inselvatichiti rendono l'aria balsamica. Un muggito svogliato fa vibrare la calma prima di spegnersi; anche le stalle si preparano al sonno. Le strade sono deserte, le imposte delle case già chiuse. Il chioccolio della fontana potrebbe guidare i miei passi anche nel buio.

Dietro gli usci non c'è anima viva che non sia consapevole della mia presenza, ma nessuno verrà a disturbarmi. Sanno che cosa sto facendo.

Il lavatoio accoglie la mia gerla con pietra levigata da generazioni. Apro i panni e con gesti resi efficienti dall'abitudine inizio a immergere e strofinare, tra cenere e saponaria. L'acqua brilla nella notte, dei ghiacciai perenni non ha solo il sentore di licheni, ma anche il gelo, e intorpidisce le mani.

Fino a poche settimane fa, l'estate del villaggio sarebbe stata animata da chiacchiere sommesse nelle corti e risate di bambini. Nelle viuzze si sarebbe spanso il profumo della polenta e dell'impasto dolce dei *cjarsons*;

magari un innamorato avrebbe suonato la fisarmonica, prima di essere cacciato da un padre geloso.

Ora la casa della vecchia conciaossa cieca ha il tetto di tegole sbeccate e uno scuro appeso per un solo cardine: l'immagine, forse, di un contagio in corso. Nessuno si occupa più di lei. La guerra ha arrestato la vita prima ancora di prendersela.

Immergo e strofino. Immergo e strofino con rabbia, un sentimento così nuovo per me eppure già radicato. Alzo gli occhi sull'orizzonte, cerco di indovinare tra le ombre il passo di monte Croce. È là che un tempo le donne della valle accompagnavano mariti, fidanzati e figli fino al confine. Erano loro a portare le valigie degli emigranti con la gerla, su per tornanti infiniti. Li salutavano con occhi asciutti e cuori pesanti. Li avrebbero rivisti molti mesi dopo, o forse addirittura anni.

Ora i rimpatri forzati hanno prosciugato le agognate rimesse di denaro, hanno obbligato quegli uomini a tornare per andare a sacrificarsi al fronte, o consumarsi nelle case sempre più spoglie, senza lavoro. Tutti, tranne i miei fratelli. Le lettere e i pochi soldi che Giovanni e Tommaso inviavano ogni mese hanno smesso di arrivare quando ho scritto per informarli della malattia di nostro padre. Ci hanno lasciato indietro come se per noi non ci fosse più speranza. Ho giurato a me stessa di resistere fino a quando un giorno torneranno per rivendicare la casa dei nostri avi: non dovranno trovarla vuota. Li attenderò per guardarli negli occhi, dovesse volerci una vita intera, e se morirò prima, prego Dio di perdonarmi e di abbandonare qui la mia anima, in modo da maledirli per l'eternità. Traditori della famiglia e della Patria.

Un ticchettio di zoccoli mi ruba il respiro. Immobile, guardo la sagoma scura avanzare, claudicante. Ha una falce posata su una spalla. Quando passa accanto a un lampione, vedo la cote pendere da un fianco e riconosco il viso rugoso dell'anziano. Allora è vero ciò che si dice di Tino lo zoppo: nelle notti di luna sale a sfalciare i prati, nascosto dall'oscurità agli occhi dei soldati italiani e austriaci. Si ferma anche lui, ma solo per il tempo di un cenno di saluto, poi prosegue. Mi chiedo come faccia la sua gamba malata a sostenerlo nella fatica del lavoro in pendio, o se sia altro, un sentimento tenace che ben conosco, a sorreggere corpo e volontà. Tutto il paese sa che lo fa per le sue bestie: due vacche da latte malconce che hanno più anni che peli sulla groppa.

Sciacquo e strizzo i panni, li piego, li sistemo nella gerla e mi accorgo solo ora del fiore che vortica nella vasca, un fiordaliso alpino, con i petali come fiamme violette, di un blu profondo quasi nero nella sera. Sembra appena colto, eppure deve essere qui da tempo, rimasto incagliato tra il muschio e improvvisamente liberato dalla corrente. Lo raccolgo e lo infilo nell'asola della camicia. Anch'io, come Tino lo zoppo, ho sempre avuto remore ad abbandonare ciò che è ancora vivo, sebbene il suo tempo sia ormai scaduto.

Il cammino verso casa è un incedere calmo, i moti dell'anima finalmente sonnecchiano. La luce alla finestra per un momento mi illude che dentro ci sia qualcuno in attesa di me. Non delle mie braccia, non dei miei servigi. Di me solamente. Mi chiedo se accadrà mai, se il destino mi concederà il tempo per essere qualcosa, qualcuno di diverso da tutto questo.

Un raspare nervoso ferma i miei passi. Poi di nuovo il silenzio, rotto da un respiro ferino. Non sono sola. Schiocca un legno, sul retro della casa, verso l'orto e la foresta. Piano, sfilo la gerla. Ancora annaspare, un fiato che sbuffa aggressivo. Allora lo sento: come un animale fiuto l'odore delle altre bestie, e corro urlando verso l'orto.

È divelto. Delle verdure che a fatica stavano crescendo restano soltanto monconi che spuntano dalla terra smossa. Il cinghiale ruspa e schiaccia ogni cosa capiti a portata del grosso muso. Raccolgo un legno della palizzata divelta e mi avvento sul maschio maestoso, incurante delle zanne che potrebbero sventrarmi senza fatica, della furia che avrebbe la meglio anche su un uomo. In lacrime, lo colpisco al fianco ma riesco a strappargli solo un verso di sorpresa.

La bestia mi punta, grugnisce nervosa. I piccoli occhi luccicano nell'oscurità, quasi a sfidarmi.

«Vattene! Vai via!» grido. «Vattene» supplico.

Mi accontenta senza fretta e probabilmente fa ritorno al bosco solo perché non ha più nulla da distruggere e io non sono una rivale così interessante.

Mi accascio al suolo, sfinita, svuotata, sconfitta. La notte è clemente e non offre alla vista tutto lo scempio che in realtà deve esserci. Penso ai semi, ottenuti con sacrificio. Ci sarà mai qualcosa per cui non dovrò lottare?

Sopra di me, le cime delle montagne rilucono d'argento. I cannoni tacciono. È la prima volta che ripenso al fronte da quando l'ho lasciato. Nemmeno le altre ne hanno fatto parola, durante la discesa.

Chissà se quegli uomini dormiranno sonni tranquilli, se sono finalmente sazi, se il capitano Colman ha mangiato la mia mezza patata.

Mi rialzo, la schiena che guaisce con scrocchi da vecchia. La zuppa, finalmente, mi attende.

È passando accanto alla finestra della mia camera che il buio si riempie di un senso diverso, più ambiguo e annichilente, come un malessere profondo, e io capisco di avere appena aperto gli occhi nella notte, una notte diversa: sul davanzale, posato da una mano che so di conoscere, c'è un fiordaliso alpino.

Mi volto verso le ombre, anche se Francesco non uscirà mai allo scoperto.

Mi ha seguita, era con me al lavatoio. Nascosto nell'oscurità, ma così vicino da potermi sfiorare con le sue mani perfette, se solo avesse voluto.

Era qui, sotto questa finestra, mentre mi cambiavo.

Non ho più fame.

7

È trascorsa una sola notte, ma le sorti della battaglia sembrano essere già mutate. Gli italiani sono passati in soggezione di quota, gli austriaci hanno espugnato la vetta più alta del Pal Piccolo e gettano massi sui nostri.

Lo apprendiamo giunte nei pressi delle linee di rinforzo, in vista delle postazioni arretrate e dei ricoveri. Un alpino di vedetta ci raggiunge informandoci e intimando di tacere. Con l'accento cantilenante della pianura veneta, aggiunge subito: «Ce la riprenderemo».

Lo seguiamo, misurando i passi sul sentiero in modo da saggiare la tenuta di ogni appiglio e scongiurare il minimo slittamento di sassi: il nemico è in ascolto e cerca di stanarci con orecchio di cacciatore.

La montagna ha la solennità silente di un sepolcro e i nostri respiri affaticati si confondono con quello del vento. Oggi il cielo ha il colore del fucile che il soldato porta in spalla, per ora inerte; mi auguro che entrambi restino muti, che non scoppino in fulmini e raffiche di spari.

Nuove donne si sono unite a noi, adolescenti e vecchie. Prima della partenza, le abbiamo istruite in modo da risparmiare loro le piaghe: tutte abbiamo indossato il telo di juta dei grandi carichi sotto la gerla.

E il grande carico è arrivato, forse più castigante del precedente; nemmeno le spalle esili delle più giovani sono state graziate. La necessità non può dispensare clemenza, anche se non è priva di misericordia: qualcosa è cambiato nell'atteggiamento di questi uomini. Il rispetto è passato attraverso un tocco gentile rubato alla fretta, un incontro di sguardi finalmente diretti.

Nessuno di loro si aspettava di vederci tornare. Nessuno avrebbe mai lanciato i dadi in una scommessa contro la paura e lo sfinimento. Nemmeno io.

Eppure siamo qui, sono qui, e non per le monete. Pochi soldi possono comprare un traditore, ma non il sacrificio estenuante che si conficca tra le scapole. Forse hanno compreso perché e per chi lo stiamo facendo.

Veniamo indirizzate verso i baraccamenti delle truppe di riserva, dove le stuoie di giunco che abbiamo portato legate in vita sono accolte con un entusiasmo disarmante; serviranno a non farli vivere sulla nuda terra come bestie. Vengono subito srotolate e adattate a nuovi usi.

La sosta è solo una tappa verso un'altra destinazione: ci dicono di proseguire fino agli avamposti, dal terzo al primo. Viola cerca la mia mano, io stringo la sua. Dura solo un attimo il cenno di conforto, perché avanziamo lungo stretti camminamenti che impongono la fila indiana.

Oggi non osserviamo il fronte dalle retrovie, oggi vi camminiamo dentro. È naturale chiedersi se sia dovuto a fiducia, o solo alla necessità. Al nostro passaggio, i soldati salutano con un cenno; i più intrepidi, con una parola gentile e un sorriso.

Li vediamo sepolti nelle trincee, linee che si spezzano per procedere in direzioni diverse. Le avevo sempre immaginate come lunghi corridoi ricurvi, invece formano angoli acuti e i tronconi sono congiunti da camminamenti e gallerie.

«Se il nemico irrompe, non deve trovare libero passaggio.»

Mi volto a cercare il padrone della voce che ha risposto ai miei pensieri.

«Amos?» chiedo incerta.

Mio cugino mi abbraccia, una stretta rapida ma quasi violenta. Stento a riconoscere in lui il ragazzetto con cui ho trascorso parte dell'infanzia. È uomo, ormai, un uomo consumato. I riccioli castani sono caduti sotto il colpo del rasoio e gli occhi lucenti come le acque del Fella mi guardano spenti, intrappolati in un reticolo di rughe tratteggiate dalla sporcizia. Dalle spalle gli pende una divisa troppo grande che ne accentua il deperimento. D'istinto alzo una mano verso quel viso sofferente, ma lui la afferra troncando sul nascere la carezza. Mi rendo conto che non è più un ragazzino da consolare. Vuole essere trattato da uomo.

«Gli zii?» chiedo.

«Stanno bene. Giovanni e Tommaso?»

Al nome dei miei fratelli, l'unica reazione che l'orgoglio mi concede è un'alzata di spalle. Scuotere la testa avrebbe significato «morte», questo gesto, invece, racconta molto di più: assenza, silenzio, mancanza. Perfino tradimento. Lo vedo rabbuiarsi e so che cosa sta pensando. «Austriacante» viene chiamato chi è sospettato di collaborazionismo con il nemico, e io ho due fratelli in odore di corte militare.

Il caporale che ci guida ci sprona a continuare, ma Amos si offre di sostituirlo. Quando le altre lo riconoscono, lo accerchiano con affetto e domande. Manca da Timau da anni.

«Sono arruolato nel battaglione Tolmezzo» spiega incamminandosi e facendoci segno di seguirlo, «ma per ora ho imbracciato poco il fucile. Da me vogliono solo che lavori, il baraccamento che ospiterà il comando deve essere finito.»

Alza le mani e ruota i palmi. È sempre stato bravo a costruire, Amos. Pietra e legno sembrano piegarsi sotto il suo tocco, ma mi chiedo se sia possibile edificare in guerra qualcosa che non sia atto a distruggere o respingere.

«Non è una cosa cattiva» dico. Ho capito quello che lo risparmia, per ora: gli artigiani servono ad altro, non saranno mandati avanti come carne da macello. Lo vedo piegare il capo, fare qualche passo con gli occhi che seguono l'andirivieni degli scarponi, e comprendo che stare a guardare i compagni morire restando al sicuro lo turba. Una volta di più provo rabbia verso un re che instilla un senso di colpa suicida nei figli che dovrebbe proteggere.

Le trincee non sono scavate nel terreno, se non parzialmente. Non è possibile penetrare la durezza della montagna. Così, per erigerle, hanno usato ciò che avevano a disposizione: sacchi di sabbia e pietre. Fiaccole illuminano il giorno cupo nei cunicoli e scatolette di latta vuote sono state riconvertite a portacandele. L'odore dell'olio copre quello della terra. L'artiglieria nemica tace, ma gli italiani non smontano dalle loro posizioni e attendono, il fucile caricato su un braccio.

Io mangio radici, questi uomini escono da antri bui per predare altri uomini alla luce di torce. Sembra che il conflitto abbia riavvolto le ere, riportando in superficie usi primordiali. È una constatazione che mi inquieta, perché suggerisce che siamo solo all'inizio della barbarie.

Hanno bisogno di altre stuoie, mi scopro a pensare quando scorgo gli scarponi affondati nel fango. Non piove da alcuni giorni, ma quassù l'umidità fa fatica ad asciugare. In alcuni punti qualcuno ha iniziato a stendere assi sulle pozzanghere.

L'eco lontana di un sasso che precipita oltre il parapetto mi ricorda che dall'altra parte, oltre le nuvole che respiriamo, sono appostati in attesa i tiratori austriaci. Allora cammino più curva. Mi rendo conto che ieri il percorso si è svolto all'aperto grazie alle bandiere bianche alzate: i morti ci hanno garantito il passaggio, ma oggi ciascuna di noi potrebbe essere inquadrata in un mirino.

Amos ci saluta davanti all'infermeria e si concede di stringermi in un abbraccio più lungo di quanto avessi sperato, attimi nei quali ritorno bambina e la nostra infanzia scorre nelle membra intrecciate, si arrampica su alberi immaginari e crea arcobaleni tra piedi fanciulli che battono sponde di fiume.

«Dobbiamo solo resistere» mi sussurra all'orecchio, ogni sillaba incrinata. «Ancora un altro giorno, e poi un altro ancora.»

Riapro gli occhi e attorno a me è ricomparsa la guerra. Lo guardo e non vedo il turbamento che ho sentito vibrargli nella voce. Sorride, quando mi lascia.

«Amos» lo chiamo, non so nemmeno io perché. Non può restare con me, non può andarsene. L'uomo chiamato a uccidere suo fratello non ha scelta, se non morire lui stesso davanti a un plotone.

«Domani sarò ancora qui» promette, sparendo nel mondo angusto delle trincee. Vorrei chiedergli dove e quando lo troverò, ma taccio. Non era con me che stava parlando, ma con Dio.

Davanti all'infermeria noto con sollievo che il sangue è stato pulito dal telo esterno. Qualcuno, per intelligenza o per carità, ha allontanato la morte dagli occhi di chi è chiamato a sopravvivere.

Poco distante, il comando è una sagoma sbattuta dal vento, abbarbicata in un'ansa della montagna. Anche il capitano Colman sembra essere svanito. Il comandante è solo un pensiero vago, privo del potere della scorsa notte. Un'altra urgenza ha preso il sopravvento: finalmente possiamo liberarci del peso delle gerle.

«Tu, no» mi dice un soldato addetto ai rifornimenti. «Va' in infermeria.»

Le maniere restano sbrigative, ma almeno le parole

hanno inflessioni più dolci. C'è stato un tempo in cui i miei fratelli mi parlavano così, e ora io li rivedo in questi ragazzi che mi trattano con i modi spicci che si riservano a una sorella minore.

Oggi trasporto medicinali. La bandierina segnaletica per gli esplosivi è stata sostituita da una croce rossa su fondo bianco. Le boccette di vetro che porto hanno tintinnato a ogni mio passo. Mi avvio da sola, mentre Viola quasi bisticcia con un artigliere. L'alpino spasima per i proietti nella gerla di lei, ma Viola lo tiene a distanza e reclama spazio. È una delle poche volte in cui la sua bellezza viene messa in secondo piano.

«Ci ho messo una mattina per arrivare fin quassù» gli dice. «Potete aspettare qualche minuto.»

E lui, mansueto, attende i gesti di lei, che, sono sicura, ora saranno più lenti del necessario.

Non si può bussare a una tenda, per cui entro nell'infermeria annunciata dallo scampanellio delle boccette.

Ero preparata all'odore, lo riconosco. Avevo immaginato la sinfonia bassa di sospiri che mi accompagna nella semioscurità, toraci che si alzano e si abbassano come tasti suonati dalla morte, padrona volubile che ticchetta, indecisa se prendere o lasciare. Cammino in punta di piedi per non far schiudere gli occhi fin troppo stanchi e sofferenti dei feriti.

Ciò che non mi aspettavo è la voce che mi chiama.

«Fate in fretta.»

Proviene nitida da un'ombra che tremula tra lampade e lenzuola appese, in fondo alle file di giacigli. A pochi di questi disgraziati è spettata una branda, per gli altri solo pagliericci.

Dietro la stoffa quasi trasparente del paravento improvvisato, l'ombra si china su quella di un paziente. Scosto il lenzuolo e l'odore della tintura di iodio si fa pungente.

«Avete le mani pulite?» mi chiede l'uomo in piedi. Sopra la divisa indossa un grembiule un tempo bianco, ma che ora mi ricorda quello di un macellaio.

«No» rispondo. Mi sforzo per non abbassare lo sguardo verso il corpo del soldato ferito che ci separa.

«Mi servono le bende che trasportate.»

Non è una richiesta che si perde nella gentilezza, ma non è nemmeno brusca. È solo pratica e non mi disturba. Mi affretto a posare la gerla e rovisto tra le buste impacchettate.

«Disinfettatevi, prima di aprirle.»

Obbedisco, sfregandomi con il liquido scuro che mi fa scorrere sulle dita. La guerra delle trincee è per uomini giovani, penso sbirciandogli il viso asciutto, gli zigomi pronunciati sotto le efelidi. I capelli ramati lasciano spazi aperti sopra le tempie, ma non credo abbia molti più anni di me. Bastano un paio di passi per svelare l'andatura rigida del corpo longilineo, il ginocchio destro steccato. Sull'avambraccio si arrampica una cicatrice fresca.

Nota il mio sguardo.

«Una caduta rovinosa, per niente eroica. Tornerò presto in forma.»

Trovo le bende, apro la busta e senza sfiorarle gliele

porgo. Con una pinza ne solleva una e la adagia sull'addome del ferito. Credo sia un buon segno, in un piccolo mondo di scarsità in cui nulla deve andare sprecato, e in cui nemmeno la carità può essere troppo generosa.

«Siete capace di fare un bendaggio? Sono a corto di mani e le vostre mi farebbero comodo. Gli infermieri stanno facendo il giro del campo. Qui resta solo chi non può reggersi su entrambe le gambe e nemmeno strisciare.»

Parla in fretta, si muove in fretta.

«Ho fatto qualche fasciatura» mormoro.

«Finalmente una frase! E siete capace anche di sorridere?»

Lo fisso e lo vedo ammiccare, dietro le lenti sporche degli occhialini. Tiene un ago tra le dita rosse.

«Dottor Janes, tenente medico» si presenta, rompendo il filo dopo aver dato l'ultimo punto di sutura.

«Agata Primus, contadina.»

Una breve risata che non ha nulla di derisorio.

«Bene, Agata. Io sollevo il ferito, voi vi occupate del suo torace. Se vi decideste ad abbassare lo sguardo, sarebbe più facile.»

Obbedisco e sento la mia pelle ritirarsi dal corpo, come a voler fuggire. Non è un uomo ciò che sto guardando.

«Sopravvivrà?» domando.

Il dottor Janes fa una smorfia.

«Mai chiedere della vita o della morte di un paziente quando il paziente è sotto il proprio naso» mormora, sollevandolo con cura. «Ma per fortuna il nostro soldato è decisamente fuori combattimento. Fasciate stretto.»

«Chiedo scusa.»

Mi affretto a srotolare la garza attorno al petto del soldato ferito. Il suo corpo martoriato sembra fatto di ritagli rappezzati, i punti di sutura affondati con l'intento di trattenervi l'anima.

«Più stretto, senza timore. Per rispondere alla vostra domanda, Agata, non sempre la ferita più orribile da vedere è quella sicuramente mortale. Il vero pericolo è la setticemia. Ho perso ragazzi anche solo per un graffio, mentre altri li ho raccolti e rimessi assieme e sono ancora qui.»

Il dottor Janes conversa con il tono amabile di chi stia discorrendo del tempo. Gliene sono grata.

Giro di garza dopo giro, per un'alchimia che non riesco a spiegare, il corpo del ferito non mi suscita più ribrezzo, non ricorda la creatura composta di membra ignote e animata da vita innaturale descritta in uno dei romanzi più spaventosi che abbia mai letto. Alimenta in me uno slancio che trasforma i gesti verso uno sconosciuto in riti d'amore. È pur figlio di qualcuna, dopotutto: lo faccio per quella donna che un giorno potrei essere io, e per quel figlio che potrebbe essere il mio. È del futuro che mi sto prendendo cura, ma mi chiedo quanto l'opera di una creatura misera come me possa contare nel disegno di Dio.

«Mio padre aveva un fratello gemello» inizio a raccontare. «A detta di tutti, tra i due era il più devoto e anche il più abile nel taglio di un bosco. Morì dando un solo colpo d'ascia, schiacciato dall'albero che crollò sotto una frana. Nessuno si era accorto dei massi in bilico sul pendio. La frana lo travolse, mentre mio padre era a pochi passi di distanza, sveglio da poco. Aveva dormito sotto quell'albero fino a un attimo prima.»

Il dottor Janes sembra colto di sorpresa, poi mi guarda come se avesse finalmente decifrato il mio pensiero e la sua portata lo stupisse.

«Sì, Agata» annuisce. «Credo anch'io che sia il caso a decidere delle nostre sorti in questo mondo. Che altro? Solo un bel po' di fortuna e del rame, che nel nostro caso sono la medesima cosa.»

Ora sono io a non capire.

«Rame?»

Indica una damigiana ai piedi di un armadietto. È stata riempita con pallottole che rilucono al lume della lampada, bagliori freddi e altri caldi, come un tesoro. Abbassa la voce, come per fare una confessione.

«Una ferita all'addome si conclude in un funerale nove volte su dieci. Una agli arti ha qualche probabilità in più di portare a un finale diverso, anche se spesso lascia il corpo menomato. Se quando la estraggo, però, vedo che la pallottola ha la corona di rame, allora tiro un sospiro di sollievo. Qualcosa in quel metallo sembra impedire l'infezione.»

Ho finito, fisso la benda con un fermaglio. Il dottor Janes saggia con un dito la tenuta del mio lavoro, poi tira il lenzuolo e rimbocca la coperta dall'aria ispida.

«Molto bene, Agata. Davvero molto bene.»

«E lui?» chiedo. «Aveva rame in corpo?»

Il medico sorride, ma è come se vedessi il filo della tenacia più cieca tendergli le labbra, e nient'altro.

«Lo hanno sempre tutti.»

Faccio un passo indietro di fronte a quella pietosa bugia. Di colpo non so che fare di me stessa. La gerla attende di essere svuotata e io di poter scendere a valle, dove i fatti della vita e della morte sono quelli che conosco e che posso affrontare.

«Chi può far questo a un uomo?» domando con un filo di voce.

Gli occhi del dottore scattano sul mio viso, pieni di compassione.

«Chi? Un altro uomo. Sapete qual è la più grande paura di questi ragazzi? L'assalto all'arma bianca, dover affondare la baionetta in un altro giovane, occhi negli occhi. È un pensiero che li tormenta. Immagino che per il nemico sia lo stesso.»

Una terza ombra invade lo spazio racchiuso tra i teli, annunciata solo dal fruscio di stoffa. Il dottore saluta con un cenno.

«Ho trovato un'aiutante preziosa» dice, non più rabbuiato. «Spero di non averne approfittato troppo.»

Il capitano Colman è un passo dietro a me quando risponde.

«Un altro debito di riconoscenza nei confronti di questa donna.»

Janes si affretta a sciacquare le mani in un catino.

«Non mi ero reso conto dell'ora. Dovrete tornare a casa, Agata. Ci vorranno ore e il cielo minaccia pioggia... Sbrigo subito i doveri e vi restituisco il vostro tempo.»

Mentre armeggia con le boccette e i medicamenti che estrae dalla gerla, il silenzio tra me e il comandante diventa quasi fisico.

«Come state?» si decide a infrangerlo, dopo qualche sguardo che ha provato a rincorrersi. Potrei giurare di aver colto un'esitazione nella voce, come di imbarazzo.

«Voglio dire... Le vostre spalle?»

Con la mano corro a sfiorarmele. Appena me ne accorgo, la ritraggo.

«Molto meglio, vi ringrazio.»

«Temevo non foste venuta, o che aveste cambiato idea lungo il cammino.»

Scuoto la testa e lui mi porge un involto. Ne fiuto il contenuto in un respiro e ho uno spasmo alla gola. Pane.

«Se è un dono per scusarvi ancora, non è necessario, ma devo dirvi che non lo posso rifiutare» rispondo, ed è così difficile guardarlo negli occhi mentre confesso il bisogno. «Sappiate, però, che lo dividerò con le altre.»

«Ciascuna di voi ne ha avuto uno.»

Si avvicina, me lo porge ancora e allora mi permetto di prenderlo.

«Non mancava nemmeno uno spillo» dice piano. Quando sorride, sembra molto più giovane.

Janes torna da noi e mi aiuta a indossare la gerla. È di nuovo ciarliero e di buon umore.

«Venite a trovarmi, appena potrete» propone. «Se vorrete, naturalmente. Non mi capita spesso di scambiare qualche parola che non sia un'istruzione sbrigativa impartita agli infermieri.»

«Non credetegli» sussurra il capitano, chinandosi. «Chiacchiera sempre, spesso a voce alta con se stesso. Se ne sono accorti anche gli austriaci.»

Il dottor Janes scoppia in una risata e io penso che sia finalmente il suono della vita che irrompe in questo limbo.

«Tornerò volentieri» gli prometto congedandomi, l'involto fragrante stretto al petto.

Fuori dalla tenda la luce mi ferisce gli occhi. È tagliente come gli spuntoni di queste cime, come le lame montate sulle baionette che fanno capolino di tanto in tanto dai fortilizi a difesa del confine.

Il comandante non abbandona il mio fianco, i passi adattati ai miei, le mani intrecciate dietro la schiena.

«Tutto tace» mormoro, rendendomi conto per prima della banalità della constatazione, ma la sua risposta mi sorprende.

«Ne siete sicura? Ascoltate con più attenzione.»

Allora mi fermo e tra le rade folate di vento mi pare di cogliere un canto gracile e allegro. Un cinguettio a cui seguono poco dopo un secondo e poi un terzo richiamo.

Guardo il capitano.

«Possibile?» chiedo.

Lui indica la trincea della prima linea.

«Abbiamo diverse coppie di canarini. Li avete mai visti?»

Scuoto il capo.

«Quando tornerete, se sarà possibile, vi porterò a vederli. Hanno piume gialle come l'oro, come i ranuncoli che ricoprono i vostri prati.»

Riprendiamo a camminare, ma qualcosa mi turba, un dettaglio che scompone la consonanza.

«Vi tengono compagnia?» domando.

Non mi guarda quando risponde e io avverto la presenza tangibile del dramma che fino a questo momento ho solo percepito.

«Sono qui per salvarci la vita, Agata. Sentirebbero per primi la presenza di gas letali.»

Non commento. Non potrei. Quassù, vicino al cielo, ogni ordine è sovvertito, persino la natura delle abitudini comuni si fa aguzza e micidiale e un canto innocente può annunciare la morte.

Viola scatta in piedi quando arrivo con il comandante, il suo sguardo è un assalto, e anche se Lucia, Caterina e Maria fingono di essere concentrate nelle attività di rammendo con cui impiegano l'attesa, so che il loro bisogno di sapere che cosa ci siamo detti non è meno impellente.

Il capitano Colman si schiarisce la voce e indica un mucchio ordinato di pacchetti tenuti assieme con lo spago. Posso intuire che cosa contengano.

Io e Viola ci guardiamo: possibile che poche donne siano riuscite a mettere quest'uomo in difficoltà?

«Siamo costretti a dover approfittare della vostra generosa offerta ricevuta ieri» sta dicendo. «Per chi di voi ancora vuole farsene carico, abbiamo preparato gli indumenti da lavare. I miei uomini saranno ben lieti di pagare per il servizio, ciascuno secondo le proprie possibilità. Vi chiedo comprensione, se in molti casi il compenso sarà poco più che simbolico.»

È Lucia a fare il primo passo. Raccoglie uno dei pacchetti e per un attimo la vedo esitare, ma il tentennamento dipinto sul suo viso si scioglie subito in un sorriso e con un saluto si incammina. A una a una la imitiamo e quando viene il mio turno capisco che cosa aveva sospeso il suo gesto: lo spago trattiene un fiore nel suo laccio, e non un fiore qualsiasi.

Il capitano Colman mi si avvicina.

«Avremmo voluto regalarvi delle rose, come si conviene, ma capirete che non è stato possibile.»

Rigiro lo stelo tra le dita. Nel grigiore di questo giorno, i petali carnosi e ricoperti di peluria catturano la poca luce brillando come argento.

Mi sento sorridere. «Non conosco le rose. C'è invece un'espressione più felice che racconta la tenacia di questa stella alpina: noi la chiamiamo 'fiore di roccia'.»

Il capitano Colman annuisce.

«È questo che siete. Fiori aggrappati con tenacia a questa montagna. Aggrappati al bisogno, sospetto, di tenerci in vita.»

8

Tenace è il sangue, non io. È lui che si aggrappa alla montagna, alle persone, a queste camicie che per quanto le strofiniamo non torneranno mai a essere bianche.

Il lavatoio sembra diventato il sabba che descrivono le fiabe: calderoni ribollono su grandi fuochi improvvisati. Caterina mesce con un lungo bastone i panni che gorgogliano tra vapori acquei ed effluvi di erbe. Combattiamo i pidocchi, da queste parti, e lasciamo gli austriaci agli alpini sui contrafforti. Sembriamo streghe, con scialli neri e cupe cantilene, lunghi capelli che la fatica ha liberato dai fazzoletti e vesti fluttuanti tra le fiamme. I nostri passi danzano sulla morte per chiamare la vita, mentre spezziamo il pane che i soldati ci hanno donato.

Strofino abiti di morti. Chi ce li ha dati non aveva ferite tali da far sgorgare tutto questo rosso sulla valle. Ancora una volta, nulla può andare sprecato e allora il sangue tinge la trama più profonda, penetra nei recessi come un'epidemia, con quella particolare sfumatura di rosa che non ricorda un'alba o petali di fiore, ma le viscere di un corpo abbandonato sul campo di battaglia: la speranza divelta.

Mi chiedo come sia fatto davvero questo sangue, come lo vedano gli studiosi attraverso le lenti ingrandenti. Me lo immagino come milioni di zampette d'insetto, che con aculei minuscoli si avvinghiano a tutto ciò che incontrano, e allo stesso tempo è un'onda che invade e che riempie il petto di un anelito d'eternità.

«Un goccio di grappa, per risollevare lo spirito.»

Viola siede accanto a me. Accetto la fiasca mezza vuota e ingollo un sorso di coraggio.

«Sulle vette hanno ricominciato a sparare» dico.

«Ho sentito.»

Ma il cielo è buio, allora forse i colpi di cannone provengono da altri campi di battaglia. Forse Amos è al sicuro, forse il dottor Janes non dovrà vegliare altri moribondi e il capitano Colman non conterà i suoi uomini per scoprire che, qualsiasi decisione prenda, la resistenza è un continuo atto di sottrazione. Forse questa notte riuscirò a dormire.

Quaggiù rammendiamo, ci impegniamo a tenere assieme la vita, per quanto possibile, mentre lassù viene fatta a pezzi. Cuciamo punti saldi, loro aprono corpi. Teniamo assieme lembi, mentre sul fronte qualcuno li strappa.

«Finirà mai?» chiedo in un bisbiglio, ma so da me che è appena cominciata.

Viola prende un sorso generoso.

«Mio padre dice che l'Italia avrà presto la sua vittoria.»

Chiudo gli occhi.

Non sarà così facile. Gli abiti dei soldati erano avvolti in fogli di giornale che mi sono premurata di conservare. Ho scorso le notizie: non erano recenti, ma senz'altro attendibili. Il Regio Esercito risente ancora degli ingenti capitali investiti nella guerra di Libia. Scarseggiano le scorte di ogni genere e difettano gli opifici militari. Il parco delle artiglierie è carente. Il generale Cadorna aveva dato disposizioni affinché fino all'ultimo momento nessun battaglione prendesse posizione lungo la linea del fronte, quando invece il nemico attendeva da settimane, organizzato ed efficiente, con riserve numerose e ben istruite, un arsenale moderno e tempo a disposizione per dispiegarlo. È stato un massacro.

Riapro gli occhi e una lacrima brucia calda la pelle. Se i nostri soldati resistono, ed è così, è solo al prezzo del sacrificio di giovane sangue.

Viola sembra immune ai pensieri nefasti.

« Ho chiesto delle consegne per domani » dice. « Porteremo altre munizioni, e proietti per obici e cannoni. Li ho visti, sai, giù al magazzino. Ce n'è uno che pesa quasi quanto me. »

Gli occhi le brillano, sono giada scaldata dalle fiamme. Parla e sembra tessere i capelli scuri con le dita. La grossa treccia è gonfia di ricci lucidi. È con questo viso e questa pelle bruna che immagino le antiche regine d'Oriente. Una delle storie che mia madre mi raccontava per addormentarmi parlava di una pergamena millenaria in cui si celebrava una potente sovrana chiamata Cleopatra. Quante volte l'ho vista attraverso le sue parole, risalire un fiume su una galea dalla poppa d'oro e i remi d'argento, e gonfie vele di seta purpurea. La immaginavo bambina, come me, e già allora aveva il volto di Viola.

Appoggio il mento alle ginocchia e sento che lei mi sfiora una guancia.

«Prima che l'estate sia finita» sussurra, «potremo tornare a fare il bagno al fiume. Ti tingerò le labbra e le guance con il succo dei lamponi. Ti laverò i capelli e li intreccerò con fiori e bacche. Il sole li avrà schiariti e sembreranno miele.»

«Ho fame» mormoro strofinando i denti contro la gonna. «Potrei mangiarmele, le bacche.»

«Anche i fiori, se è per questo.»

Le afferro una mano e la stringo. Il pane non mi ha saziata, al contrario: ha aperto una voragine.

«Ho talmente tanta fame che a volte mi sento impazzire» confesso. Tanta, che spesso mi faccio paura per ciò che potrei essere capace di fare.

«Non ci pensare, Agata. Ti prego.»

Viola mi stringe, ma quasi subito scioglie l'abbraccio.

«La soluzione ti sta davanti» bisbiglia tra un bacio veloce e la fuga.

Francesco ci sta osservando dal vicolo che conduce alla chiesa, nel modo caratteristico che gli appartiene e che mi inquieta: perfettamente in vista, ma mescolato all'oscurità.

Mi alzo in fretta e afferro un canestro con gli abiti che Caterina ha appena pescato dal calderone. Fuma come un comignolo, eppure ho i brividi. Inizio a stendere i panni sulle rastrelliere che da giorni attendono invano il foraggio per l'essiccazione.

«Agata.»

Non mi volto.

Lo sento sospirare, oppure sta cercando il mio odore nell'aria. So che ne sarebbe capace.

Mi gira attorno, si aggrappa con le dita a uno dei pioli e mi guarda come se fossi il suo carceriere.

«Parla con me» mormora.

Continuo il mio lavoro, ma non posso fare a meno di rispondere.

«Devi smettere di cercarmi, di guardarmi quando pensi di non essere visto.»

«Perché?»

Sbatto un paio di calzoni prima di stenderli.

«Perché non è giusto che mi tratti come se fossi una cosa tua.»

Mi sfiora le dita. Le ritraggo svelta. Vedo che Lucia ci sta guardando con apprensione. Sembra aver soppesato anche lei Francesco, e avervi scorto più ombra che luce.

Il bel viso di lui è acceso da un languore che mi disgusta, i capelli ricadono sulla fronte umida. Il suo sudore è smania che affiora.

«Eri fuori dalla mia finestra ieri notte» gli dico. Non è una domanda, è un'accusa. Vorrei chiedergli che cosa mendicava il suo sguardo, che cosa di me ha rubato la sua immaginazione, ma il coraggio viene meno quando fa scorrere la mano sul legno levigato dal tempo. È una carezza lenta e ostentata, che mi sento sulla pelle.

«Se non hai rispetto di me, potresti almeno dimostrarlo a mio padre» gli dico.

La voce mi esce a malapena, ma Francesco non sembra cogliere il mio stato d'animo.

«Tuo padre... Ha bisogno di cure, Agata.»

È un inganno che mi incendia le guance.

«Non ci sono cure che possano ridarmelo.»

Lo vedo aggrottare la fronte.

«E tu come lo sai? Perché te l'ha detto un vecchio prete che gioca a fare il dottore?»

Francesco mi è davanti, vicinissimo, non c'è più nulla a separarci e la sua mano è tocco d'ortica sul mio braccio.

«Esistono nuove medicine in grado di aiutarlo, ma sono molto costose. Posso fartele avere, se solo tu mi permetti di aiutarti.»

Lo vedo come se fosse la prima volta.

«Cosa mi stai proponendo, uno scambio?» chiedo.

Le sue dita cercano la mia pelle sotto la manica ed è come se un vento gelido che non sta soffiando risalisse il mio corpo.

«Sarebbe così orribile?» domanda con un filo di voce.

«Agata, vieni! Ho bisogno di aiuto» mi chiama Lucia fulminandolo con uno sguardo carico di disprezzo. Non ha dimenticato quando sua cugina accettò l'invito di lui ad andare al fiume e ne tornò sconvolta, tanto da non volerne fare parola.

Francesco alza gli occhi al cielo. Da come sorride, capisco che nemmeno lui lo ha scordato.

«Sei salva» dice, come se la passione ossessiva che prova per me fosse solo uno scherzo. «Buonanotte, Agata.»

Le mani in tasca, sparisce nel buio che sembra sempre pronto ad accoglierlo, ma qualcosa di lui permane. Un pensiero chiaro mi attraversa: non mi sentirò mai più sola. Non perché qualcuno sarà sempre pronto a proteggermi, ma perché lui sarà nascosto da qualche parte a osservarmi.

Ovunque mi troverò, anche nella notte più muta e profonda, saprò di avere la sua ombra addosso.

9

Devo decidere se risparmiare o sfamarci.

Posso scegliere di conservare tre lire e mangiare quattro croste di formaggio e quel che è rimasto della pagnotta.

Oppure tenere solo due lire e mettere in tavola quattro croste di formaggio, un avanzo di pane e qualche uovo, o una grossa fetta di prosciutto. Forse, due pugni di farina.

Ancora: nessuna moneta tintinnante e un pasto decoroso, anche se privo di ornamenti; il sale è un nuovo oro cristallino e il pepe è scomparso da empori e tavole.

Ho solo addendi e sottraendi, nessun fattore. Sommo e tolgo, ma non posso moltiplicare.

Il potere è tutto nelle mie gambe allenate, nelle reni, in questo corpo che non ne può più.

Se salgo di nuovo al fronte, forse mangerò.

Se non mangio, forse potrò comprare le medicine.

Se, se, se.

Non importa quanti conti faccia, quanto sia avvezza a far bastare il nulla. In ogni caso, domani, dopodomani o fra un mese, il padre di Francesco alzerà il prezzo di qualsiasi cosa io chieda e queste monete non saranno più sufficienti. Non lo saranno mai.

È così che si addomestica un'anima refrattaria al giogo, col bisogno. Non il suo, ma quello di chi ha più a cuore.

Il potere non è nel mio corpo, ma nel suo rendersi disponibile ai desideri di chi lo brama.

Dalla stanza di mio padre arriva il suo boccheggio sibilante. Espira con forza nelle giornate ventose, come se gli spifferi lo abitassero fino a colmarlo. Diventa vento anche lui, ringhia nel buio, e la sua sofferenza mi tormenta.

Davanti al tavolo della cucina, stringo il cuscino fino a conficcare le unghie nella stoffa. È bagnato di lacrime, è tiepido del mio calore. Non ho memoria di come sia arrivato tra le mie mani e questo mi spaventa, perché so dove dovrebbe stare: nella camera dell'uomo che mi ha dato la vita, sul suo letto, accanto al viso.

Conosco, però, il proposito con cui per un attimo, uno soltanto, l'ho afferrato. È il moltiplicatore della mia sopravvivenza. È il silenzio capace di tacitare il vento. Non è oscurità, mi dico. È disperazione, carità, sollievo.

Ma lo getto lontano con un grido soffocato. Posso ancora sopportare, posso resistere per entrambi. E la nuova rabbia verso Francesco sarà una lupa che canta nel mio sangue e nerbo resistente per quando dovrò salire.

Chiudo l'unica imposta rimasta aperta. La sbatto come vorrei fare con il ricatto ricevuto.

Non ci sarà alcuna candela alla finestra ad accogliere un uomo padrone e una vita più facile. Non si compiranno sacrifici di lupi stanchi. Questa notte, e se Dio vorrà anche le prossime, basterò al mio branco.

10

Nuove strade saranno aperte dove prima si estendeva un inaccessibile regno di crepacci. I lavori sono cominciati, i genieri del Regio Esercito arruolano la popolazione, nemmeno i bambini sono esonerati. Chiunque possa fare affidamento anche solo su una mano per muovere pietre e terra non si può risparmiare, il che significa tutti, tranne la famiglia di Francesco. Viola ha raccontato di averlo visto adoperarsi come volontario a Paluzza, ma non ha saputo dire per quale servizio. Sembra ormai distante dall'infatuazione che la costringeva a patire l'indifferenza di Francesco, è invece concentrata a portare in quota le munizioni più ponderose.

Oggi salgo al fronte dopo giorni trascorsi a mezza quota, impegnata come una formica a masticare e digerire fianchi di montagna tra esplosivi e scarti di cantiere.

Il mio mondo sta cambiando ancora, e non so per quanta parte il mutamento conserverà intatte le radici. È un incessante divellere e tranciare ciò che era ben piantato in questa terra. Abitudini, tradizioni e certezze saltano in aria assieme ai massi all'ombra dei quali hanno attecchito. Giù in paese c'è chi dice che sia il futuro che avanza, ma stento a intravederlo tra i vapori della guerra.

Incontriamo squadre del reparto Genio zappatori lungo la salita: fanno sorgere dal nulla ponti arditi sui burroni ed espugnano forre e creste con scalette di ferro ancorate alla roccia.

Il conflitto si è incancrenito e loro preparano la montagna perché sia la loro casa, ma nulla mi impedisce di pensare che lei presto rivelerà il suo lato infido: la guerra che questi ragazzi dovranno affrontare non sarà solo quella contro l'esercito del *Kaiser*. L'inverno giungerà fin troppo presto.

Accanto a noi sfilano muli condotti a piedi da alpini. Ne sono necessari tre per il trasporto in vetta di un cannone – uno per la canna, il secondo per l'affusto e il terzo per le munizioni. È confortante vedere come i soldati ne abbiano cura, chiamandoli con nomi affettuosi e accarezzandone i dorsi polverosi. Non fanno mancare loro un sorso d'acqua, prima che a se stessi.

È possibile provare riconoscenza nei confronti di una bestia? Qui, in questo luogo e questo tempo, è più che mai così.

Don Nereo si è unito a noi nella salita, chiedendo mille volte perdono per il rallentamento che la sua presenza comporta. L'urgenza, però, di conoscere il cappellano militare assegnato a questa porzione di fronte si è rivelata più impellente di ogni ritrosia e senso di colpa. Con la sua tipica foga, che gli accende animo e gote, don Nereo sale per assicurarsi che il ministro di Dio in guerra scelto dal comando sia capace di svolgere il proprio lavoro, quello di non far sentire abbandonati i giovani che lui sente già come figli propri. Se così non fosse, sarebbe capace di telegrafare al vescovo e al generale Cadorna intimando maggior attenzione nella valutazione.

Per un tratto ha zoppicato, per un altro un alpino gli ha ceduto il proprio alpenstock. Alla fine, lo stesso soldato ha fermato un mulo e con un compagno si è fatto carico delle giberne e delle sacche che trasportava e ci ha issato don Nereo, ormai talmente stremato da non riuscire a protestare. Il suo insolito silenzio, però, a noi che lo conosciamo ha detto molto.

Rimugino a lungo prima di avvicinarmi al suo fianco. Appoggio una mano sul collo del mulo, sento il suo respiro, la forza pacifica che attraversa muscoli, vene e tendini.

«Come sta tuo padre?» mi chiede don Nereo. Ormai non lo fa quasi più nessuno.

«Non è cambiato nulla» rispondo.

«Verrò a trovarlo presto» promette, serio. «Gli ultimi avvenimenti mi hanno distolto dall'incarico che il Signore mi ha assegnato.»

Mi aggrappo al pelo dell'animale.

«Potrebbe stare meglio?» chiedo.

Un pensiero spiacevole s'incarna tra le sopracciglia del sacerdote.

«Conosci la sua malattia, Agata. Te ne ho parlato, ricordi?»

«Mi chiedevo solo se fosse cambiato qualcosa, se una nuova medicina...»

Don Nereo posa una mano sulla mia e io capisco. Quelle tre lire non potrebbero aiutare mio padre nemmeno se fossero trenta o tremila. L'ho sempre saputo, ma a volte anche la certezza ha bisogno di essere rincuorata.

Francesco ha mentito.

Lascio andare la presa assieme alla speranza insensata. Rallento senza che me ne renda conto e vado alla deriva, ma non resto sola. Viola chiude la colonna con un avanzare faticoso, i passi quasi conficcati nel sentiero. Trasporta un proietto che pesa più di quaranta chili. La sua dedizione sta assumendo i contorni di una dichiarazione d'amore.

«Per quanto pensi di poter resistere?» le chiedo.

Non riesce nemmeno ad alzare il viso, tanto il suo corpo si è fatto arco.

«Fino in cima» sospira.

«Fino a quando lui ti vedrà?»

Non risponde, non è ancora pronta a confessare il sentimento per l'alpino bruno dal sorriso aperto che la induce a spezzarsi la schiena e a essere sempre l'ultima della fila, in bella vista, quando è il momento di lasciare il fronte. È un triste retaggio delle nostre donne offrire sacrificio in cambio di considerazione, come se non avessimo altro, come se non fossimo altro.

«Viola, ti prego, fatti aiutare da un mulo.»

«*No.*»

È sul punto di piangere, la voce incrinata come le vertebre dalla sua ostinazione. La lascio in pace a malincuore, le faccio risparmiare il fiato che faticosamente fa entrare nei polmoni. Vorrei dirle che non vale la pena soffrire più di quanto già non abbia fatto, ma mi rendo conto che forse vorrei consolare solo me stessa.

Al nostro passaggio sottocosta alla parte sud del *pal*, veniamo invitate ad accelerare il passo: sopra le nostre teste, un poderoso sistema di carrucole sospende nel vuoto un cannone.

«Una bocca da fuoco da 75» ci informa un alpino della nostra colonna.

Braccia e funi tese allo spasimo lo issano su un torrione naturale da dove dominerà l'accesso alle retrovie italiane.

Il fronte non è più solo un opificio di morti. Ha cambiato volto con vapori di rancio e un lavorio industrioso appena fuori dalla gittata nemica. Altri edifici di sassi e tetti spioventi stanno sorgendo e da quel mondo prima scarno e muto si solleva il parlottio della vita. È forse inevitabile, mi dico, per quanto stupefacente. Il bosco manda avanti le sue specie pioniere, capaci di trarre sussistenza da un suolo povero preparandolo per le altre; qui l'uomo – questo uomo – scalpella l'inferno in cui è costretto a stare per renderlo abitabile. Ma inferno resta, basta uno sguardo più attento per riconoscerlo: in alcuni punti, oltre le costruzioni, la terra è nera e grassa, ribolle dei corpi in decomposizione sepolti ovunque.

Viola ha finalmente l'incontro tanto anelato: dura pochi istanti, quanto basta perché l'alpino che le è entrato nel cuore, con l'aiuto di un compagno, recuperi il proietto per l'obice. Il soldato non capisce che quello è un dono per lui. Se guardasse Viola negli occhi lo comprenderebbe, invece i due alpini caricano la munizione su un carretto e se ne vanno con un ringraziamento fugace. Ma poi il giovane sembra ripensarci e corre da lei. Sento Viola trattenere il respiro, è un flutto al contrario che risucchia anche me.

«Come vi chiamate?» le chiede.

«Viola!»

«Artigliere Guglielmo Moro» si presenta. «Domani me ne portate un altro, per favore?» Subito sparisce nuovamente.

Viola si accascia, sfranta.

«Mezza giornata di salita e adesso, con un tiro di corda, tutto sarà finito» la sento gemere.

«Almeno il mulo sarà contento. Un peso in meno da portare» dice Caterina, ma il gomito di Lucia sul fianco le intima di non andare oltre.

Siamo così stanche che ci consegniamo con abbandono alle mani che ci spogliano del carico. Qualche chiacchiera, un sorso d'acqua e un po' di formaggio. Manca la forza per avere fretta.

«Agata!» mi chiama don Nereo. «Una mano, per favore.»

Lucia mi pianta due palmi sulla schiena e spinge per riuscire a farmi alzare. «Per fortuna ha chiamato te» sussurra. So che ha i seni doloranti e ogni movimento le costa sacrificio, siamo partite all'alba e non ha avuto il tempo di allattare.

Le ginocchia scricchiolano, nel basso ventre avverto il peso bruciante dell'infiammazione. La salita appicca fuochi nel corpo.

Aiuto don Nereo a scendere dal panchetto che ha usato per distribuire i sacchi delle Regie Poste. È stato

preso d'assalto come un paiolo fragrante dopo una giornata passata a lavorare nei campi.
«Quattro su dieci sono analfabeti» borbotta. «Dovrò fare qualcosa. Magari fermarmi, qualche volta, e leggere per loro. Hanno più che mai bisogno di parole di conforto.»
So che farà molto di più. Si farà dettare le lettere di risposta, dovessero essere decine e decine, e inventerà affetto racimolando qualche informazione tra i compagni per chi non riceverà nulla da casa. Raccoglierà paura e la impasterà con qualche bugia buona per farne speranza. Prima l'uomo e poi la dottrina, è solito dire.
«Don Nereo, sono Amos.»
L'arrivo di mio cugino sorprende entrambi. Non lo vedo da giorni e lo trovo ulteriormente cambiato, come se fossero trascorse intere vite e lui le avesse vissute tutte.
Don Nereo lo afferra per le spalle. Da come lo guarda capisco che non lo avrebbe mai riconosciuto.
«Amos, ragazzo, ti trovo bene! Quanto tempo è passato.»
«Quassù il tempo sembra fermo, don. Prende la rincorsa solo durante le battaglie.»
Don Nereo lo strizza nel suo abbraccio e Amos sembra sparire.
«Te la stai cavando» gli dice.
«Non ho ancora combattuto, don. Al massimo ho portato qualche ruolino di battaglione alle prime linee. Mi fanno costruire.»
«È una buona cosa, è una buona cosa.»

Amos mi sorride, un sorriso spento. Don Nereo cerca le nostre braccia per camminare, lo sosteniamo uno per lato.

«Ho saputo che vi è stato assegnato un cappellano militare. Vorrei incontrarlo» dice.

Amos ci accompagna dove sorgerà la cappella del Pal Piccolo. La edificherà con le proprie mani, assieme ad altri scalpellini, con il metodo dell'*opus incertum*, come facevano gli antichi romani, ci spiega, e costruirà un tetto spiovente per quando la neve sarà alta quanto un uomo. Per un attimo ho riconosciuto nel suo entusiasmo la passione di quando era solo un ragazzo.

C'è bisogno di Dio, su queste cime. Ma io non riesco a scorgerlo tra le croci scure conficcate nel terreno. Nemmeno loro, così hanno pensato di erigerne un segno.

Vedo solo tre uomini avanzare sulla spianata di tombe, parlando tra loro come se non stessero calpestando un esercito di morti – l'ombra, o forse il futuro, di quello che respira in superficie. Ne riconosco due e immagino chi sia il terzo. Rappresentano la catena che di questi tempi fa di un giovane un cadavere o un superstite: il capitano che chiede ai suoi soldati di uccidere e di non morire, il medico che gioca una partita con la morte per strapparglieli, quando ella crede di averli afferrati, e il prete, che li accompagna nell'ultimo viaggio poche spanne sotto terra, o li conforta per un occhio mancante.

Ci raggiungono, le mani allacciate dietro la schiena, i cappelli d'alpino con la penna appena mossa dal vento.

Don Alberto Degano indossa l'uniforme e un piccolo crocifisso appuntato sul petto, è un prete che nelle omelie invoca la fine del conflitto, ma è anche un ufficiale del Regio Esercito e, per grado, potrebbe ritrovarsi lui in testa al comando, se il capitano venisse ucciso. Ha sguardo chiaro e combattivo e lo punta diretto sull'anima. È giovane, come tutti i sacrificabili.

«Così siete quello che vuole costruire una chiesetta su questi pendii» esordisce don Nereo, squadrandolo.

«E vi dirò anche messa, tra un bombardamento e un assalto» risponde l'altro.

Hanno trovato ciascuno pane per i propri denti, direbbe mio padre, ma si intendono forse proprio perché si rivedono l'uno nell'altro.

Le strette di mano e le presentazioni mi coinvolgono, provocandomi imbarazzo. Non è il mio posto questo, nonostante la gentilezza di don Alberto e il sorriso con cui mi ha salutata il dottor Janes. Indietreggio di un passo, ma la mia ritirata è frenata da un corpo che non concede via di fuga. Il capitano Colman non mi guarda, ma sono sicura che l'abbia fatto con intenzione.

«La cappella servirà anche per accogliere le spoglie dei caduti, prima della sepoltura» sta dicendo il dottore. «Abbiamo bisogno di un cimitero più grande, qui non c'è più posto.»

Don Nereo spazia con lo sguardo sullo slargo.

«Cadono come spighe falciate» mormora. «Mi chiedo se i campi dell'Italia intera diventeranno un cimitero.»

Il comandante si china su di me.

«Posso parlarvi?» domanda. «Ho una richiesta da farvi.» Senza attendere, mi fa scostare dagli altri di qualche passo.

«Potete fare riferimento a Lucia, lei...»

Non mi lascia finire.

«Ho l'impressione che le vostre compagne si affidino alle vostre parole, o sbaglio? Parlate bene. Di rado, ma con convinzione.»

«Non più delle altre.»

«Sapete che non è vero. Avete studiato?»

La domanda innocua, pronunciata dalle sue labbra, mi ferisce.

«Sarebbe strano per una contadina, questo intendete» mormoro.

«Non intendo mai nulla, io parlo sempre chiaro.»

Il comandante tace e attende la mia risposta, stoico nel suo resistere al mio disagio.

«Solo l'appena necessario» mi convinco a dire.

«Eppure sembrate ben istruita.»

«Leggo.»

Continua a studiarmi, riflessivo.

«Posso andare, adesso?»

«Devo mostrarvi una cosa.»

Mi fa cenno di seguirlo, precedendomi spedito lungo i cunicoli. Dalle retrovie alle trincee mi perdo in un labirinto che a poco a poco mi sembra di conoscere. Sul mio volto inizia a soffiare il vento d'altura che bisbiglia tra burroni e vette, spiana il *pal* e ringhia nelle forre con alito di abisso: ci stiamo avvicinando alla prima linea. Al nostro passaggio, sento sferragliare di fucili e vedo mani che si avvicinano alla fronte. Le difese si sono organizzate, uomini armati fino ai denti presidiano il perimetro dell'ultimo sbarramento dopo il quale, oltre i cavalli di Frisia e la terra di nessuno, c'è l'invasore.

I fossati sono stati dotati di scalini in pietra per proteggere i piedi dal fango e aperture per scrutare il campo di battaglia. Il capitano sale sul parapetto e mi porge il suo binocolo ad armacollo, invitandomi a usarlo. Accosto gli occhi alle lenti e il viso alla feritoia, e sobbalzo quando il fronte nemico pare venirmi addosso, di colpo vicinissimo, quasi fossi sul punto di sfiorarlo. Le trincee austriache sembrano lontane appena un braccio. Posso leggere le lettere stampigliate sui sacchi di sabbia, vedo il fumo sottile alzarsi da comignoli improvvisati. Seguo un'ombra che fa capolino a intermittenza tra i pertugi.

«Alzate lo sguardo di un palmo, a destra. Notate qualcosa?»

È solo una linea, ma è così dritta da rivelare la sua origine innaturale tra le pietre.

«Sì. La vedo.»

La canna di un fucile sbuca da un anfratto.

«È un terreno di guerra attraversato da spaccature e rilievi, i tiratori scelti sono necessari per controllare tutti gli spazi sguarniti» mi spiega il comandante. «Colpiscono di rado, ma non commettono errori. Mirano alla testa con pallottole esplosive e non lasciano scampo. Sono pazienti e sanno leggere i segnali che una preda semina intorno a sé, siano riflessi del metallo di un fucile o brevi fiammate di cerini.»

Riconosco nella descrizione il padre che ho avuto.

«Cacciatori» mormoro.
So che mi sta guardando, ma non mi volto. Continuo a fissare l'avamposto nemico dalla feritoia, così immobile eppure letale.
«Sì, probabilmente sono tutti cacciatori d'alta montagna» conferma. «Ma noi ci divertiamo a chiamarli 'cecchini'.»
«Che cosa significa?»
«Figli di Cecco: Francesco Giuseppe, imperatore d'Austria-Ungheria.»
Ricordo alcune vignette satiriche che sui giornali irridevano il *Kaiser*, chiamandolo con quel nomignolo poco regale. Restituisco il binocolo al comandante, anche se è difficile interrompere il contatto visivo con l'altra barriera: non è la parte oscura speculare a questa, non è l'antro che si apre davanti ai giusti.
È solo montagna, sono solo uomini. Uomini che hanno fame, che hanno paura, che hanno nostalgia di casa, e che devono uccidere, come i nostri.
Non è naturale stare fermi a pochi passi gli uni dagli altri, condividere gli stessi sacrifici e i medesimi patemi. Serve una risolutezza sovrumana per non sentire il richiamo del riconoscersi l'uno nell'altro.
Il capitano Colman incrocia le braccia sul parapetto di pietra a secco, è il suo turno di puntare il nemico.
«I cecchini non sono solo qui. Presidiano fin dall'inizio la cima del Freikofel» mormora, assorto. «Hanno avuto tutto il tempo per prendere posizione. Da là hanno ampi campi di tiro sui camminamenti che collegano il Pal Piccolo al Pal Grande e di giorno impediscono

ogni movimento. Controllano tutta la zona, tranne un canalone lasciato sguarnito: troppo impervio, perché qualcuno tenti la salita.»

È nel modo in cui mi guarda che intuisco il suo intento.

«Conosco il canalone di cui parlate» dico, e davanti agli occhi mi si para l'immagine di uomini che risalgono in un silenzio ferale le pareti del precipizio.

«Domani notte, dovremo camminare sul velluto» continua, rincorrendo i miei pensieri. «Dovremo camminare su queste montagne nel modo in cui lo fate voi.»

Il battere dello sguardo sui miei piedi è eloquente.

«Potete aiutarci?» incalza, senza concedere respiro al mio stupore.

«Per quanti dei vostri uomini?» riesco a chiedere, scacciando la confusione.

«Ottanta alpini, e un comandante.»

Sono più di quanti immaginavo.

«Sì, possiamo aiutarvi» rispondo senza esitazione, e mi sembra di vederlo sorridere, ma è un baluginio che gli rischiara solo per un momento il viso.

«Non avete nemmeno contato le ore di veglia a cui costringerete voi stessa e le altre donne» mormora.

«Sbagliate. L'ho fatto. A quanto pare, so anche far di conto.»

La sua risata questa volta esplode limpida ed echeggia nella forra che ci divide dal nemico. Immagino i *Kaiserjäger* appostati dall'altra parte sussultare, recuperare freneticamente il controllo del mirino, cercare la sua origine in un'ombra, disorientati dall'eco. Dovrei temere per me stessa, invece sono tranquilla. So che il comandante ha considerato ogni dettaglio, la sorpresa e la confusione. Si è concesso una libertà che sa di non poter ripetere.

Indica il fossato che abbiamo appena attraversato e che tra poco percorrerò a ritroso fino a tornare alla vita.

«Ricambiate i saluti militari, al vostro ritorno» mi intima. «'Portatrici', vi chiamano. Vi considerano un reparto, e non a torto. Credo sia la prima volta nella storia di un conflitto armato.»

Mi volto verso gli uomini accucciati con i fucili in mano.

I loro saluti rispettosi di poco fa non erano per il capitano.

Erano per me. Per noi.

11

Su quelle montagne i lupi non si vedevano da anni. C'era addirittura chi affermava che non vi si fossero mai avventurati, come se qualcosa li respingesse verso i boschi più fitti della Slavonia, o verso le profondità della Carinzia. Di certo, quel qualcosa negli ultimi tempi era la guerra che tuonava quasi senza sosta.

Eppure, mentre era a caccia di nemici lungo i sentieri invisibili all'occhio inesperto, su fino quasi alle rocce, lui ne stava trovando le tracce. Resti di prede, escrementi, qualche orma. Una notte passata di posta negli anfratti, quando il fucile aveva iniziato a pesare tra le mani in modo quasi insostenibile dopo ore di immobilità e le palpebre si chiudevano nonostante lo sforzo di spalancarle, una notte di silenzio in cui l'artiglieria nemica aveva finalmente cessato di tamburreggiare, aveva sentito il richiamo del lupo sollevarsi dal versante di fronte. La pelle gli si era increspata con violenza. Quel verso sembrava provenire da un mondo ormai estinto e che invece era presente, nascosto e feroce.

Il lupo aveva iniziato a seguirlo a distanza negli ultimi giorni, sapeva sempre dove si appostava, in quale cavità riposava: non lo temeva, ne tracciava una mappa. Era il soldato a trovarsi nel territorio della bestia. Bestia anche lui, ma di una specie ancora sconosciuta all'animale e per *questo interessante, con addosso l'odore innaturale della cordite e quello repulsivo del sangue dei propri simili sulla divisa sporca di fango e muschio.*

Ma forse era solo un'immaginazione ammalata, la sua, una fantasia nutrita dalla solitudine, dal meticoloso e monotono incarico che il reparto gli aveva assegnato e dal bisogno di riconoscersi in un elemento naturale per non sentirsi mostruoso.

Non c'era alcun lupo. Era lui *il lupo.*

Non era solo la sua mente a partorire visioni. Accadevano fatti insoliti su quelle montagne, in quel conflitto, tra i sentieri di pietre che conducevano in vetta, come se il sangue bevuto dalla terra avesse reso ebbra la realtà. Gli accadeva di vedere donne dalle lunghe sottane salire i pendii ripidi, di sentirle cantare, su fino alle prime linee dove cadevano le bombe. A volte, rimanendo sottovento rispetto a loro, poteva sentire il profumo del cotone lavato, delle vettovaglie che portavano sulle schiene curve, della lana che intrecciavano tra le dita.

Il comandante non gliene aveva parlato, ma lui avrebbe chiesto presto di loro. Tornava così di rado al campo militare che ormai se ne sentiva quasi estraneo, il suo era un passaggio rapido come quello di zampe selvatiche sulla radura, per afferrare provviste con cui riempire borraccia e tascapane.

Ma quando si guardava, vedeva solo mani. La terra del fronte penetrava sotto le unghie, dipingendo mezzelune nere, gli entrava in bocca quando lui si gettava in un avvallamento e quasi la mordeva. Lo nutriva come una balia dai seni sanguinolenti e lo riempiva fino al cuore.

Solo il dito sul grilletto del fucile gli ricordava che cosa fosse veramente.
No, lui non era un lupo.
Era un tiratore scelto.
Un cacciatore di altri esseri umani.

12

Abbiamo cucito per ore, per una notte intera, fino a spellarci i polpastrelli e sentirli bruciare contro lo spago. Abbiamo proseguito alla luce dell'alba, fino a quando il sole ha invaso il fienile attraverso i graticci. Abbiamo battezzato gli strati di stoffa con il sangue delle dita e la speranza di cuori di donna. Qualcuna ha impuntito medagliette con l'effige della Vergine Maria nelle suole e ricamato una minuscola croce sfolgorante del Cristo Redentore sul velluto nero.

Gli *scarpetz* dei soldati sono stati fatti con le nostre sottane più linde e preziose. Nessuna ha voluto che quei ragazzi andassero in battaglia con stracci e vecchie pezze.

Un giorno è passato e un'altra notte è calata sulla valle del Bût. Seduta sulla panca fuori dall'Ufficio della Posta, guardo il cielo notturno e immagino lotte furibonde sul Freikofel.

La cima è nostra, il capitano Colman e i suoi uomini l'hanno ripresa risalendo lungo il burrone impervio nel buio delle ore più remote, diventando roccia e silenzio, ombre furtive e segnali. Con l'aiuto di due plotoni di rincalzo, l'hanno espugnata e da un giorno intero difendono la posizione in quota dai tentativi degli imperiali di riprendersela.

Non si odono gli scoppi dei cannoni e questo mi inquieta: significa che la lotta è corpo a corpo, è fatta di assalti comandati dai fischi perentori degli ufficiali, guardandosi in volto con il nemico, mangiando il respiro dell'altro prima di sottrarglielo, con urla che dirompono nello stomaco.

Chiudo gli occhi e stringo la mano di Viola. Nemmeno lei ha il coraggio di abbandonare questa panchina e assieme mendichiamo notizie che non appagano mai il bisogno di sapere il nemico respinto. I dispacci lasciano intendere che l'Esercito Imperiale abbia avuto la peggio e che tema finalmente gli italiani.

Mors tua vita mea. Il prezzo fin qui pagato è un fiume di sangue. Il mio sogno si è infine avverato. Il burrone che i nostri hanno risalito si è riempito di cadaveri, quasi tutti giovani ungheresi, colpiti e precipitati dalle rocce come una cascata di vite mietute. Lo hanno già chiamato la «valletta dei Morti».

Don Nereo esce dalla Posta, ha un messaggio telegrafato tra le mani. Non proferisce parola, ma il sorriso è commosso. Quando annuisce, Viola scoppia in un pianto liberatorio tra le mie braccia.

È finita, lassù. Sono al sicuro. La cresta del Freikofel si può accendere di fiammelle nella notte per confortare gli animi ancora trementi, nel modo in cui i soldati hanno imparato a fare: scatolette vuote, un goccio di olio di sardine e un po' di grasso residuo della carne, il filo di una calza come stoppino, ed ecco che il buio si ritrae. Alzo anch'io la mia lampada, alzo il viso per sentire il vento che ha soffiato su quelle cime, respirato da quegli uomini.

Vita, bisbiglia. Vita, almeno per questa notte. Amos, il dottor Janes, il capitano. Dentro di me, sento che sono vivi.

13

Una lettera per me, dal fronte. Alla sede di sosta dei reparti a Paluzza me la consegnano al posto del buono di prelevamento. La tengo sospesa tra le dita come se fosse possibile cristallizzare questo momento nell'alba cangiante che rischiara il cielo. Temo le parole impresse sul foglio, temo di leggervi riportato l'addio di qualcun altro. Mi allontano prima di aprirla, in cerca di un riparo dove nascondere il dolore, dovesse sopraffarmi. Quando spiego il foglio, inizio a leggere dalla fine: facevo così anche con le lettere dei miei fratelli, convinta che il peggio venga sempre affidato alle ultime parole, parole di cordoglio, mentre le prime e quelle in mezzo sono solo una preparazione compassionevole al colpo calante. Inizio dalla fine e risalgo le frasi come un pesce la corrente di un fiume in cui turbinano nomi e sentimenti. Li catturo tutti con battiti di ciglia veloci e solo dopo che la mia rete è piena riprendo dall'inizio e scendo. Finalmente, torno a respirare.

Cara Agata,
 nel caso ve lo foste chiesto, e so che è così, quassù stiamo tutti abbastanza bene. Grazie al capitano Colman le perdite sono state limitate e io, per quanto ho potuto, ho cercato di aiutare la buona sorte.

Dio e i vostri scarpetz hanno fatto il resto. Vi porto i ringraziamenti del comandante e di tutti i soldati qui di stanza.

Vostro cugino Amos vi saluta e vi manda a dire tramite il sottoscritto che non avete motivo di preoccuparvi: continua a intagliare pietre!

Abbiamo ripreso i nostri posti sul Pal Piccolo, dove spero di ricevere presto la vostra visita. L'infermeria è troppo silenziosa e il fronte un luogo privo di attrattive senza i sorrisi delle Portatrici.

So che vi sarà assegnato un nuovo incarico, e che sarà gravoso, ma sono certo che nessuno sarebbe in grado di portarlo a compimento meglio delle donne di questa terra. La vostra compassione ha qualcosa di sacro.

Nell'attesa di rivedervi, vi saluto con gratitudine.

Il vostro amico, dottor G. A. Janes

Lucia mi raggiunge e mi scuote per un braccio per sottrarmi all'effetto intorpidente del sollievo.

«Hai sentito?» chiede. «Oggi non saliamo e forse nemmeno domani. Chissà per quanto. Dobbiamo costruire un cimitero.»

Un cimitero? Noi?

Lucia guarda lontano con un'espressione accigliata che non le avevo mai visto prima d'ora. Dove io scorgo solo le attività militari ormai consuete, lei sembra intra-

vedere un'ombra incombente, ma che cosa può mai accadere ancora che non abbiamo già affrontato?
«La guerra» mormora, come se spiegasse tutto.
«*Lottuns chaan Vriin.*»
La guerra, dice, non ci dà pace. Ma noi, deve aver pensato qualcuno al Comando Supremo, possiamo dare pace ai morti.
«Quando? E dove?» chiedo in un sussurro.
«Subito. A Timau.»

Costruire un cimitero significa penetrare nella terra, perforare il primo nido, scavarlo fino a esporne il cuore bagnato. Vuol dire immergere le mani e disossarlo, strappare radici gonfie di linfa. Non edificare ma trafiggere, e farlo a mani nude, con l'anima spogliata di ogni difesa davanti alla paura atavica di riempire un giorno, troppo presto, una di quelle fosse.
Fosse, non capitelli e archi marmorei. Un campo rettangolare, una palizzata da completare, e buche scure.
Le donne di Timau sono figure chine che setacciano la polvere, sfangano perimetri identici che si replicano fino all'orizzonte e preparano giacigli sui quali piangeranno lacrime al posto di madri e spose lontane, per quel sottile ma inalterabile filo di carne e amore che le unisce alla vita partorita.
Così scaviamo per un giorno intero e domani ricominceremo.
Attorno a noi volano ali nere che spargono ombre, planano becchi di corvo che rovistano in cerca di vermi.

Presto questa terra ne brulicherà. Attendete, bestie, attendete e ne sarete sazie.

Alzo lo sguardo, Viola è dove l'ho lasciata ore fa: inginocchiata, immobile, guarda le montagne. Non ha ancora completato la sua prima tomba, ma guarda il fronte come se attendesse a momenti l'arrivo di un corpo da adagiarvi. Mi fa impressione, mi fa paura. Ho paura. Che la mente non regga – la sua la mia la nostra –, che non sarà mai più possibile tornare indietro e il nero contamini ogni altro colore.

Do vita a un canto, una litania bassa nella mia lingua madre che mi riempie la gola e gonfia le labbra, antiche strofe prendono vita come spire nella notte più oscura.

Mi accorgo dei passi che mi girano attorno solo quando le scarpe appena velate di pulviscolo si fermano sotto il mio sguardo. Non sono *scarpetz* e nemmeno zoccoli.

«Agata?»

Continuo a cantare. Non voglio far tornare il silenzio su questa valle di fosse, voglio colmarle di vita finché posso, finché la finzione reggerà sulle gracili gambe della mia ostinazione.

«Agata, ascoltami. Ho un consiglio importante da darti.»

Giuseppe è un notabile di questo paese, a mio padre lo legano la stessa balia e un'amicizia nata in fasce, ma poi il destino ha preso sentieri diversi per ciascuno di loro: benessere e miseria, salute e malattia.

Alla fine il silenzio vince e mi decido a guardarlo.

«Per te sono stato come un secondo padre, vero?» mi chiede.

Può un padre arrivare solo nei momenti di festa? Può un uomo scordarsi del fratello quando questi perde la capacità di stare al mondo? Io non lo credo. Il mio mutismo sembra snervarlo. Batte il cappello su una gamba. Si alza un soffio di polvere, lui abbassa la voce.

«Te lo dico perché per me sei come la figlia che non ho mai avuto, Agata. Qualcuno ha iniziato a mormorare riguardo ai tuoi fratelli. Disertori, li chiamano, e il tuo nome accompagna spesso certe parole. Non hai nessuno che possa proteggerti.»

«Qual è il consiglio?» chiedo.

Giuseppe si rimette il cappello, ma ormai non riesce a nascondermi più nulla di sé.

«Trovati un marito, unisciti a qualcuno al di sopra di ogni sospetto. Togli te stessa dal dubbio» dice quasi ordinandolo.

Rimesto a lungo i miei pensieri, tanto che lo vedo fremere di impazienza.

«Non sono rimasti molti giovani» dico infine, senza quasi battere le palpebre, assottigliate per non farmi abbagliare dalle sue parole.

Giuseppe scosta lo sguardo, lo allontana di scatto come farebbe con un tizzone ardente capitato per imprudenza tra le mani.

«Qualcuno c'è» mormora. «Non serve guardare lontano.»

Oh, so che non sarebbe necessario fare il giro del mondo per trovare l'uomo che Giuseppe ha in mente.

Lo tolgo dall'imbarazzo spogliandolo del mio sguardo e riprendo il lavoro.

«E se fossi stata il figlio maschio che non hai avuto?» chiedo, battendo una grossa pietra su un'altra. «Mi avresti dato lo stesso consiglio?» Il terzo colpo è secco, spacco il sasso e Giuseppe sussulta. «Non offendermi» gli dico. «Non parlare mai più come se mio padre fosse già morto.»

Giuseppe fa calare la maschera e il suo volto appare finalmente per ciò che è: quello di un uomo vuoto che veste se stesso dei capricci degli altri, più potenti di lui e nonostante questo ancora più affamati di dominio.

Non è Giuseppe a parlare in questo momento. Francesco ha scelto l'assenza, ma mi sovrasta come una nube, scurisce il giorno e sa di pioggia, forse di lacrime – quelle che non farò sgorgare. Mi sento vibrare anche se non muovo un muscolo, mi sento ardere anche se il vento è fresco. Dentro di me si è aperta una breccia di carne viva che vorrebbe divorarlo.

«Non lo hai saputo?» dico. «Salgo al fronte e trasporto pallottole sotto il fuoco nemico. Di chi avrei bisogno?»

«Non mi sentirò responsabile, dovesse accaderti qualcosa.» Giuseppe sospira e ha ancora l'anelito in gola quando i suoi passi si allontanano e io non vedo più le punte delle sue scarpe. Fuggi, Giuseppe, aggrappati al pudore rimasto e fuggi lontano dalla vergogna.

Mi sento abbracciare, Caterina si china su di me. I capelli grigi sono una matassa di sottile filo d'oro.

Quando mi sfiora le mani, mi accorgo che sono sporche e sorreggono in grembo le metà di una pietra.
« Stai bene? » mi chiede.
« Sì. »
« Il sole tramonta, vieni. » La luce si sta coricando sul mondo e lo tratteggia a sbalzo, increspa il terreno e il tempo, ma io continuo a fissare la venatura minerale che macchia il cuore della roccia, una croce nera.
« Sembra un cattivo presagio » dico.
Caterina appoggia una guancia alla mia.
« Cosa non lo è di questi tempi? »
Secoli fa in questi solchi si deponevano sementi, ora li dissodiamo per accogliere morti.
E allora perché la terra è cosparsa di fiori e io canto?
Perché il sole continua a scaldare, le stagioni continuano a rincorrersi e le madri continuano a partorire figli sotto costellazioni scintillanti. È la vita, così intimamente connessa alla morte da esserne a volte indistinguibile.
La paura dell'uomo, in questo immenso mistero, è poco più di un granello di polvere che danza nel buio dell'universo.

14

«Non c'è più spazio, come ve lo devo dire?»
Il capitano Colman si ostina nell'abitudine che più detesto, ma che ormai me lo rende familiare.
«Potete voltarvi?» domando, paziente.
«Non cambierebbe la risposta.»
«Ma farebbe di voi un gentiluomo.»
Mi accontenta, anche se il tempo che mi concede è solo un lampo prima di occuparsi di altre faccende. «O lo fate o non lo fate, Agata. Non c'è un altro modo per porre la questione. Se vi sembra una richiesta insostenibile, ditelo e non pensateci più. Nessuno vi obbligherà, ma non fatemi perdere altro tempo.»
«Sapete bene che nessuna di noi rifiuterà» insisto.
«Ed è questo a essere intollerabile per voi.»
«Ciò che è intollerabile, comandante, è che, nonostante lo sappiate, non vi siate tirato indietro dal domandarlo.»
Smette di rovistare tra le carte. Non voglio sapere che cosa c'è scritto su quei telegrammi, quali ordini renderanno insonne la notte di questi uomini.
«Stiamo già combattendo una guerra, perché volete iniziarne un'altra con me?» chiede, le dita macchiate d'inchiostro posate sul tavolo.
«Non è questa la mia intenzione.»

«Allora non vi comprendo.»
«Non trovo le parole per spiegarvi.»
Si alza.
«Eppure sembrano non mancarvi mai.»
«Al contrario. Mancano fin troppo, credetemi.»
Gira attorno al tavolo e interrompe un raggio di sole che per un momento gli restituisce la giovinezza che la guerra ha tolto a tutti.
«Avete ragione, è una richiesta terribile e non ne vado fiero» dice, allargando le braccia. «Ho dovuto prendere molte decisioni discutibili da quando sono qui e questa non è nemmeno la peggiore. Mando ogni giorno ragazzi di vent'anni a morire, Agata. *Questo* è insostenibile.»
Lui li manda a morire, a noi chiede di raccoglierli.
Oggi ho compreso che il nuovo incarico a cui si riferiva il dottor Janes nella lettera non era la costruzione del cimitero, ma il suo riempimento.
Sento le spalle abbassarsi nonostante lo sforzo di tenerle diritte.
«Vorrei solo...»
«Cosa?»
«Una maggiore...»
«*Cosa?* Per l'amor di Dio, Agata. Ditelo e togliete a voi e a me il pensiero.»
«Vorrei che ci fosse mostrata una maggiore considerazione, capitano Colman.»
Sgrana gli occhi.
«L'avete già» assicura.
Non riesco a guardarlo. Non so perché, ma all'im-

provviso ciò che da sempre mi viene concesso di essere non mi basta.
Il comandante si schiarisce la gola.
«Nel caso ve lo foste chiesto, l'ho mangiata, quella mezza patata» dice.
Non alzo gli occhi dalla punta dei suoi stivali. Fanno un altro passo in avanti.
«Me la sono fatta bastare per il giorno successivo, e per tutto il tempo mi sono chiesto come facciate. Siete donne dalla forza insospettabile.»
«La forza pare essere la nostra condanna» rispondo di getto.
«Non parlo di sola prestanza fisica, Agata, ma di determinazione, audacia, valore. Non siete diverse dai miei migliori ufficiali impegnati in prima linea e se a volte vi sembro brusco è perché non faccio alcuna differenza tra voi e loro.»
Alzo gli occhi.
«Uguali?»
Sorride.
«Spesso migliori.»
Annuisco.
«Che almeno non ci siano affidati i corpi dei pochi che conosciamo» chiedo. «E che gli altri siano nascosti alla vista.»
Il comandante riprende il suo posto dietro le carte.
«Sarà fatto nel modo in cui volete» assicura, e lo dice come se un legame ci unisse, come se fossimo corpi di uno stesso ingranaggio che stridono e spingono in apparenza l'uno contro l'altro, ma che in realtà generano

il moto che porta queste difese a resistere e le fosse a essere riempite. Ruotiamo perché non possiamo fare diversamente. Ruotiamo perché dentro di noi, in qualche recesso che non vogliamo esplorare, vortica, uguale e contraria, la necessità di farlo. È difficile ammettere di poter trovare compimento nella tragedia.

Ci congediamo con un cenno e con uno sguardo pudico sulle cose della vita in cui ci siamo riconosciuti.

Fuori dal comando la tenda che ancora ospita la fureria sbatte al vento come la vela di una barca. Non ho mai visto il mare, ma immagino che l'isolamento che si sperimenta su queste cime non sia lontano da quello a cui costringe l'oceano. Le montagne sono giganteschi transatlantici in rotta di collisione sulla linea di un confine. Come su una nave, qui bisogna imparare a bastare a se stessi, a addomesticare i bisogni, a portare a termine il proprio compito quotidiano affinché quello degli altri non sia vano.

Non ho ancora incontrato il dottor Janes, ma lo intravedo per un momento camminare dietro a una barella. Due soldati lo scortano, uno stringe in una mano la bandiera bianca. Affretto il passo e lo chiamo, ma il gruppo sfila veloce fino a infossarsi nelle trincee.

«Dove vanno?» chiedo a Caterina, appena raggiungo le altre. Anche loro stanno guardando il punto in cui la processione è sparita.

«A scambiare un austriaco per un italiano» risponde, la mano che preme sull'addome da questa mattina. «Il medico ha detto che è una pratica comune, di non preoccuparci.»

Una vita per un'altra, un baratto nella terra di nessuno. Dio è assente e l'uomo cerca come può di prendere il suo posto.

«Dovresti chiedere al dottor Janes di visitarti» le dico.

«E a che servirebbe?» sospira. «So cos'ha il mio fegato. Lo so chiamare per nome, si è già portato via mio padre.»

«Forse dovresti risparmiarti la fatica di salire, Caterina.»

«E restare a casa ad aspettare? No.»

È una donna sola. In lei vedo il mio futuro.

«Le patate sono pronte?» le chiedo.

«La buccia quasi si stacca. Tra un paio di giorni.»

«Ti aiuterò a raccoglierle» prometto.

Mi accorgo solo ora dell'uomo seduto a cavalcioni dei barili. È l'unico, a parte noi, a non indossare la divisa e i capelli bianchi stridono in mezzo a tanti giovani soldati. Tiene un involto di pelle sulle ginocchia e un carboncino tra le dita nere. Di tanto in tanto alza gli occhi su di noi.

«È un pittore» bisbiglia Lucia, dandogli le spalle. «E non fa che guardare da questa parte.»

«Un pittore?»

«Viene da Venezia, si fermerà qui due settimane, per conoscere la vita del fronte. Lo ha fatto chiamare il comandante.»

«Colman? Perché mai?»

«Gli ha commissionato un quadro per la cappella.»

Non ho tempo di reagire alla notizia di un animo così sfaccettato nascosto da qualche parte dentro il comandante, perché un caporale ci richiama con il fischietto. È tempo di andare, ma, contrariamente al solito, nessuna di noi dimostra entusiasmo all'idea di iniziare la discesa.

Il carico nella gerla sembra fatto di piume, i soldati si sono assicurati di non gravarci d'altro se non delle lettighe che a coppie trasporteremo fino all'ospedaletto da campo di Paluzza. Non ci sarà urgenza nei nostri passi, perché non c'è alcun respiro a scaldare le coltri. Nessun canto oggi, ma la recita del rosario. Maria ha già iniziato a sgranarlo. Lei porterà le lettere del comando che sostituiranno figli e mariti nelle famiglie in cui giungeranno.

Il cappellano militare ha già benedetto le salme. Le gocce d'acqua santa sono sbocciate come fiori plumbei sui teli e si mescolano con quelle della pioggia che inizia a ticchettare. Per ora è rada, ma a ovest le nubi iniziano a caricare.

Io e Viola siamo le ultime, lei aspetta il suo artigliere. Al nuovo crepitare dell'orizzonte, la scongiuro di andare.

«Ancora un minuto, uno solo» bisbiglia, lo sguardo fisso sul buco nero di una trincea.

«Il temporale è vicino.»

«Guglielmo arriverà. Di qua non me ne vado senza vederlo.» In lei pulsa un disperato bisogno di vivere. Tra noi, la portantina accoglie un involto di coperte e corde che è stato un soldato. Così vicine alla morte, non chiediamo altro che qualche riflesso di possibile futuro.

Mi rassegno ad attendere, mentre Viola recita il nome di lui in una preghiera via via più rabbiosa, come il vento che sibila, annoda i capelli, porta tempesta. Alzo il viso al cielo e una goccia fredda cade sulla fronte. Sopra di noi sfolgorano lampi che mi provocano vertigini. È una girandola di sillabe mozzate. Sento il rintocco di una campana lontana, ma forse è solo il battito del mio cuore nel costato che si è fatto caverna.

«Viola» la chiamo.

La sua bocca continua a invocare quel nome senza sosta, ma il buco resta nero.

Ancora squarciare di tuoni, così vicino da sentirlo raschiare la pelle. La afferro per un polso e sto per strattonarla via quando finalmente lui riemerge facendosi largo tra divise tutte uguali. L'artigliere raggiunge Viola e al suo cospetto, affannato, le consegna un fagotto con gli abiti da bollire, assieme a una richiesta accorata: «Domani me la portate un'altra bomba per l'obice?»

Le labbra di Viola tremano.

«Nient'altro?» riesce a chiedere.

Qualcuno lo chiama e il giovane si congeda senza nemmeno una risposta.

Provo pena per lei, provo pena per ogni cucciolo di speranza che morirà di fame.

«Sto bene» dice, quando le sfioro una spalla.

«Pronta?» le chiedo.

Sembra finalmente destarsi.

«Non lo sarò mai» risponde e lo sguardo cade traverso sulla portantina.

Vi giriamo attorno, le gonne che strusciano. Agitate

dalla tramontana, illuminate da lampi, chiamiamo tempesta e odoriamo d'erbe e selva.

Alziamo la lettiga. Così è questo che resta di un ragazzo, un peso che abbatte ogni proposito di ignorarlo, che trema ai nostri passi e ci fa tendere verso il basso come a chiederci di accoglierlo tra le braccia.

Ti porto giù, penso. Ti porto via di qua e ti vado a mettere nella terra. È nato da una pancia e a un'altra pancia tornerà, ma buia e fredda.

Il gruppo ci ha lasciate indietro, solo Maria ci ha attese lungo il sentiero. Continua a pregare, muove le labbra in silenzio, veloci, e nel grigio purulento del temporale mi inquieta. Mi inquieta il modo in cui ha iniziato a guardare queste montagne negli ultimi giorni, come se vi vedesse muoversi cose che non ha coraggio di raccontare. Quando era bambina sua nonna le baciava gli occhi, diceva che erano santi. Ora credo di averne compreso il motivo.

Maria, tu li vedi. Li vedi come se fossero ancora vivi.

Il cielo piange violenza. In pochi attimi le vesti sono fradice, lo scroscio del muro d'acqua copre ogni altro rumore, mentre la roccia sembra spaccarsi e nuove cateratte scaturiscono con fragore allarmante. La terra trema, tanto è l'impeto che si abbatte su di essa.

Arranchiamo tra le raffiche, i piedi che scivolano, le mani che stringono. I capelli sono una rete gocciolante davanti agli occhi e il freddo si è fatto largo dentro di noi.

I teli bagnati decalcano un profilo d'uomo che ormai è diventato evidente e io inizio ad avvertirne la presenza, emersa dal bozzolo come se la morte fosse solo un'altra forma di vita. Mi parla con il suo cuore muto, con il petto immobile preme sul mio. È un'eco al contrario, che chiama a sé ogni respiro del mondo, anche il mio.

«Agata!»

Il grido di Viola mi coglie con un piede già nel baratro. Il sentiero frana e io con lui. Sento il vuoto, il vento che mi sbatte, le dita aggrappate alla lettiga. Sento Viola urlare più forte, un appiglio sotto i piedi, la disperazione che mi spinge a tentare. La presa tiene e io risalgo, mentre il carico scivola un po' più sotto. Viola supplica Maria di aiutarci, ma lei non ci sta nemmeno guardando. Guarda *lui*.

Non verrò, penso. Non verrò giù con te. Ma il ragazzo è forte della gravità, della pendenza che lo arma di un potere avverso al nostro, e noi perdiamo l'equilibrio.

«Agata!» mi chiama ancora Viola.

Occhi negli occhi, riconosciamo l'una nell'altra la parte selvatica che ci spinge a mollare la presa e a lasciarlo precipitare. Dentro di me già lo vedo cadere, lentamente, come cadono le cose immerse nell'acqua. Un tuffo giù nei crepacci, lo scioglimento da ogni legaccio stretto dal senso del dovere. E so che lo sta vedendo anche Viola con la propria immaginazione. È solo un corpo, ci stiamo dicendo.

Ma quel guardarci l'un l'altra richiama prepotente anche la nostra umanità e la lupa che freme in noi per sopravvivere si rintana con un ululato. Questa volta ha perso lo scontro.

Con un ultimo sforzo disperato stringiamo i denti e

issiamo il peso, tra frana di sassi e fango lo strappiamo al baratro con un colpo di reni che spezza la schiena e ci fa urlare. Strisciamo lontane dal precipizio trascinandolo come possiamo e, solo quando siamo certe che la terra sotto di noi reggerà, ci lasciamo andare distese, le bocche spalancate in cerca d'aria e a riempirsi di pioggia.

Maria smette di pregare. Dio è sempre più lontano.

15

La tempesta si incuneava sibilando fin negli anfratti, era una sinfonia furibonda. Poteva riconoscere tutti gli strumenti perfettamente accordati della natura: gli archi fatti di rami, con i primi e secondi violini, i violoncelli e i contrabbassi, più carichi di fronde. In certi momenti di calma apparente emergevano i flauti traversi delle correnti che risalivano il canalone, ma il suono assumeva rapidamente i toni grevi dei corni e dell'oboe. E poi le percussioni, quando il vento s'infrangeva in raffiche contro le rocce.

Ripensò a suo padre, che da estimatore di Vivaldi vi avrebbe invece riconosciuto il presto *dell'*Estate.

Era un ricordo che risaliva a una vita prima, a un'altra esistenza. Vienna e le comodità moderne erano luci più distanti delle stelle e lui sfregava le mani sopra una fiammella precaria, al riparo di una tela cerata tesa tra le coste di una scarpata, come un selvaggio.

Di selvatico aveva sempre avuto il cuore e un'indole che più volte lo aveva messo in difficoltà nella società raffinata e stantia da cui proveniva, ma che lo aveva anche salvato in quei giorni di guerra. La misura delle cose e dei sentimenti era mutata. Restava l'essenziale. Persino la sua famiglia gli sembrava lontana dal cuore, si chiedeva continuamente se alla fine della guerra sarebbe stato possibile recuperare quel calore.

Pulì tra le labbra il cucchiaio sporco di rancio e si specchiò nell'incavo troppo opaco: non riuscì a riconoscere se stesso e l'eredità della stirpe che lo aveva generato. Sua nonna era stata una principessa e lui ora era solo un viso dipinto di fango, unghie nere e poco altro.

Faceva parte della «gioventù di ferro», ma si sentiva vecchio. La caserma lo aveva domato e forgiato per essere un eroe, ma si sentiva solo un sopravvissuto.

Lanciò la gavetta e cancellò dalla mente l'immagine del ragazzo che era stato. Non aveva più senso indugiarvi. Ne cercò un'altra nella tasca interna della giacca, la visione di un futuro diverso: era una cartolina dai bordi smangiucchiati che riproduceva il profilo di un transatlantico. Lungo le coordinate su cui era stata piegata e ripiegata, solchi bianchi avevano eroso man mano dettagli del disegno, ma la composizione manteneva ancora la promessa di un'avventura grandiosa. Passò un dito sulla carta, così umida da sembrare pelle. Quel viaggio poteva essere un nuovo inizio dove il sangue versato non avrebbe potuto raggiungerlo: si sarebbe sparso nell'oceano, diluito e mescolato da onde alte come palazzi, fino a scomparire. Ora, persino quel progetto di vita gli sembrava sciocco e vuoto. Il fronte trasformava individui in plotoni, ragazzi spensierati in soldati rozzi e crudeli. Ismar aveva visto uccidere e aveva ucciso. Quei morti gli pendevano di dosso come medaglie senza gloria; temeva che nemmeno alla fine della guerra avrebbe potuto spogliarsene.

Prese dal taschino un dono che un sergente polacco gli aveva fatto. Era un uomo dai lunghi baffi e dalla fede in-

crollabile. Una sera, gli aveva messo un piccolo crocifisso tra le dita.

«Ti osservo da giorni» aveva detto solamente, quando lui lo aveva guardato interrogativo.

Karol, si chiamava, e aveva visto in lui il baratro più nero.

Un rumore lo strappò alle riflessioni. Scattò in allerta, il fucile tra le mani e la schiena contro la roccia trasudante. Con uno scarpone spense il fuoco e attese nel buio. Era stato poco più di un ruzzolare di ghiaia sopra la sua testa, ma la vita selvaggia lo aveva ormai reso avvezzo a ciò che era naturale e ciò che invece non lo era. Persino il rotolare di un sasso lungo il pendio poteva raccontare molte cose sulla propria origine.

Restò immobile a lungo, come il predatore che era diventato, ma a parte l'ira di Dio niente sembrava calcare quei sentieri.

L'arma in spalla e il coltello in una mano, si arrampicò fino all'imbocco del crepaccio. Il fil di ferro che aveva teso tra le pietre era in posizione. Osservò la pioggia, ascoltò la montagna ululare. Là fuori non c'era altro che vento e acqua. Tornò nella tana, coprì l'entrata, ma non riaccese il fuoco.

In quell'ombra profonda, per un attimo gli era parso di sentire il grido di una donna.

16

Giunte a valle, ci lasciamo asciugare dal sole, gli scialli annodati in vita, i capelli sciolti. La tempesta ora è solo un cappello di nuvole turbinanti sul Pal Piccolo, ma ha lasciato una rete di graffi sulle mie braccia. Siamo tornate al calore del fondovalle, dove gli stormi sono ancora padroni dei cieli. La luce è accecante, i campi profumati. Riemergo alla vita come Persefone durante la primavera, abbandono il regno dei morti fino alla prossima discesa nell'Ade, che per me sarà una salita.

Così vicine a casa, il peso della portantina si è fatto lieve, le parole stentate diventano chiacchiere.

Costeggiando il ruscello, incrociamo bambini che giocano a rincorrersi tra schizzi luminosi. Mi riempio della loro vitalità, la sento danzare sulla pelle in girotondi infantili. I bambini ci circondano giocando ai cavalieri scalzi, con fronde al posto delle spade e un cane senza orecchie come unico destriero. Getto svelta il mio scialle sulla portantina, affinché non ne indovinino il carico, e lascio che ci scortino fino in paese. Con loro c'è anche Pietro, seduto a gambe ciondolanti sul ponticello.

«Tua madre?» gli chiedo.

Alza gli occhi dal libro che sta leggendo. Riconosco il

romanzo che gli ho prestato prima che la guerra scoppiasse.

«È passata anche lei con una barella, ma non è andata verso l'ospedale.»

Guarda la lettiga, non ci interroga su che cosa trasportiamo. Si alza e ci accompagna.

«Ti piace il libro?» gli chiedo.

Alza le spalle.

«È bello.»

«Ma...?»

Calcia un ciottolo lungo il sentiero.

«Francesco dice che non dovrei perdere tempo a studiare, che così non aiuto mia madre» confessa.

A quel nome, Viola nemmeno si volta. Penso sia un buon segno.

«Davvero? E che cosa dovresti fare, secondo lui?» domando, tenendo a freno l'irritazione.

«Darmi da fare, lavorare. Ma io gliel'ho detto che leggo solo quando ho finito tutto quel che dovevo fare!»

«Non starlo a sentire. Hai capito?»

Annuisce, ma sembra abbattuto. Dovrò riparlargli, appena possibile.

A Paluzza i soldati scacciano i bambini con aria bonaria e ci chiedono la medaglietta di riconoscimento del ragazzo. Viola l'ha conservata nella tasca del grembiule e gliela porge senza guardarla. Ci dicono di proseguire verso la canonica, dove ci ricongiungiamo con le altre. Alcune se ne sono già andate, altre si stanno incamminando verso casa.

Posiamo la barella, le schiene che scricchiolano dopo ore di tensione.

«Vorrei restare, ma i bambini mi aspettano» ci dice Lucia, gli occhi lucidi. «Ne ho preparati due.»

La carezza che posa sul mio viso e su quello di Viola è un incoraggiamento che non capisco, ma che Viola sembra intendere alla perfezione. La vedo scuotere la testa, mentre si stringe nello scialle ormai quasi asciutto.

«Non ce la posso fare» mormora, e le parole risuonano come una richiesta di perdono mentre mi passa a fianco senza incrociare il mio sguardo.

Lucia esita, fa fatica ad andarsene e io vorrei dirle di smettere di sentirci tutti figli suoi, che le fa male, che la consuma.

«Se posso, tornerò più tardi» promette, prima di lasciarmi.

Nel tramonto chiaro dell'estate resto sola con un morto davanti al sagrato della chiesa. Sul campanile le taccole si contendono una preda con frulli neri d'ali sericee.

«Non abbandonarmi anche tu, eh.»

Mi volto in tempo per vedere la preoccupazione di don Nereo mascherarsi di un sorriso.

«Ora non mi è più possibile» rispondo.

Lo scoppio della sua risata era un ricordo lontano in questi luoghi.

«Su, portiamo dentro questo povero cristo.»

Nella canonica lo aspetta un tavolo. È stato liberato, un lenzuolo steso sopra come sudario, con un catino colmo d'acqua e una pezza già inumidita. Non ci sono altre salme, immagino stiano aspettando davanti all'altare.

Adagiamo la portantina. Sciogliamo i lacci, arrotoliamo le coperte fino ai fianchi. Non più giù, perché sarebbe inutile indugiare con lo sguardo. Non lo svestiamo, non avremmo nulla con cui cambiarlo, e in fondo è giusto che sia sepolto con la divisa che ha onorato.

Apro i lembi e scopro il suo viso. Com'è giovane. Vorrei consolarlo e scaldare il suo pallore.

«Ti può sentire, se gli fai una carezza.»

Guardo don Nereo.

«No, non credo, padre.»

«E tu che ne sai?»

Sento un sopracciglio scattare verso l'alto.

«Nessuno è mai tornato per raccontarlo» ribatto.

«Vergogna, vergogna, vergogna. Sei sempre stata una devota ribelle.»

Nella sua voce, c'è l'orgoglio di un padre putativo.

Alla fine gliela faccio, la carezza, lo devo toccare questo ragazzo abbandonato dalla vita. Mentre don Nereo gli pettina i capelli di lato, io gli lavo le mani e il viso con il panno intinto nell'acqua di fonte. Faccio finta di non notare i sentieri chiari che le lacrime hanno aperto sugli zigomi. Li cancello, lo consegno sereno al paradiso.

Hai avuto paura?, gli bisbiglia il mio cuore. Non hai più motivo di averne.

Hai sofferto? Sei stato liberato dal dolore.

Non sei solo. Ti accompagneremo.

Mettiamo in ordine la sua divisa, ricomponiamo le

mani intrecciando le dita. Il cappello con la penna viene posato sul suo petto.

«Puoi andare, se vuoi» mi dice don Nereo.

No, non me ne vado. Portiamo il ragazzo dai suoi compagni al cospetto del crocifisso vecchio di secoli, assisto alla benedizione e recito una preghiera, anche se sono altre le parole che vorrei dire a Dio. Le mastico nel silenzio, le inghiotto a occhi chiusi. L'odore dell'incenso, dei ceri e del passato copre quello della morte.

Fino al crepuscolo, è un lavoro sommesso di vanga e di funi, un andirivieni curvo dalla canonica al cimitero. Infine, la notte arriva con il viola dei cardi posati sulla terra smossa delle tombe.

Ho l'impressione di avere sepolto anche qualcosa di me stessa sul fondo di queste fosse. Qualcosa di me che non respira più.

17

Mi riempio le mani dei muscoli di mio padre. Li liscio, li allungo e comprimo. Sembrano guizzare per via dell'unguento, ma è un inganno che dura il tempo dell'asciugatura. Se premo poco di più, sento l'osso. Sono lontani i giorni in cui il suo corpo dominava queste foreste vibrando colpi che abbattevano abeti centenari, e sono forse solo un sogno quelli in cui, felice, mi dondolavo appesa al suo braccio.

Non riesco a fare a meno di pensare che i muscoli invisibili che ci sostengono non siano molto diversi da quelli fatti di carne. Crescono con noi, scattano per compiere balzi di volontà e vengono torniti dall'esercizio del dolore. Si possono strappare e io, oggi, quello strappo l'ho avvertito più che mai.

Rivesto mio padre con i gesti consumati di un rito. Profuma di bambino e io lo sto accompagnando per mano verso una nuova vita, ogni giorno un passo. Mia madre lo diceva: la nascita e la morte appartengono alle donne.

Gli allargo le braccia sui cuscini, creo un cerchio in cui mi riparo e le richiudo attorno a me. Mi conforta ritrovare immutata la voce del suo cuore: è un pulsare gorgogliante di vita. È nido ancora caldo, il suo petto.

«Ho fatto cose che mai avrei pensato» confesso.

«Ho visto com'è morire per mano di qualcun altro.» Passo la sua mano sui miei capelli e attendo un conforto che non può arrivare.

Ho imparato dai libri che la realtà è una nostra personale interpretazione dei fatti. Stendiamo incessantemente un tessuto su persone e cose, ne sistemiamo le pieghe con i giudizi, oppure le creiamo con i dubbi. Tagliamo e cuciamo, confezionando con i pensieri il nostro piccolo mondo, in cui ci raccontiamo chi siamo e chi sono gli altri, ma il punto di vista di un personaggio non è mai attendibile per definizione, nemmeno se è quello del protagonista della storia.

Ecco allora che mi è più facile accettare l'impressione che mi suggerisce l'inevitabile silenzio di mio padre: quella di essere l'anticamera di una rivelazione – la mia rivelazione. Il suo silenzio mi sfida a pronunciare le parole che ho tenuto per me, quasi si incaponisca a non rivolgermi più le sue fino a quel momento.

Ancora una volta, sto narrando, eppure accetto questo patto come se fosse mio padre la controparte, e non me stessa.

Dillo, Agata, e forse questa notte la coscienza non busserà al tuo sonno, non scorticherà la tua volontà di dimenticare fino a sfibrarla, fino a intrecciare i tendini del rimorso per farne gabbie.

«Ho visto giovani spezzati dalle bombe» sussurro. «Dall'altra parte delle trincee deve essere lo stesso. Seppelliscono ragazzi fatti a pezzi, papà.» Stringo forte la sua mano nella mia. «Li ho uccisi un po' anch'io.»

18

Il dolore mi sveglia. Le tempie pulsano, un'anca preme contro la sponda del letto; mi sono addormentata sulla sedia, curva su mio padre. Lui dorme con un'espressione serena, ma ha bisogno di essere pulito.

È giorno, una scoperta che mi fa scattare seduta, gli occhi appiccicosi di sonno, gonfi fino ad avvertirne il peso. È da quando ho smesso di essere bambina che precedo l'alba.

Qualcuno picchia colpi alla porta. Riconosco la veemenza e la voce gracchiante che si leva in improperi.

Corro ad aprire. La vecchia conciaossa mi punta addosso gli occhi lattei come se sapesse il punto esatto in cui incrociare il mio sguardo.

«Tuo padre è finalmente morto?» domanda.

«No!»

«E allora perché sono ancora qua fuori ad aspettare?»

«Perdonami, ero esausta.»

Entra strusciando sottane infilzate d'aghi di pino. Nell'aria sparge l'odore della pipa già fumata appena sveglia: niente più tabacco, ma foglie di noce e polvere di genziana, come ormai è d'uso nella valle. Dal fianco le pende un sacchetto con i medicamenti, boccette che tintinnano a ogni passo assieme al bastone.

«Io invece non mi stanco a venire fin qui ogni mattina per curare chi non può essere curato» si lagna.

Mi affretto a infilare gli *scarpetz*.

«Le tue mani sono preziose, ha bisogno di muoversi. Non ho fatto in tempo a lavarlo» dico.

Si ferma. Di spalle è un fagotto nero, e nella trama dello scialle sono prigioniere minuscole piume; la loro barbula candida trema come se avessero vita propria. La vecchia conciaossa emette un verso con le labbra che non sono mai riuscita a decifrare: uno schiocco che termina in un risucchio.

«Ti costerà cinque lire in più» annuncia.

«Cinque lire? Non ho cinque lire!»

«Oh, non mendicare con me, furbetta. Sì che le hai.»

Le giro attorno, cerco il viso grinzoso. Voglio che sappia da dove arriva la mia voce.

«Ho bisogno del tuo aiuto, solo per questa volta.»

«E lo avrai. Per cinque lire in più.»

Sospiro.

«L'acqua è nel catino sul tavolo. Scaldala, non usarla fredda. Sai come fare, conosci questa casa.» Per cinque lire, posso anche comandare. Le metto tra le mani gli indumenti puliti che lascia cadere. Li raccolgo e glieli rimetto con forza tra le mani. «Oggi mi pagheranno il viaggio e al mio ritorno avrai il tuo denaro.»

Mi fa arrivare fin sull'uscio. Quando i cardini scricchiolano, il suo sogghigno è uno sconquasso di vecchie ossa e polmoni malandati che cresce a poco a poco.

«Temo che nessuna di voi salirà, oggi» ridacchia. «E domenica le campane suoneranno a morto.»

«Che vuoi dire?»

Tengo gli occhi sui pochi denti rimasti della guaritrice: si aprono e chiudono e presto libereranno sciagura da quell'antro che puzza di tomba. Con il grugno sembra seguire qualcosa nell'aria, fino a me.

«Non la senti?» bisbiglia, una mano all'orecchio. «Non la senti Viola che urla?»

Guardo fuori.

«Corri, Agata! Corri, ma arriverai comunque tardi.»

Lascio presto indietro la sua risata, tanta è la foga che anima le mie gambe. Mi precipito lungo la strada che scende verso la casa di Viola e davanti alla palizzata mi aggrappo per non cadere. Sua madre è nell'orto.

«Viola?» chiedo, in affanno.

Poggia a terra i secchi d'acqua e si porta una mano alla fronte.

«È venuta a chiamarti che era ancora buio» risponde, «ma poi è scesa da sola a Paluzza. Che ti è successo?»

Corro a perdifiato e a Paluzza trovo la piazza in fermento. Finalmente sento le urla: non provengono da Viola, ma da una donna che mi sembra di riconoscere. Si sta strappando i capelli, inginocchiata nella polvere. Mi avvicino alle donne che la circondano senza nemmeno tentare di consolarla. Non serve chiedere.

«Ha perduto l'unico figlio rimastole. È saltato su una mina, nel Carso.»

«Giulio?» domando.

«Lui. Non riavrà nemmeno il corpo.»
Eravamo compagni di scuola, io e Giulio. Solo ora vedo la lettera sul grembo di sua madre, la scena è quella di un'annunciazione al contrario. Vorrei dirle anche solo una parola, ma non ci riesco, il pudore mi ferma. Il dolore è un atto intimo che impone solitudine, è il compiersi di una cesura che richiede lenti passaggi. A volte, un'intera esistenza. Lo scialle di mia madre era rimasto appeso al ramo del pero per settimane, prima che mio padre trovasse il coraggio di affrontare il suo profumo.
Era inchiodato dall'amore al «prima», sapendo che non ci sarebbe più stato un «dopo», non per loro due.
La madre in lutto mi afferra una mano, violenta. Fissa il suolo, la voce è dura come se arrivasse proprio da lì.
«Io ho perso un figlio. C'è chi ha perso il promesso sposo. Alla fine siamo uguali: grembi vuoti.»
Allora la sento, Viola. Riconosco il guaito con cui mi chiama. Sciolgo la presa delle dita che vorrebbero dispensare il proprio dolore conficcando unghie nelle esistenze degli altri. Seguo il lamento fino all'infermeria numero 88, proprio quando Caterina ne sta uscendo. Mi vede e scuote la testa, una mano sale a coprire la bocca. Ha gli occhi che premono per uscire dalle orbite.
«Che cosa è successo?» chiedo.
Ci raggiunge Lucia e risponde per lei.
«Una missione, nelle ore della notte» dice. «Un macello.»
«Sul Pal Piccolo?»
«Sì. Oggi non si sale.»

«Dov'è Viola?» Mi faccio largo tra il viavai di portantine e carrelli di medicinali, tra queste nuove donne-angelo vestite di bianco chiamate infermiere. Le vedo camminare svelte e sparire dietro paraventi, parlare con i medici e confortare parenti. Ho letto sui giornali del veto posto dalla Chiesa sulla loro presenza negli ospedali da campo: troppe nudità maschili offerte al loro sguardo. Ma questi tempi non sono pudichi e persino il Santo Padre è stato costretto a scendere a patti con i cumoli di morti e di feriti che la guerra produce. Queste donne servono qui dove sono.

Mi lascio guidare dall'odore del sangue, il lamento di Viola è cessato. Quando la trovo dietro un divisorio, vorrei voltarmi e andarmene.

«Viola, vieni via» mi obbligo a dire e, come Caterina, mi porto una mano alla bocca. Con l'altra cerco la sua spalla e la tiro verso di me.

«Lascialo» insisto, quando lei oppone resistenza. Quegli occhi opachi li ho visti solo in chi era già morto, ma lei respira, stringe forte ciò che rimane del suo artigliere.

Se resta, impazzirà. Sciolgo senza nulla concedere alla pietà e alla repulsione la presa che la lega a lui, intrometto le dita tra loro, la porto lontano, ignorando l'urlo feroce che le gonfia gola e vene. È per me, l'urlo. Un monito a non separarli.

Lottiamo fino a quando Lucia e Caterina non mi aiutano a trascinarla fuori dall'ospedaletto; allora mi si abbatte tra le braccia e inizia il pianto. La cullo, la riempio di baci e parole che, ne sono consapevole, nemmeno sente.

Dalla piazza sua madre e suo padre la chiamano spaventati. Devono essere scesi in paese dietro di me.

Quando ci raggiungono, cedo Viola al loro abbraccio e mi allontano con un capogiro. L'equilibrio si è rotto nuovamente. La spinta vitale di Viola alimentava la mia.

«Agata!»

Amos mi corre incontro e di lui noto subito lo zaino rigonfio che ballonzola a ogni sua falcata.

Mio cugino mi agguanta.

«Che fortuna averti incrociato» ansima. «Sto partendo, ho tempo soltanto per un abbraccio.»

La notizia e il suo entusiasmo mi confondono.

«Mi mandano sul Carso, hanno accettato la mia domanda di trasferimento» dice. «Vado a combattere.»

Vorrei chiedergli che cosa pensa che abbiamo fatto fino a questo momento.

«E qui chi resta?» domando.

«Ti manderò notizie» promette. «Si fa la Storia, Agata.»

Mi guardo le mani.

«La Storia è un racconto che si fa scrivere con il sangue» osservo, mesta.

Amos si accorge di ciò che mi insudicia le dita e la sua voce si abbassa.

«Non sono tempi in cui si può pensare al singolo. Stammi bene.»

«Aspetta!»

«Dimmi, in fretta.»

«Che cosa è successo sul Pal Piccolo stanotte?»

Si guarda attorno, circospetto, ma nessuno si cura di noi.

«Un ufficiale ha trovato un tratto di trincea sguarnito, durante il giro d'ispezione, proprio dove le linee nemiche sono più vicine a quelle italiane.»

«Sguarnito? Intendi dire abbandonato?»

Amos sputa quasi la parola.

«*Tradimento*. Hanno tradito, Agata. Tredici di loro sono passati al nemico. La notizia è stata subito telegrafata ai comandi superiori, i disertori sono stati identificati e condannati in contumacia dal Tribunale militare di guerra. Sai che cosa significa?»

Scuoto il capo.

«Se rimettono piede in Italia, li aspetta la fucilazione.»

Nel dirlo stringe forte il fucile. Ripenso a quanto ho visto nell'ospedaletto.

«E i giovani morti dilaniati?»

Amos pesca un mozzicone di sigaretta dal taschino e lo infila tra le labbra.

«Il capitano Colman ha dovuto riabilitare il nome della compagnia» mormora. «Non c'era altro modo, o sarebbe stata sciolta per il gesto vergognoso di pochi.»

Gli afferro un braccio.

«Che cosa ha fatto?» chiedo.

«Ha messo in piedi una Compagnia della Morte e si è ripreso la selletta dove gli austriaci hanno accolto i disertori. A forza di esplosivi, armati di tubi Bettica e tenaglie.»

La Compagnia della Morte. So cos'è: un manipolo di soldati che, strisciando nella notte fino alle linee nemiche, taglia il filo spinato e si insinua nelle retrovie, carico di esplosivi. Soldati volontari, perché la maggior parte salta in aria assieme alle trincee nemiche. Vanno al suicidio.

«Devo andare» sta dicendo Amos. «Ci rivediamo alla fine della guerra, oppure pensami felice, in paradiso.»

Ricevo il suo bacio e lo guardo andarsene incontro alla fine con l'entusiasmo mal riposto di un fanciullo.

Attraverso la piazza senza provare più nulla, sono una coppa svuotata che presto si riempirà dell'unico stato d'animo che qui scorre in abbondanza, la disperazione. In bocca rimescolo silenziosa una sola parola: onore. Mi provoca rabbia.

Così, quando lo riconosco tra i suoi uomini, serio e algido come sempre l'ho visto, le mie gambe coprono la distanza senza che sia davvero io a comandarlo.

«Cos'è l'onore?» gli chiedo, quasi gridando.

Tutti si voltano, il dottor Janes spegne il suo sorriso come farebbe con l'avanzo di una sigaretta.

Ma lui, il capitano Colman, non mi concede reazioni.

«Cos'è l'onore?» gli chiedo di nuovo, e alzo i palmi verso di lui. È un segno di resa a una logica maschile che non comprendo, o forse è un attacco. Il sangue è secco, sta scurendo, ma uno come il comandante lo riconoscerebbe anche al buio, mi dico.

Ci lasciano soli, a fronteggiarci.

«Cos'è l'onore» ripeto, e questa volta il mio è un sibilo.

«Per voi sembra essere qualcosa di maligno» osserva.

«Non è me stessa che sto interrogando.»

«Ne siete certa?»

«Li avete mandati al massacro per riprendervi l'orgoglio che avevate perso!»

Taccio, improvvisamente restia a dire anche solo una parola in più. La reazione violenta che aspettavo, però, non arriva. Il capitano Colman sfila una sigaretta dalla manica e l'accende. La mano destra è fasciata alla bell'e meglio. È la prima volta che lo vedo fumare. Dà boccate profonde, e quando risponde lo fa con una certa arrendevolezza nella voce.

«Mi chiedete dell'onore come se non lo conosceste» dice.

«È così, infatti. Non lo riconosco in ciò che vedo.»

«Non riconoscereste dunque un vostro caro solo perché l'espressione del suo volto è mutata?»

«Non lo riconoscerei, se l'espressione fosse feroce, invece che fiera. Dubiterei della sua identità.»

Mi scruta tra le palpebre socchiuse.

«Avete pianto, stanotte?» domanda.

«Non c'è onore nel riparare il proprio orgoglio sacrificando la vita di altri.»

«Sì, avete pianto. E a lungo, a giudicare dal gonfiore.»

«Mi avete sentito?»

Soffia fumo, e forse anche rabbia. La espelle, così che non mi arrivi attraverso le sue parole.

«Orgoglio... È già la seconda volta che lo nominate. Non so che farmene, in trincea, dell'orgoglio. Parlate di ciò che non sapete, non conoscete le ragioni della guerra.»

«Ne ha?»

«Diverse, a dire il vero.»

«Un esempio?»

«Uno soltanto? Vi accontento. Ponete che una manciata di soldati diserti la propria compagnia e decida di unirsi al nemico. Penserete che il fango gettato sui compagni e sul proprio comandante sia solo figurato. Mi intendete?»

Annuisco.

«Ebbene no, Agata. Quel fango è vero, talmente vero da sporcare chi invece è restato fedelmente al proprio posto. Macchia di dubbio, e il dubbio è pericoloso. In guerra ci si deve fidare dei propri uomini e dei propri compagni come se fossero padri e fratelli. È una catena di sopravvivenza. Rispetto, fiducia, valore: non sono parole.» Fa un gesto vago con la mano, come a rimettere in moto la storia che ha iniziato a raccontare. «Se il Comando Supremo ha iniziato a dubitare della fedeltà dei soldati rimasti, il comandante sa quali potrebbero essere le conseguenze: lo scioglimento della compagnia per disonore, l'invio dei suoi uomini su altri fronti, separati, marchiati di un'onta incancellabile che li isolerà e li esporrà ai rischi più gravi. Nessuno guarderà loro le spalle. »

Inizio a capire dove voglia arrivare, ma lo lascio finire.

« Allora il comandante sa che cosa è necessario fare. Badate bene, Agata: necessario. Si va e si dà prova tangibile dell'amor di Patria, perché da come i superiori giudicheranno quell'impresa dipenderà il destino dei rimasti. Alcuni non torneranno, e per quanto questo vi sia incomprensibile, per quanto vi possa apparire brutale, quei morti aiuteranno gli altri ad andare avanti. »

La sigaretta è consumata. Il capitano Colman osserva per un momento le braci affievolirsi, poi la lancia lontano. Con essa, se ne è andata anche la mia rabbia.

« Ora ditemi che cos'è l'onore » gli chiedo.

Lui sospira, poi accenna un sorriso.

« Quando tutto è perduto, l'onore è l'unica moneta di scambio che resta all'uomo per vedersi riconosciuto come tale, e non come un infame. È l'unica possibilità che ha di non finire davanti a un plotone di esecuzione. »

« Non siete un idealista. »

Ride.

« Lo sono, ma la guerra, purtroppo, tende a far essere pragmatici. » Abbassa lo sguardo sulle mie mani e torna serio. « Mi dispiace per gli uomini rimasti uccisi, mi dispiace per la perdita che ha subito la vostra amica, ma la verità è che il sangue che avete sulle dita è benedetto, è il lasciapassare per le vite di altri. »

Rifletto che si dovrebbe parlare con pudore di sacrificio, se non si è i primi ad andare avanti, quando noto qualcosa di insolito sulla sua divisa.

«Eravate con loro» dico, la bocca di colpo impastata.

Lui si guarda il petto, come se solo ora si fosse ricordato della placca di metallo che lo protegge. Sgancia le cinghie e la lascia cadere. Per un attimo, scivola a terra anche la maschera di compostezza dietro cui è solito trovare riparo. Riesco a scorgere il suo sconforto.

«Volete sapere che cos'è l'onore?» gli chiedo.

«Ditemelo.»

«Un capitano che non abbandona mai i suoi uomini, né in battaglia, né nel ricordo.»

Rivolge il viso alle montagne.

«Non li scorderò mai.»

Lo so.

Il silenzio a cui permettiamo di invadere la distanza tra noi è rasserenante, è pace, finalmente. Poi il capitano si riscuote, raccoglie la placca e la mette sotto un braccio.

«È tempo di risalire» dice, la voce di nuovo salda. «Torniamo ai posti di battaglia.»

«E noi domani vi raggiungeremo.»

Sembra voler aggiungere una parola, ma alla fine tocca il cappello in un cenno di saluto e se ne va.

19

Il boato dell'esplosione lo aveva svegliato di soprassalto. La montagna si era aperta e subito richiusa. A volte pareva viva, gorgogliava come una creatura sopravvissuta da epoche lontane.

Dalla sua postazione aveva visto la linea del fronte ardere in fiamme violente, lungo il corno di terreno che si allungava verso le linee nemiche: un lembo di terra di poche decine di metri che divideva i due eserciti. Gli italiani avevano colpito nottetempo, si erano presi la rivincita con un'azione folle e audacissima, figlia del temperamento per il quale erano conosciuti: quello di genti latine, d'umore variabile, facili all'eccitamento come allo sconforto, davanti a un nemico freddo e deciso, ma capaci di riprendersi nel modo più inaspettato. La resistenza alla fatica che dimostravano era impressionante tanto quanto il modo fantasioso di interpretare la disciplina. Erano imprevedibili e per questo pericolosi.

Persino i Kaiserjäger li temevano. Persino lui, dopo quella notte, aveva iniziato a considerarli in modo diverso.

I suoi superiori gli avevano insegnato tutto ciò che sapeva sull'arte della guerra, aveva imparato che un esercito è un organismo vivente, frutto di un'opera collettiva immane compiuta attraverso varie generazioni. Era l'espressione del popolo e della nazione che lo avevano generato. Quello *italiano era una creatura giovane, priva delle tradizioni militari, dell'addestramento e degli arsenali che invece l'Impero vantava, era figlio di una nazione arretrata e attraversata da divisioni interne. Nulla poteva, sulla carta. Eppure, non cedeva di un passo tra quelle montagne. Qualcosa della grandiosità delle legioni di Roma antica era latente dentro quegli uomini.*

Ciò che aveva visto quella notte lo avrebbe accompagnato per tutta la guerra, e forse oltre.

Col favore del buio, coperti dal sibilo della tramontana, gli italiani erano scivolati fin sotto le linee nemiche e, a costo di gravi perdite, le avevano fatte saltare. Il comandante che li guidava era rimasto fino all'ultimo, tanto che lui aveva avuto tutto il tempo di metterlo a fuoco, valutare la distanza, l'azione distorsiva del vento, e calcolare il momento migliore per premere il grilletto. Ma qualcosa all'ultimo momento lo aveva distratto. Quell'uomo aveva alzato gli occhi puntandoli nella sua direzione, attraverso il mirino nel quale lui lo stava scrutando. L'italiano se ne stava circondato di fiamme, illuminato, perfettamente visibile. E lo guardava. Sapeva che era lì, appostato sulla parete rocciosa che dava sulla spianata, eppure solo il brillio delle stelle riflesso dal metallo del fucile avrebbe potuto indicare la sua presenza.

Ma quella notte non c'erano stelle e lui era un punto nero su un foglio altrettanto nero. Significava che l'italiano lo stava studiando da tempo, di certo fino all'imbrunire di quel giorno.

A un certo punto l'italiano aveva imbracciato il fucile, puntandolo.

Un atto insensato, che lo aveva confuso. Non avrebbe mai potuto vederlo, figurarsi colpirlo. Fino a quando aveva capito: il comandante italiano non lo stava sfidando, stava dando il tempo ai suoi uomini di rientrare nelle retrovie.

Gli avevano insegnato tutto sulla guerra, e suo padre molto sulla caccia, ma non era mai stato messo di fronte a qualcosa di simile, un comportamento così distante dall'indole animale, dall'istinto di sopravvivenza.

Da ragazzino suo padre lo aveva portato con sé in una battuta di caccia senza fucili. Alla sua sorpresa, l'uomo aveva risposto ridendo sotto i baffi: «Oggi osserveremo, Ismar. Sceglieremo la preda. Tieni occhi e orecchie ben aperti».

Avevano seguito le tracce di un gruppo di cinque daini, fino alla nuova arena che le bestie avevano eletto per i combattimenti che si disputano durante la stagione degli amori. Erano animali fieri e poderosi, li avevano visti compiere balzi impressionanti tra le rocce gocciolanti. A un certo punto, uno del gruppo si era voltato, tornando sui suoi passi per respingere l'ultimo della fila. Suo padre aveva subito indicato l'esemplare ruzzolante, un melanico che all'apparenza non aveva nulla di diverso dagli altri.

«È la nostra preda, il membro più debole» disse. «Il branco lo ha eletto come sacrificabile. Se un lupo attaccherà il gruppo, nessuno accorrerà in sua difesa. È già spacciato. È la natura, Ismar.»

E Ismar aveva imparato presto che il valore di quella legge si estendeva ben più in là dei confini della foresta.

Ma non lì, non tra quelle montagne, nel clan del comandante italiano che stava di fronte a lui come un guerriero invitto.

Ismar aveva abbassato il fucile, sopraffatto.

L'italiano lo aveva guardato ancora per un momento, poi era sparito tra i fumi del rogo, come una visione. Aveva chiuso la fila. Nessun ferito era rimasto indietro, nessun morto dei loro era stato abbandonato.

20

Sono trascorse settimane, le montagne sono piramidi cangianti. Non c'è nulla di mesto nelle foglie che cadono d'autunno: gli alberi cedono alla terra il superfluo preparandosi al lungo sonno dell'inverno, ma prima si impreziosiscono del porpora e dell'oro d'un cardinale. È un saluto vivace che precede l'ultimo sbadiglio.

Ma quando cadono germogli, allora è malattia.

È questo che sta avvenendo, i nostri bambini hanno iniziato a morire, a ischeletrire le famiglie della valle. Mai come ora ne abbiamo perduti, ci sono madri che ne piangono anche tre. Posso solo tentare di immaginare l'eco urlante di un grembo falciato del proprio frutto.

Penso che l'essere sola sia una benedizione, non c'è nulla di più osceno del dover sotterrare la propria creatura. I bambini cadono non per il colpo di un fucile, ma per il morbo che accompagna la guerra spargendo bava infetta, e che come le legioni di demoni ha molti nomi: fame, stenti, fame, febbri che divorano da dentro, privazioni. Ancora fame.

Molte di quelle donne in lutto si sono unite nelle salite, hanno richiamato figlie superstiti nemmeno tredicenni e nonne dagli occhi prosciugati, dal confine del passo di monte Croce lungo tutto il corso del Bût e del Degano, fino alla Val Canale e più su, nel villaggio di Dogna.

È come se la morte ci avesse chiamate alle armi per difendere la vita. Non possiamo attendere, né affidarci alla speranza. A volte penso che siamo noi la speranza.

E siamo tante. Duemila donne, dicono. Un battaglione.

21

«Agata, *anin*.»
Mani mi frugano il sonno. Spalanco gli occhi nell'oscurità. La notte ulula, il vento piega le vecchie assi tenute assieme da chiodi centenari.
È la voce di Viola ad avermi svegliata, o forse quella della mia coscienza. Vorrei rispondere no a entrambe.
Tra la paglia della stalla, tra gli odori delle capre magre che la miseria per ora ha risparmiato, cerco a tentoni gli zoccoli chiodati. Le piaghe dolgono quando li infilo in un gesto che è ormai naturale.
L'aria sa di ghiaccio, l'inverno bussa in anticipo. Mordo le labbra spaccate dai venti d'altura, in un silenzio dal sapore di sangue.
Anin. Andiamo. Mi stringo nello scialle.
Anin. Un'altra salita. Un'altra scalata di ore con l'umidità a stremare le ossa, la lana delle calze che punge, il freddo che apre solchi dolorosi sulla pelle e il peso estenuante della gerla. La paura per i tiratori scelti austriaci che infestano come demoni bianchi le distese di brina della Val d'Inferno fino a Malpasso non è nulla in confronto a quella per le slavine.
Mi chiedo se alla fine io sia qualcosa di più di questo spettro. Mi chiedo che cosa sia, io, se non una portatrice.

«Hai dormito qui?» mi chiede Viola.

Non le dico che le bestie erano agitate, che a volte trovo conforto nella loro presenza, nel rapporto tra madre e figlio fatto di vicinanza e tepore. Anche Viola è uno spettro, che mi guarda come se io non la vedessi davvero, che non prova più nulla se non il bisogno di tornare ogni giorno dove è stata felice. C'è chi dice di averla vista salire sul *pal* anche di notte, con una candela tra le mani.

«Dobbiamo andare, don Nereo ci chiama a raduno» dice.

«È già l'alba?»

«No, è ancora notte.»

Solo ora sento le campane suonate furiosamente. Non è un canto di gioia. Scatto in piedi.

«Che cosa succede?»

«Nella giberna di un ufficiale nemico è stato trovato un piano d'attacco per le prime ore del mattino. Le trincee sono sguarnite, mancano uomini e armi. Si prova ad andare noi. Tutti i paesi si stanno svegliando.»

Mi fermo.

«Andiamo in battaglia?»

«O noi saliamo, o gli austriaci scendono.»

Vorrei vedere il suo mento tremare, sentire il crepitio di qualcosa che va in frantumi, ma ora tutto in lei è saldo, talmente fermo da farmela percepire irrimediabilmente distante. Viola crede di avere già perso tutto ciò che per lei contava.

«Svelta, penserai a tuo padre più tardi.» Mi spinge

fuori, chiude per me la porta della stalla. Mi libero dalla stretta e getto un'occhiata sul retro della casa: l'orto è sventrato. La presenza che ha iniziato a tormentare le mie notti si fa sempre più violenta, tangibile. Così vicina da poter far male.

Anche Viola si accorge dello scempio. « Che animale... » inizia a dire, ma poi nota il cancello chiuso e la palizzata intatta. Scuote la testa, incredula. « Non è stato un animale. »

« Dipende da come lo intendi » dico. « Per me lo è. »

« Chi è l'infame? »

« Francesco. »

Un tempo avrebbe giurato vendetta, sarebbe corsa da suo padre a pretenderla per me. Oggi, tace.

A Paluzza ci uniamo alle altre e ad alcuni vecchi in grado di reggersi in piedi.

« I bambini no » mormoro, guardandomi attorno.

« Faranno solo parte della salita, poi continueremo sole » mi rassicura Lucia. Ci sono anche i suoi figli e ciascuno porta qualcosa tra le braccia. Le campane hanno smesso di suonare e don Nereo è sceso in piazza per coordinare le colonne di portatrici e valligiani che presto inizieranno a inerpicarsi lungo le mulattiere buie.

« In fretta, vi scongiuro. Fate in fretta » ripete passando tra chi attende di ricevere il carico e chi invece è già pronto a muovere verso il fronte.

Sento denti battere, penso che la fatica ci scalderà, ma quando finalmente ci mettiamo in cammino il rumore non cessa. Almeno, la consuetudine dei passi calma i pensieri, persino i bambini si sono fatti mansueti.

Salgo col viso rivolto alle stelle. Da bambina ero convinta di poterne sentire la voce, nelle notti più fredde cercavo di catturarne con orecchio attento il crepitio. Fuoco azzurro che arde in strali di cristallo, così le immaginavo, ma da tempo restano mute e ogni mio sforzo di tornare bambina è inutile.

Eppure non mi serve immaginare il ghiaccio: ci circonda, insidia i passi di chi non indossa le *dalminis* chiodate, si aggrappa agli orli degli abiti e infilza la pelle scoperta. Quando arriviamo a metà costa, aleggia nella bruma e apre varchi fino ai polmoni.

Smorziamo l'affanno per non essere uditi e tratteniamo nelle mani le pietre che chi ci precede fa scivolare incautamente. Sotto i nostri piedi sono bianche come ossa, mi paiono teschi che rotolano.

Ricordo alcuni versi mandati a memoria sotto la spinta della perseveranza di mia madre: *Guarda come passi: va sì, che tu non calchi con le piante le teste de' fratei miseri lassi.*

Dante avanzava sul Cocito con la nostra stessa cura; il lago con sembianze di vetro e non d'acqua imprigionava uomini nelle sue trasparenze, alimentato dai fiumi infernali e ghiacciato dal vento delle ali di Lucifero.

Immagino i miei fratelli come i due dannati intrappolati sotto i piedi del poeta; così vicini l'uno all'altro d'aver mescolato i capelli, torcono i colli per guardarmi e dagli occhi sgorgano lacrime che subito si solidificano, chiudendo alla vita i loro sguardi. Se fossero morti, li troverei per metà nella Caina del bacino infernale, tra i traditori della famiglia, e per l'altra nell'Antenora, con i giovani disertori che su queste montagne hanno voltato le spalle alla Patria.

Mia madre aveva ragione, i libri parlano dell'umanità e all'umanità, in essi uomo e Storia si riconoscono e rincorrono, e non importa quanto tempo addietro siano stati scritti. Sono immortali.

Il saluto ai bambini è struggente. Non torneranno nelle case, attenderanno nel buio il nostro ritorno, o fuggiranno nei boschi, in caso di disfatta. Ora ci è chiaro che cosa lasciamo indietro, che cosa muove il nostro bisogno di difendere gli argini di questa nazione fino a diventarne parte.

Mi guardo alle spalle e vedo cordoni di fiaccole aggrappati alla montagna come ghirlande. Siamo tanti e siamo armati, ma riusciremo ad andare incontro alla morte con coraggio?

Tempo fa mi sono chiesta che cosa sia il valore, ora mi chiedo se esso possa battere in questi petti miseri, o se l'istinto di sopravvivenza avrà la meglio e ci farà fuggire.

In prossimità della cima spegniamo le torce contro le pietre umide, ma il cammino non prosegue al buio. La nebbia densa riflette ogni più piccola scintilla di luce fino a rubare un lucore azzurrino alla notte.

Sul fronte affioriamo dalla caligine, fantasmi bagnati più spaventati dei vivi. Le vedette ci puntano contro i fucili, prima di riconoscerci.

«Siamo venuti per unirci a voi» annuncia don Nereo. Deponiamo gerle e bisacce, lo sferragliare delle armi che contengono dipana ogni dubbio sul nostro intento, eppure l'incredulità rimane.

«Che cosa portate?»

«Fucili e braccia per sparare. Su, non perdiamo tempo.» Don Nereo inizia a svuotare le gerle. I soldati lo aiutano e le armi passano di mano in mano dalle retrovie alle prime linee. Qualcuno arriva con i carretti e vi carica i proietti.

«La vostra generosità è commovente.» Il dottor Janes mi ha raggiunta alle spalle. «Sono corso appena ho saputo.»

«Non è generosità» rispondo, sforzandomi di sorridergli. «Là sotto ci sono le nostre famiglie.»

«Non siete gente che resta ad aspettare.»

«Nemmeno voi» osservo, notando che indossa la divisa ed è sporco di fango.

«Le trincee dovevano essere rinforzate e ora tocca all'infermeria. Mi darò una ripulita e tornerò a fare ciò che, tutti si augurano, mi riesce meglio.»

Lo dovrà fare per ore, per giorni interi, dopo la battaglia. E per chissà quanti di loro.

«Non restate ad aiutarmi con una parola d'appoggio?» gli chiedo.

«Aiutarvi? Ho il sospetto che non sarete voi, quella in difficoltà.» Mi prende la mano, l'avvicina alle labbra e si congeda con un saluto rispettoso. «Immagino che cosa chiederete al comandante, ma io non so se potrei sopportare di vedervi ferita. Perdonatemi.»

Ci fanno segno di lasciare tutto. Un ufficiale che ha fatto spesso la salita con noi negli ultimi tempi riconosce Lucia e le parla con confidenza.

«Dio vi benedica, ma ora scendete. Presto inizierà la battaglia.»

«Siamo qui per aiutare» ripete Lucia, calando il fazzoletto sulle spalle per scoprire il capo. «Dateci un fucile.»

Ogni gesto è congelato dalle sue ultime parole.

«Lucia, siete vecchi e donne... Tornate nelle vostre case, prima che scoppi il finimondo.»

«Finora le donne vi hanno aiutato a resistere e i vecchi sono arrivati fin quassù: riusciranno anche a premere un grilletto, non credete?»

L'alpino pare in difficoltà davanti al sorriso pacato di Lucia, quasi ne avesse accertato con mano la reale consistenza.

Il cerchio attorno a noi si apre, il capitano Colman si fa largo tra i suoi uomini. Anche lui è sporco, il viso striato di nero.

L'ufficiale che ha parlato prima indica Lucia.

«Capitano Colman, le donne si offrono di combattere, ma questa ha figli.»

Alzo gli occhi al cielo.

«Li hanno quasi tutte, santo Dio, e non da questa notte.»

Il comandante si accorge di me.

«Agata Primus.»

«Capitano.»

«Il pericolo...» insiste il soldato, ma lo ignoriamo entrambi.

«Lucia ha lasciato i suoi bambini su questa montagna per essere qui a difenderli» avverto, «e così hanno fatto le altre. Non venite a parlare di pericolo, o di coraggio. Non osate.»

Il capitano Colman congeda l'ufficiale con un gesto della mano.

«Quante siete?» chiede, seguendo con lo sguardo la lunga fila.

«Non abbiamo contato. Hanno risposto alla chiamata da tutta la valle. C'è anche qualche uomo.»

«Vedo.»

Non fa alcun commento sulla loro prestanza.

«Siamo molte, comandante. Volete davvero che ce ne andiamo?»

Fa qualche passo.

«Il nemico ha saputo della linea momentaneamente sguarnita» dice a voce alta, affinché tutti possano udire. «Attaccherà in forze per occuparla e il fronte arderà. Ora o mai più, pensa.»

«Pensa male. Non è più sguarnita» risponde Lucia.

«*Il fronte arderà*» ripete.

«Ci troveranno pronti» lo incalza don Nereo.

Colman gli appoggia una mano sulla spalla.

«Padre, dovreste confortare gli animi, non aizzarli.»

«È 'ora o mai più' anche per noi» intervengo.

«Cerchiamo solo di proteggervi, Agata.»

«E allora lasciateci fare altrettanto.»

Scuote la testa. Ora è di fronte a me.

«Le donne non hanno mai fatto parte di eserciti, perché gli uomini non sono pronti a vederle morire.»

«Vi sbagliate. Gli uomini sono pronti a ucciderle, le donne. Non tutti i soldati sono mossi da spirito cavalleresco. Sapete benissimo come finiscono le invasioni...»

Un muscolo gli guizza in volto per la forza con cui serra la mascella.

«Siete capace di sparare?» chiede.

«La gran parte di noi» assicura Viola. «Siamo figlie e mogli di cacciatori, da generazioni. Abbiamo pulito e rimontato fucili fin da bambine. Le altre possono imparare in fretta.»

«Sparare non significa colpire.»

«In questa nebbia nessuno può essere certo nemmeno di mirare a un bersaglio!» ribatto accorata. «Ma se ci uniamo a voi, il fronte di fuoco sarà unito e imponente. Cosa mai abbiamo fatto finora di tanto diverso dalle vostre imprese?»

Taccio, non era ciò che intendevo dire, ma è ciò che sento.

Gli occhi del comandante scattano sul mio viso. Io non abbasso i miei.

«Capitano Colman, o dopo tutto questo ci ritenete degne di stare al vostro fianco, oppure...»

«Non ne ho mai fatto una questione di esserne degne o meno, Agata. Questo posto è vostro di diritto, lo sapete. Non sarò io a dirvi il contrario.»

«E allora fate ciò che va fatto.»

Mi chiedo se qualcuno di noi riesca ancora a respirare, tanta è la tensione.
Il comandante allunga una mano e si fa consegnare un fucile. Lo posa tra le mie mani, ma non lo lascia andare.
«Il peso di questa guerra si sposta dalle vostre schiene alle braccia» dice. «Siete in grado di sopportarlo?» mi chiede.
La domanda che ha celato è un'altra. Penso ai bambini spaventati che attendono il ritorno delle madri, a mio padre, agli altri infermi abbandonati, agli animali indifesi. Possiamo salvare tutto questo, possiamo anche uccidere, se necessario.
«Sì, lo siamo» è la mia risposta.
Lui lascia la presa.
«Donne al fronte» mormora. «E che sia, dunque. Come noi. Uguali a noi.»
Resto a fissarne il mantello, mentre consegna ai suoi uomini i nuovi ordini, ferma al sorriso che gli ho visto nascondere, alle ultime parole pronunciate, eco di una conversazione che abbiamo già avuto e che il capitano non ha dimenticato.
Viola srotola la bandiera che ha cucito negli ultimi giorni. La vedo salire su un pendio e farsi aiutare da un soldato a innalzarla accanto a quella stracciata dai venti e dalle granate. A ovest rilucono luci di torce: fuochi da campo in un avamposto civetta, per confondere il nemico.
Il comandante si volta a chiamarmi.
«Non venite?»

Lo seguo, il fucile in spalla, i piedi che inciampano tra decine di altri piedi, gomito a gomito coi soldati, scossa da un tremore che non so a cosa imputare. Non c'è solo paura dentro di me, oggi, e non ci sono più solo uomini in queste trincee.

«Da questa feritoia» mi dice, mentre tutti prendono posizione e la confusione si adagia in un ordine immobile lungo le linee. Sistemiamo i fucili, il corpo premuto contro la parete di pietre e sacchi di sabbia.

«Respirate. Mi servite viva.»

«Come potete scherzare?»

«Abitudine, suppongo.»

Mi aiuta a trovare una posizione migliore per il gomito.

«Sentirete meno il rinculo.»

I suoi gradi da ufficiale sono stati tolti dalle controspalline e cuciti sul retro della manica, per non essere visibili ai cecchini.

«Davvero non avete paura?» chiedo.

«La paura non è un male, se la si sa governare.»

«E voi la governate?»

«Se me lo chiedete, non sono convincente.»

«Lo siete fin troppo.»

«Che cosa avreste voluto fare nella vostra vita?»

La domanda mi sorprende, non so vedere oltre le sue parole, scorgere l'intento che le ha guidate. Posso solo essere sincera.

«Insegnare.» Le parole mi tremano in gola. «Mia madre era una maestra. Mi ha istruita su tutto ciò che so.»

«Perché non lo siete diventata? Gli uomini mi hanno detto che hanno imparato bene da voi, in queste settimane. Ne siete stata capace in poco tempo.»

«Mi ha aiutato Lucia, e anche Viola ha...»

«Perché non lo siete diventata?»

Non servirebbe a nulla raccontare una storia che è uguale a tante altre.

«La vita manda spesso all'aria i piani» rispondo. «E voi? Che cosa siete oltre alla divisa?»

Un fischio squarcia la foschia e mi fa sussultare. Proviene dalle prime linee nemiche.

«È il segnale per i *Kaiserjäger* di prendere posto e prepararsi.» Il comandante avvicina l'occhio al mirino. «Al secondo, avrà inizio l'assalto.»

Lo imito, ma davanti a me vedo solo nuvole.

«E noi? Attendiamo?» chiedo, senza riconoscere la mia voce.

«Noi rispondiamo. Caricare!»

L'ordine secco si propaga riportato di bocca in bocca e il cicaleggio metallico di centinaia di fucili schierati riecheggia nell'orrido, moltiplicandosi. È il ringhio di una fiera mai vista prima attraversare queste creste.

«Non passeranno» mi sento dire, e non so nemmeno io se sia una preghiera.

«Agata... qualsiasi cosa accada, comunque vada a finire, il rispetto che vi siete guadagnate sarà perpetuo.»

Apro la bocca per replicare, ma alla fine la appoggio sul calcio del fucile.

Il silenzio che segue è qualcosa che, lo so, sarà impossibile dimenticare, se mai sopravvivrò. Da qualche parte nella bruma sopra le nostre teste garrisce la bandiera del Regno d'Italia cucita da Viola. Non mi serve vederla per averla davanti agli occhi. Ricamata poco sotto la croce sabauda, spostata di lato nella posizione del cuore, so che una piccola stella alpina testimonia la nostra presenza qui, tra questi uomini, su confini sacri.

Il sangue ronza nelle orecchie, le tempie pulsano al ritmo furibondo del cuore, ma il secondo fischio non arriva. Guardo il comandante, continua a tenere sotto tiro il nulla con il fucile.

«Hanno paura» dice qualcuno. «Li abbiamo colti di sorpresa.»

Forse siamo già morti e non lo sappiamo, mi viene da pensare.

«Forse siamo già morti e non lo sappiamo» risponde qualcun altro. «Questo è il limbo.»

Il mormorio diventa chiacchiericcio e poi risate che scoppiano e subito si spengono.

Dalle linee nemiche una campana viene suonata con forza. Annuncia la tregua quando le bandiere bianche non possono essere viste.

«Non attaccheranno» mormora il comandante. È ancora guardingo, restio a credere a quanto non sta accadendo.

La nebbia, la nostra presenza inaspettata e imponderabile dietro il muro bianco, il sentirsi osservato quando pensava di essere l'unico a osservare, tutto questo ha fatto desistere il nemico dal compiere l'assalto.

Restiamo in posizione per lungo tempo, prima che il capitano Colman decida di farci ritirare a gruppi.

«Su, andate» mi dice. «Oggi qui non morirà nessuno.»

«E voi?»

«Resto con le truppe di guardia.»

Allontana il viso dal mirino il tempo di accendersi una sigaretta, poi torna a interrogare la nebbia con la perizia di un indovino.

Mi allontano, frastornata dal sollievo. Razzi illuminanti vengono lanciati nella terra di nessuno e altri lasciati cadere nell'orrido per controllare che le truppe austroungariche non stiano tentando una nuova sortita, ma nella bruma non si muovono ombre. La montagna è immobile.

Molte di noi resteranno qui fino all'arrivo dei nuovi reparti richiesti al Comando Supremo. Nelle retrovie, saluto Lucia con un abbraccio.

«Prendo i bambini e vado subito da tuo padre» mi promette. «Non devi preoccuparti.»

«Grazie. Abbi cura anche di Caterina.»

«Sì, ho visto che fatica.»

Viola e Maria restano con me, assieme ad altre donne della valle. Alcune non le conosco, ma quando gli sguardi si incrociano il sorriso nasce spontaneo. Andrò presto da loro a scambiare qualche parola, ma tutto ciò che desidero ora è quiete.

Vago nelle retrovie, le attività del fronte mi scorrono accanto senza sfiorarmi. Sento stoffa sventagliare, seguo il vento e i passi salgono, dal biancore emerge il palo che sorregge la bandiera. È legno di queste foreste, nutrito dalla valle. La nebbia continua a montare, si muove in onde poderose, marosi giganteschi solcano le isole delle vette e si riversano in cascate schiumanti. Un raggio di sole irrompe incendiando questo mare etereo, con senso di vertigine mi aggrappo alla fune e mi sento in cielo, al timone di una nave che è la mia vita. Per un momento sono l'Artemisia di Alicarnasso di cui narrano le cronache antiche, generale di Serse il Grande, comandante di vascelli. Non è vero che le donne non sono mai scese in battaglia. Semplicemente, l'uomo le ha dimenticate.

Questa è la mia terra, vi sono sepolti i miei avi. Laggiù c'è la mia casa, mio padre mi attende. E io, finalmente, so di che cosa sono capace.

22

Cadono i primi fiocchi quando smetti di respirare.
La neve è arrivata con un mese di anticipo. Ti è venuta a prendere, ho pensato. Ha dipinto la tua pelle di cenere e ti ha vestito di freddo. Si è scavata uno spazio disadorno dentro di me.
È stata una notte di veglia, nel tuo respiro ho riconosciuto l'indolenza di un congedo a lungo preparato, ma ancora difficile.
Non ho chiesto aiuto. È un momento solo nostro, papà.
Ho sentito arrivare l'addio. Sono convinta che la tua anima tremante abbia impedito alla mia di addormentarsi, destandola con mille tocchi. Ti conosco: hai avuto la pazienza di aspettare questa figlia assonnata, non volevi spaventarmi con la tua immobilità.
Mi hai insegnato a non piangere chi sta per mettersi in cammino per un lungo viaggio e ora non piangerò, o le lacrime ti seguirebbero. Le trattengo e, se diventerà impossibile, allora canterò il dolore.
Pettirosso, mi chiamavi da bambina, così fragile all'apparenza, ma capace di attraversare lunghi inverni. E questo inverno appena cominciato non mostra la fine. La tua guancia è già fredda, ti sei incamminato.
Non avere paura, e non ne avrò nemmeno io, mi di-

cevi quando ero piccola. Allora per tenerti al sicuro mi fingevo forte e alla fine lo diventavo davvero.

Pettino con le dita i tuoi capelli ancora folti; la fatica di queste ore li ha scompigliati, ma è stata l'ultima. Stendo le pieghe delle coperte e mi attraversa il pensiero che dovrò trovare altri gesti quotidiani per amarti.

Quello del tuo cuore è l'ultimo battito di una famiglia, con te il «noi» si estingue, resta solo questo «io», un pezzo troppo piccolo per costruirci qualcosa.

Perdona la mia stanchezza, se puoi. Perdona se a volte ho creduto che tutto questo fosse troppo da sopportare.

Te ne vai con la gentilezza con cui hai vissuto, in un'alba rosea che filtra tra le nubi e sparge cristalli, nel silenzio solenne delle foreste.

Ti bacio per l'ultima volta, non credo più agli arrivederci. Sei stato mio padre e sei diventato mio figlio, avverto uno strappo all'altezza del ventre.

Grazie per la vita che mi hai dato.

E non avere paura. Non ne avrò nemmeno io.

23

La vecchia conciaossa ha fiutato la morte non appena oltrepassato lo stipite della porta. L'ho capito dal silenzio. La sua lingua tagliente rispetta la memoria di mio padre, o forse ha solo pena di me.

Insieme rompiamo il ghiaccio nella fontana e raccogliamo la poca acqua nel secchio. Non mi lascia sola e gliene sono grata. Ci sorreggiamo l'una all'altra fino a casa. I fiocchi di neve mi sfiorano il viso, lo bagnano del pianto che ho dentro.

Sto per mettere il paiolo sul fuoco quando mi rendo conto che non è necessario.

Prepariamo mio padre, accendiamo una candela accanto al suo giaciglio, bruciamo i mazzetti di erbe raccolti nella notte di San Giovanni.

Quando tutto è compiuto, mi siedo. Domani ci sarà un'altra tomba da scavare e toccherà a me farlo.

Il paese si è risvegliato, la notizia si diffonde di casa in casa e i suoi abitanti iniziano ad arrivare per portare conforto e l'estremo saluto.

Accetto con gratitudine abbracci e parole d'affetto, ma mi sento lontana.

Ognuno ha portato un po' di cibo e lo ha lasciato sul tavolo. Stanno nutrendo l'ultima rimasta.

Arriva anche Francesco. Fa scivolare una mano sulla

mia vita con la stessa studiata premura con cui mi promette cura e aiuto. Viola e Lucia lo portano da mio padre. Sanno che Francesco non sopporta la vista dei morti, e infatti vi resta pochi attimi prima di lasciare la casa.

«Devi essere forte, Agata» mi dice don Nereo.

Il suo sguardo cade sulla boccetta con cui le mie dita hanno giocherellato per tutto il tempo. La prende svelto, la infila in una tasca e mi lancia con gli occhi un avvertimento, tra paura e turbamento. Sa meglio di me che l'olio di iperico è anche un veleno.

Non lo avrei mai fatto. Questo respiro che mi sostiene è l'ultima cosa che mi resta dei miei genitori.

Rimango seduta fino a quando scende il buio. Le preghiere delle donne mi arrivano dalla stanza di mio padre.

È solo quando tutto tace, nell'ora più buia, che trovo la forza per alzarmi, ma non è da lui che vado. Lui non è più là.

Esco nella neve, la notte è stellata.

Il respiro si fa urlo. Lo sto chiamando, o forse sto dicendo alla mia terra che io sono viva.

Ismar la sentì. Questa volta ne era certo: non si trattava di immaginazione, né del vento.
Una donna stava urlando alla notte.
La bufera di neve aveva spazzato la montagna dall'alba al tramonto, costringendolo a scendere di quota per trovare riparo nelle prime pinete, a un passo dal confine.
Con il buio il grido era salito nitido dalla valle, ora che la natura taceva. Non era di rabbia, o di paura. Racchiudeva dolore, ma solo in parte.
Al primo seguì un secondo, e un terzo.
Ismar rimase ad ascoltare, il viso steso sul fucile come su un cuscino.
La notte della foresta risuonava di quei vocalizzi, lui stava imparando a riconoscerli. Gli animali li usavano per rafforzare limiti da non valicare, altre volte per invitare i gregari a conoscere i cuccioli del capobranco, ma spesso restavano canti segreti che celebravano i misteri della vita.
La guerra che era stato chiamato a combattere apparteneva all'intelletto, ma mai come in quel tempo e in quel luogo uomo e bestia erano tornati a contemplarsi l'uno nell'altra e a riconoscere in quello sguardo un cammino comune.

25

È passato Natale, un compleanno solitario, ed è arrivato il nuovo anno. Non è cambiato nulla, a parte una cosa: ho preso l'abitudine di fermarmi a scambiare qualche parola con il capitano Colman, quando salgo al fronte. Appena può, il dottor Janes si unisce a noi. Le temperature rigide rendono necessaria una sosta più lunga prima di intraprendere la discesa, ma anche se così non fosse, ho idea che le nostre conversazioni siano confortanti per entrambi. Non c'è più nessuno che mi attenda a casa e il comandante non ha fretta di fare ritorno alle proprie incombenze: l'inverno ha congelato la guerra, più che mai ora è fatta di scaramucce a fior di cresta tra pattuglie in ricognizione. Trincee e baraccamenti sono sepolti sotto metri di neve. La morte non manca, ma uccidono di più assideramento e valanghe.

«Ne è venuta giù un'altra» mi sta dicendo il comandante, mentre toglie il tè dalla stufa portatile. «Ne ha sepolti tredici a Malpasso. L'accampamento era stato costruito sulla traiettoria usuale delle slavine. Non avevano ascoltato i soldati del luogo.»

Riempie la tazza di latta che tengo tra le mani e a poco a poco riesco a muovere le dita.

«Lo so.» Avvicino il viso al vapore.

Il comandante getta un altro ciocco nel fuoco. Mi guarda, serio.

«Possiamo stare tranquilli, qui?»

Sorrido e bevo un piccolo sorso. Il comando del Pal Piccolo è stato costruito di pietra e al sicuro, e ora lo spirito un po' folle e insieme pratico di questi uomini ha anche cercato di dotarlo di alcuni conforti. Molti soldati vanno e vengono e sono sempre benvenuti.

«Sì» rispondo, «o non me la prenderei comoda.»

«Vero. Se non vi avessi visto tornare, avrei iniziato a farmi qualche domanda.»

Si sfrega le mani. La pelle è talmente secca e crepata dal gelo da suonare come legno ruvido. Mi ha raccontato degli indumenti inadatti con cui il Comando Supremo ha dotato l'esercito, della mancanza di tute di colore bianco da indossare per non essere facili bersagli nella neve, degli scarponi che si sfaldano se bagnati, delle borracce di legno in cui l'acqua gela d'inverno e marcisce d'estate, dei calzari da scolta appena passabili per sopportare le lunghe ore di vedetta trascorse immobili.

«Dovevano fidarsi di chi aveva più esperienza» mormora. «Sarebbero ancora vivi.»

«Per fidarsi è necessario prima ammettere di non sapere» rifletto. «Per voi sarebbe facile?»

Siede sullo sgabello davanti a me, i gomiti sulle ginocchia.

«Le vostre domande sono rare, ma mi mettono sempre in difficoltà.»

«Questa ammissione è un altro modo per non rispondere.»

«Siete spietata. Sicura di non avere sangue teutonico nelle vene?»

«Orgoglio e ignoranza uccidono, più degli austriaci e più delle valanghe.»

Abbassa la testa.

«Non sapete quanta ragione avete.»

«Che intendete?»

«C'è stato un caso di ammutinamento sulle cime del Cellon.»

«Un altro?»

Scuote la testa, accende una delle sigarette arrotolate con foglie di noce che gli ho portato. Le scorte di tabacco sono ormai finite. Soffia il fumo con un'espressione di disgusto, ma fa comunque un altro tiro.

«No, molto diverso» risponde. «Nessuno dei nostri ha tentato la fuga o si è unito al nemico. Un comandante appena arrivato, inesperto dei luoghi e delle tattiche, ha dato ordine alla compagnia di attaccare la cima orientale. Alcuni soldati della valle, boscaioli, hanno cercato di dissuaderlo.»

«Ci sono riusciti?»

«No. È stata una disfatta.»

«E...?»

«Il giorno successivo il comandante ha ordinato di ripetere l'attacco. I soliti soldati hanno suggerito un'altra via, più sicura, ma lui non ha voluto ascoltarli. Ci sono state forti reazioni nella compagnia, sconfinate nell'ammutinamento.»

«Quegli uomini non volevano essere mandati a morire in modo così sciocco.»

«Direi di no.»

«Com'è finita?»

«Sono in arresto. Domani all'alba saranno giudicati dal Tribunale militare di guerra. Rischiano la fucilazione.»

«È assurdo!»

«Assurdamente umano, ma necessario.»

«*Necessario?*»

Si sporge verso di me.

«Se comando una compagnia, mi aspetto di essere ubbidito. Devo essere *certo* di essere ubbidito.»

«E vi aspettereste di essere seguito anche nella pazzia?»

Accavalla le gambe, la sigaretta ormai consumata tra le dita.

«La domanda è un'altra: io, al posto di quel capitano, sarei stato in grado di fidarmi? Sarei stato capace di ammettere di non saperne abbastanza?»

«Forse no, siete un uomo. Ma io vi avrei dato il tormento fino a che non aveste ceduto.»

Scoppia a ridere.

«Questo è certo.»

La porta si apre ed è subito richiusa, polvere di neve volteggia nella corrente. Il dottor Janes batte i piedi a terra liberando ghiaccio dalle suole.

«Ricordatemi tutto questo, quando mi lamenterò per il caldo» sbuffa, appendendo il cappotto accanto alla stufa. Dalla tasca sfila una bottiglia di grappa mezza consumata e tre bicchierini.

«Favorite?» domanda.

«No, grazie.»

Ne riempie comunque con generosità uno anche per me.

«Non sapete che alimenta il coraggio?» mi chiede. «E, cosa più importante, scalda.»

Annuso il liquido trasparente e sento gli occhi lacrimare.

«Devo scendere...» protesto.

«Scenderete più veloce, credetemi.»

«... con uno dei vostri.»

«Ah. Be', non potrete nuocergli di certo.»

«Di chi parlate?» chiede il capitano.

Il dottore fa il segno della croce nell'aria e nessuno di noi ha animo per commentare. Sospetto che entrambi evitino di guardare il fucile di mio padre, appoggiato accanto alla mia seggiola. Ora, quando salgo, lo porto sempre con me.

«Prima che mi dimentichi, ho un messaggio per voi, Agata.» Il dottor Janes fruga nella tasca dei calzoni e mi porge un foglietto ripiegato lungo la metà.

«Per me?»

Lo apro e leggo le poche righe con sollievo crescente.

«Un soldato di stanza sul Carso mi ha dato notizie di mio cugino Amos» dico. «Sta bene.»

«Ha chiesto di voi a chiunque, fino ad arrivare da me» dice il dottor Janes. «Era qui di passaggio, salito appositamente per incontrarvi. È stato mandato poco lontano, a Forni Avoltri. Non voleva ripartire senza prima avervi parlato, così gli ho suggerito di scrivervi. Lo conoscete?»

Leggo la firma.

«È un caporale dell'11° Reggimento bersaglieri. No, non lo conosco.»

«L'importante è che vostro cugino stia bene.»

«Situazione in infermeria?» chiede il capitano Colman.

«Stabile. Febbri sotto controllo, i casi di congelamento delle dita dei piedi in via di guarigione.»

«La salma da portare a valle?»

«Il sergente colpito ieri dal cecchino. Non ho fatto in tempo a dirvelo, è spirato questa mattina.»

Il comandante svuota il suo bicchiere e prende congedo da noi.

«Ne ho abbastanza. È ora di fare pulizia» borbotta, infilando cappello e pastrano. «Abbattono uomini e umore. Ci siamo dovuti inventare un sistema di specchi per sparare. Così non si va avanti.»

«Che intendete fare?» gli chiede il dottore.

Non risponde. Janes mi guarda.

«Perdonatemi, devo seguirlo.»

«Abbiate cura di voi» gli dico, ma sono già usciti. La porta sbatte, ma non fa in tempo a fermare la folata che mi fa rabbrividire.

Guardo il foglietto che ho tra le mani. Il messaggio è rincuorante, ma i toni enfatici mi hanno disturbato.

Come si può inneggiare alla guerra quando la si sta vivendo e attorno i compagni cadono?
Lo getto tra le fiamme e svuoto il bicchiere.
La guerra è sempre e soltanto disgrazia.

Mi incammino sola, attenta a non uscire dal percorso già tracciato. «La neve può inghiottire» mi diceva mia madre, tentando di contenere con un monito l'irruenza fanciullesca che mi accendeva: «La neve può soffocare e non farti più tornare da me».
La slitta scivola dietro i miei passi senza opporre resistenza, la gerla vuota è assicurata a una sponda e cattura ghiaccio nella sua trama. Il vento si è quietato dopo il primo tornante e il freddo sembra quasi ingentilirsi. Il confine della foresta è una soglia che le miserie del conflitto non varcano. Mi addentro tra le fronde lucide dagli aghi grassi come in un regno di fiaba. Il manto nevoso crocchia e scintilla, ed è puntellato d'orme: caprioli, volpi, scoiattoli e uccelli hanno zampettato su sentieri nel sottobosco.
Tra fiocchi sparuti e nuovi rigagnoli gorgoglianti, una sagoma grigio-bruna incrocia balzando il mio cammino. Arresto la slitta. La lepre sembra non essersi accorta della mia presenza, eppure annusa l'aria con rapidi movimenti del muso. È giovane, probabilmente non ha mai incontrato un essere umano e non sa decifrare il mio odore. Forse mi crede uno strano tipo di albero, così impalata in mezzo alla piccola radura.
Fa ancora qualche balzo, mi offre il didietro.

Lascio cadere gli spallacci da traino, prendo il fucile e lo carico.

La bestiola sprofonda nella neve e riemerge con un tremito di vibrisse e pelliccia.

Abbasso la canna del fucile, ma la rialzo quasi subito. Fantastico di uno stufato cotto per ore, a fuoco lento, con patate e cipolle tagliate a pezzi grossi, affogato nel vino rosso e insaporito con la salvia.

Inghiotto ogni resistenza. Se il buon Dio ci ha dato la fame, allora è giusto cibarsi di tutto ciò che abbiamo a disposizione, mi dico.

Seguo la lepre con passi cauti. Mi è bastata un'occhiata per eleggere a postazione di tiro una gobba del terreno coperta di sterpaglie. Mi acquatto e punto i gomiti, prendo la mira, ma all'improvviso il dosso si solleva, facendomi cadere. Lo spavento è tale che non riesco nemmeno a urlare.

È un uomo quello che mi sta davanti, bianco come la neve che gli scivola dalle spalle.

Riconosco d'istinto la sua specie, e sparo.

26

Era solo un diavolo. Un diavolo bianco.

Continuo a ripetermelo mentre corro in paese, la slitta che sbanda dietro di me con il suo carico. La morte sembra davvero inseguirmi ovunque vada.

«Era solo un diavolo bianco» ripeto a voce alta, a beneficio della mia coscienza. Era solo un cecchino austriaco, capitato chissà come dalla parte sbagliata del confine. Dovrei essere sollevata, ha avuto lui la peggio, invece non riesco a darmi pace.

Ho davvero ucciso un uomo?

Nemmeno la vista dei comignoli fumanti oltre gli ultimi alberi mi rincuora. Che cosa dirò – se lo dirò –, a chi e in quale modo?

Terminata la discesa, il peso della slitta si fa vivo. Lego gli spallacci in vita e la trascino come farebbe un bue, sbuffando tra i denti. Bambini e anziani curiosi si avvicinano, ma quando capiscono che sto trasportando una salma si allontanano in fretta.

«Don Nereo!» chiamo, davanti alla canonica. «*Don!*»

«Arrivo, arrivo!»

Don Nereo fa capolino dalla finestra della canonica. Guarda la slitta e la sua espressione si incupisce.

«Un altro» mormora. «Portiamolo sul retro.»

Lo accontento, anche se mi costa maneggiare la morte ora che ne sono stata diretta artefice. Questo infelice è l'immagine del nemico che ho lasciato dissanguare nel bosco.

Don Nereo scioglie le corde e scosta il telo.

Non riesco a guardare altrove. Quello che vedo non è il volto di un ragazzo sconosciuto, è il diavolo bianco. Il nemico è morto, eppure spalanca gli occhi e cerca i miei.

Faccio un balzo indietro.

«Agata?»

La voce di don Nereo mi arriva da lontano. Sono ancora nel bosco. Il sangue si allarga sulla neve e la scioglie. Non è quello di un demone. È rosso come il mio.

«Agata? Stai bene?»

«No.»

Mi divincolo quando don Nereo mi afferra per le spalle. Cerco di parlare, ma dalle labbra esce solo un balbettio confuso.

«... ucciso...»

«Agata, mi fai preoccupare. Vieni, siediti un attimo.»

Faccio un passo indietro, alzo lo sguardo sul crocifisso appeso alla parete. Cristo sembra arrabbiato, e guarda proprio me. Mi rendo conto che questo è un luogo sacro, ma io non mi redimerò con la confessione.

«Non posso stare qui.»

L'orologio di mio padre segna la mezzanotte. L'ultima brace si sfalda nel camino, liberando zampilli di fuoco. Ho guardato la legna ardere assieme al mio rimorso:

l'una è quasi cenere, l'altro è tizzone crepitante, più pericoloso di una fiamma.

Il fucile appeso alla parete sembra parlarmi nel silenzio: davvero credi di essere stata più brava e veloce di un tiratore scelto?, domanda. Davvero credi di avere colpito per prima il nemico?

Sciocca. Non hai colpito per prima. Semplicemente, il nemico non stava per sparare.

Sono le tre e ho trascorso la notte insonne, ascoltando il vento scuotere la casa. Sembrava che qualcuno la battesse con mano furiosa e ho avuto paura. Immaginavo il demone bianco sanguinare fuori nella neve, e fissarla con occhi di ghiaccio.

Perché la domanda che mi tiene sveglia è solo una.

E se fosse ancora vivo?

Ho tolto i mattoni dal fuoco e li ho avvolti in panni spessi, prima di caricarli nella gerla. Quando apro la porta della stalla, il blu della notte agli sgoccioli sta già stingendo. Ho molti passi da compiere prima che la valle si risvegli.

Saluto le capre con una carezza e una manciata di fieno. Sono due giorni che la madre non dà latte e tre che Caterina non esce di casa. La sua finestra è buia e buia resterà. Ci ha chiesto di scavare la sua tomba, affinché sia pronta ad accoglierla. Ieri ho aiutato Viola a prepararla. Il terreno è talmente ghiacciato da non poter essere scalfitto se non con fatica doppia. Credo che il momento dell'addio arriverà presto e ci saranno altre preghiere da dire. Quelle di stanotte mi sono state di conforto.

La lampada a olio oscilla come la mia determinazione e illumina le orme che ho lasciato ieri nella fuga precipitosa verso il paese: riconosco i solchi pericolosamente vicini al dirupo che la slitta ha segnato trascinata dal mio terrore. Risalgo le tracce come una corrente contraria che mi spingerebbe invece a tornare sui miei passi. Di tanto in tanto, lontane, mormoreggiano spaventose le valanghe. È la voce della « morte bianca ». Mi faccio coraggio pensando che avventurarsi in montagna di notte è più sicuro che farlo di giorno.

A volte è difficile fare ciò che è giusto, talmente spaventoso da sentirlo come un atto innaturale. Può l'uomo essere compassionevole in questo mondo che ci vuole l'uno contro l'altro, che toglie continuamente e spinge a usare denti e artigli come bestie per difendere ciò che resta?

Mi sono scoperta feroce anch'io, nel momento in cui non ho esitato a premere il grilletto.

Tu o io, diavolo bianco. È la lotta eterna per la sopravvivenza.

Arrivata alla radura, seguo le macchie di sangue come il personaggio di una favola, immaginando il diavolo ferito strisciare sui gomiti nella speranza di fuggire da una foresta ostile.

Chi è il buono e chi il cattivo non è più possibile dirlo.

Dove le tracce finiscono, il petto sussulta. Alzo la lampada e la vedo tremare.

Da una tana scavata nella neve sporge un lembo di stoffa, come una zampa ferita che non si è riusciti a trascinare al riparo.

Lui è lì ed è armato, mentre io non ho portato il fucile. Non volevo armare la mia paura.

Prendo un ramo secco, lo lancio e scappo a ripararmi dietro a un albero.

Guardare è forse la cosa più difficile che abbia mai fatto. Non mi pare che qualcosa si sia mosso. Cerco una pietra e colpisco il riparo, ma di nuovo il lembo di stoffa resta immobile. Allora ne raccolgo una più grande, ma poi penso che sono lì per rimediare al mio errore, non per aggravarlo, e la lascio cadere.

Devo guardare dentro la tana, non c'è altro modo, perché da lì, in ogni caso, non uscirà nessuno di sua spontanea volontà.

Mi avvicino, pronta a implorare misericordia nel caso il nemico mi balzasse addosso.

Mi inginocchio nella neve e penso che sarebbe un modo davvero sciocco di morire, dopo tutto quello che ho superato.

«Oh, Dio...»

Il diavolo è davvero lì, abbracciato al fucile. Il mantello bianco dell'esercito invasore lo ricopre. Il viso è celato da una calotta di lana e dal cappuccio, solo le palpebre pallide restano esposte: alcuni cristalli sono intrappolati tra le ciglia, la pelle è quasi azzurra. Le gambe sono strette al petto. Gli scarponi che indossa sembrano resistenti e di certo nell'inverno di queste montagne possono fare la differenza tra vivere e morire.

Mi avvicino ancora, scossa dalla paura. Non mi serve appoggiare l'orecchio al corpo immobile. Lo sento sulla guancia: respira.

Scosto il manto. Il fianco sinistro è rosso e c'è della neve sulla ferita. Il ghiaccio ha interrotto il flusso di sangue, ma lo ha ridotto a un fantasma freddo.

Lo ricopro e prendo un respiro profondo. Non è ancora un fantasma, ma tra poco lo diventerà. Guardo il cielo tra le cime degli abeti. L'alba sta per sorgere, sulla via del ritorno incontrerò le altre in salita al fronte.

Devo lasciarlo qui, il riparo che ha trovato è buono. Prendo dalla gerla la sacca con i panni e i mattoni. Li sistemo contro il corpo intirizzito, sulle gambe e attorno al petto. La vita riprenderà forza nelle vene, ma il poco calore non basterà a conservarla.

Un tremito sul viso del diavolo mi coglie impreparata e con una mano tacito l'urlo che già stava per sfuggirmi dalla gola.

Apre gli occhi, una fessura sottile da cui intravedo rilucere pupille dilatate. Sembra percepire a fatica ciò che ha davanti.

«Cerca di non morire» gli dico, ma lui è già svenuto.

«Agata... siete voi. È ancora notte.»
«A dire il vero è quasi l'alba, dottore.»
Il dottor Janes esce dall'alloggio ufficiali rabbrividendo nel cappotto. Si stringe nelle braccia, ha nel viso assonnato l'innocenza di un bambino. Gli occhiali pendono sbilenchi sul naso.

«E perché, in nome del cielo, siete salita fin quassù col buio?» domanda.

«Più tardi mi attendono altri lavori da fare e... Volevo essere utile, ma ho altri lavori da sbrigare. Non posso aspettare il giorno» balbetto.

Si passa una mano tra i capelli scarmigliati e congeda il soldato che lo ha chiamato dietro mia insistenza.

«Persino la guerra dorme, e voi no» borbotta.
«Non volevo svegliarvi, perdonate.» Mi guardo attorno. «Il comandante?»

«Non è ancora tornato. Sta dando la caccia con una truppa ai cecchini che infestano questa zona. Li vuole stanare una volta per tutte.»

Mi porto una mano allo stomaco.

«In che modo?» chiedo.

«Con le granate.»

«Con le granate?»

Il dottor Janes mi fa segno di seguirlo nell'infermeria. All'interno, una stufa di ghisa irraggia tepore e odore di fumo.

«Dormo male, comunque» sta dicendo. «Mi avete senz'altro salvato da un incubo che non ricordo. Su, datemi il libretto, vediamo che cosa mi portate.»

Resto rigida.

«Non ho con me il libretto.»

Il dottor Janes sembra non afferrare subito la mia risposta.

«Non avete il libretto? Lo sapete che senza annotazione sul libretto questo viaggio non vi sarà pagato» dice.

«E non ho portato nulla.»

«State bene?»

«Sì.»

«A me non sembra. Vaneggiate. Agata, che cosa siete venuta a fare?»

Nelle tasche, torco le mani fino a sentire dolore.

«Potreste darmi un po' di tintura di iodio, per favore?» chiedo.

Lo vedo accigliarsi.

«Tintura di iodio?» ripete.

Distolgo lo sguardo.

«C'è scritto sui foglietti che distribuite ai soldati» dico. «In caso di ferita devono tamponare con le garze pulite e...»

Il dottore si avvicina.

«Lo so che cosa c'è scritto» dice. «A che cosa vi serve? Qualcuno in paese è ferito?»

Sento gli occhi inumidirsi. Tra tutti, proprio a lui non vorrei mentire, quindi non lo faccio. Il mio silenzio è un muro che sa di non poter abbattere.

Lo sento sospirare e fare qualche passo. Sbircio e lo vedo armeggiare nel mobiletto dei medicinali.

«Se qualcuno sta male, fatemelo sapere. Vorrei aiutarvi» dice.

Mi prende una mano e vi posa la boccetta di iodio.

«Grazie» mormoro.

«C'è altro che potrei fare per voi?» chiede.

Ora devo proprio guardarlo.

«Sì, dottore. Avete un morto da consegnarmi?»

28

Ho raccontato bugie e consegnato un corpo che ha nascosto il tuo. Ho chiuso imposte e porte, ho lasciato fuori tutto ciò che sono stata fino a questo momento. E ora eccoti, diavolo straniero, nel letto che è stato di mio padre. Mantello e scarponi sono già nella cassapanca, assieme a fucile, calze e guanti. Questa casa si sta riempiendo di segreti.

Srotolo il passamontagna e scopro il viso. Per un attimo mi tremano le gambe.

Il diavolo austroungarico non sembra poi così crudele. C'è qualcosa di nobile nei tratti mascolini e nulla delle vignette che lo ritraggono con mascelle da cane, collo taurino e occhi impassibili. Ricordo il suo sguardo, prima dello sparo: la sorpresa lo accendeva di mille turbamenti. I giornali scrivono che i *Freiwillige Schützen* accolgono giovinetti di sedici anni come tiratori volontari e che la genia del nemico è spietata per natura: il solo fatto che respiri è fonte di pericolo. Ma io, di fronte, ho solo un giovane uomo ferito.

Ho acceso il braciere, la sua pelle continua ad ardere di febbre, il poco sangue che gli è rimasto ribolle. Vorrei essere brusca, ma è difficile conservare rabbia nelle mie dita. A volte fuggono a sfiorare gli zigomi. È così strano potermi prendere questa libertà, toccare ciò da cui ho passato mesi a scappare. È come accarezzare una bestia feroce addormentata, lisciarle il pelo senza essere divorata. Un velo di barba balugina al chiarore della fiamma, dove il mento si increspa nel solco di una cicatrice schiarita dal tempo. Immagino sia il bottino di un bambino vivace. Di quel bambino, il diavolo ha conservato lunghe ciglia che ingentiliscono i tratti.

Spingo e lo volto su un fianco: non c'è il foro d'uscita. Sbottono la camicia e la sfilo, quando la guardo controluce il buco è evidente: la pallottola è ancora dentro di lui. Dovrei affidarmi ai santi, ho visto le conseguenze dell'infezione su altri soldati.

Brividi sbocciano come fiori sul petto glabro del nemico. Il biondo di pelle e capelli è talmente chiaro da essere diverso da quello italiano, è uno spartiacque tra noi, netto come la cresta tagliente delle montagne che separano le nostre terre. I figli del Nord portano addosso il sole che splende così raramente alle loro latitudini. Sovrappongo un palmo al suo. Le nostre mani, tuttavia, non sono poi molto differenti: più grandi e spigolose quelle del diavolo, mostrano, però, sulla superficie gli intarsi di una storia travagliata. Ho sempre pensato che un corpo possa raccontare più delle parole, ed essere più sincero.

«Vi insegnano a uccidere prima ancora che a metter su famiglia» mormoro. «È il guaio della guerra: vi convincono che la Patria è un grembo fecondo e che mangiare confini vi nutrirà più che piantarvi grano.»

Parlo più di quanto mi venga naturale, mentre appallottolo i suoi indumenti. Mi sembra che le parole tolgano peso allo sguardo, lo alleggeriscano della morbosità che accompagna la misura del proibito.

«O non ti orienti nella neve, o sei stato troppo sicuro di te.» Rigiro tra le dita la sua medaglietta di riconoscimento. «Ismar.»

Odora di sangue e bosco, la linfa di questi tempi.

Prendo un sorso generoso dalla mezza bottiglia che ho trovato in cantina. La grappa mi torce lo stomaco, ma mi farà essere impavida. Non ho mai infilato le dita nella carne viva di un uomo.

«Ma l'ho visto fare, più volte» incoraggio me stessa. La voce, però, mi è uscita stridula.

Verso la tintura di iodio sulla ferita e me ne cospargo le mani. La lama del coltello è già ad arroventare sulla fiamma della lampada.

Invece di dire una preghiera, prendo un altro sorso.

Affondo la lama, un rivolo di sangue gli scende lungo il fianco e un altro riempie l'ombelico. Provo repulsione. Forse lo sto solo uccidendo. Mi sforzo di ricordare i gesti del dottor Janes, lo ho aiutato molte volte, devo solo ripetere ciò che ho visto. Dopo vari tentativi, mi sembra di sentire qualcosa contro la punta del coltello, una consistenza più dura. Sposto la lama sotto il corpo estraneo e faccio leva. A poco a poco, sollevo il grumo scuro fino a farlo uscire. La pallottola riluce tra le dita, la punta avvolta nel cotone strappato dall'impatto.

Vorrei urlare dal sollievo, ma quando abbasso lo sguardo mi sento svenire.

È tutto rosso.
«Oh, no, no...»
Il liquido caldo tracima dalle mani. Sembra inarrestabile.
Lo sto uccidendo davvero.
La portata di ciò che ho fatto mi è chiara in tutta la sua sconsideratezza. Penso a Viola, così lontana ormai. Penso a don Nereo, alla fiducia che indegnamente ho tradito, e mi rendo conto che c'è solo una persona a cui posso chiedere aiuto. Quando busso poco dopo alla sua porta, sembra fiutare il sangue che nascondo sotto lo scialle.
«Mi serve il tuo aiuto, conciaossa, ma devo essere sicura del tuo silenzio» bisbiglio senza fiato.
Lei si appoggia allo stipite. Ha molto tempo, e io neppure un minuto. Non ci sarà contrattazione.
«Tutto ha un prezzo» stabilisce.
«Lo so. Sbrigati, ora.»
La risata della vecchia è un sussulto che cresce piano.
«Non chiedi nemmeno quanto» gracchia, di buon umore. «Questo ha un nome. Si chiama 'segreto'.»

«Il proiettile? La stoffa?»
«Ho tolto tutto ciò che c'era, ma ha perso molto sangue» dico, infilando un pezzo di cuoio tra le labbra del ragazzo.
«Lo sento.»
«Ho sbagliato qualcosa.»
La conciaossa valuta la ferita infilandoci le dita. Devo distogliere lo sguardo.

«Non hai sbagliato, è un buon lavoro.»
«Ma...»
«Sangue vecchio fa infezione» borbotta. «Ne farà di nuovo. Non c'è nulla di rotto qua dentro. La lama.» Le passo il coltello arroventato. Lo rigira nel foro fino a cauterizzarne ogni parte.
«Ora cuci» ordina. Segue il mio lavoro nell'unico modo in cui può fare: con tocchi svelti, con un senso misterioso che le fa percepire fin troppo ciò che si vorrebbe celare.
«Gli serve solo riposo. Non preoccuparti se dormirà per giorni interi, ma fallo bere» dice, dopo aver approvato anche l'ultimo punto che ho teso. Annusa l'aria. «Perché non stai bruciando la salvia? Come fai a tenere lontana la morte, se accogli il suo odore?» sbotta. «E portami pezze bagnate di aceto.»
Corro a prendere le foglie secche nella dispensa e le accendo in un catino. Il fumo profumato si spande nella casa. Torno da lei con quanto richiesto e assieme, con pazienza, frizioniamo il corpo per far abbassare la febbre. Di tanto in tanto la conciaossa preme più forte, scioglie nodi nelle membra che io non riesco a vedere.
«È aggrovigliato come una matassa» borbotta.
«Che cosa devo fare se peggiora?»
«Impacchi e parole. Parlagli, lo aiuterà a restare.»
«Pensi che vivrà?» chiedo quando ha finito, non riuscendo più a trattenere la domanda.
La vecchia ridacchia, si avvolge nello scialle.
«Che ci vuoi fare, eh, se sopravvive?»

«Riesci sempre a essere sgradevole.»
«Esattamente come la coscienza di un peccatore, cara.»
Non rispondo alla provocazione.
«Esattamente come la coscienza...»
«Ti ho sentito» la zittisco.
Spinge un palmo fuori dallo scialle.
«Ora il mio compenso.»
«Quanto vuoi?»
«Non quanto, ma cosa. Qualcosa che ti è caro come il tuo segreto.»
«Non ho nulla di valore.»
«Oh, coraggio. Fai un piccolo sforzo di memoria.»
Un guizzo nei suoi occhi lattiginosi mi inquieta. Sembra vedermi per ciò che sono davvero, ma non è lei che mi sta guardando dentro, sono io al cospetto di me stessa, delle mie paure e delle mie bassezze. Lo sa lei e lo so io che, se quest'uomo è qui, non è per avere salva la vita, ma per salvare la mia.

«La solitudine uccide» la sento sibilare, padrona dei miei turbamenti. «Vuoi davvero ricascarci per conservare un ricordo?»

Guardo la libreria, la scatola di velluto rosso posata su un ripiano. Ciò che chiede in cambio è l'immagine di mia madre imprigionata lì dentro. Vuole la mia speranza di poterla un giorno rivedere.

«Tutto, ma non quello.»
«Invece voglio proprio quello.»
Fremo di rabbia e paura.
«Che cosa se ne fa una cieca?» quasi urlo.

«Che cosa se ne fa una poveraccia che nemmeno ha i soldi per farla funzionare? Ci faccio un po' di soldi, ecco che cosa voglio farci.»
«Ci sarà altro che desideri avere.»
Sbuffa, il mento irsuto tremola.
«Mi deludi, ma se proprio non vuoi cedermi ciò che chiedo, allora il capretto è un prezzo onesto» dice.
«No...»
«Sì.»
«Che vuoi farne?»
«Non è da latte, ma nemmeno troppo stopposo.»
«Lo vuoi mangiare.»
Cerca il mio viso e picchietta con un dito sulla fronte.
«Sveglia, bambina! A volte sembri tarda come tuo padre. I maschi non servono a nulla, se non li fai accoppiare. Sarà più utile nella mia pentola.»
Allontano la mano.
«Smettila, vecchia megera.»
«E tu dammi ciò che mi spetta o dirò a tutti che nascondi un uomo tra le lenzuola. Pensi che non mi sia accorta che gli hai coperto la bocca? È un disertore, un codardo come i tuoi fratelli?»
«Ora basta!»
La spingo verso la porta. Si volta repentina.
«Allora?» chiede.
Ognuno è libero di sopravvivere come meglio può, entrambe non stiamo facendo altro. Ho chiesto io il suo aiuto e il suo silenzio. La rabbia è verso me stessa.
«Avrai ciò che ti spetta.»

29

La capra non ha smesso di lamentarsi da quando l'ho separata dal figlio. Il capretto ormai è cresciuto, eppure la madre ha tentato in tutti i modi di difenderlo. Ma come fai a opporti a chi vuole portarti via una parte di te se non hai mani e nemmeno artigli, o zanne per mordere? Povera bestia, poteva solo spalancare gli occhi e far vibrare le labbra. Non l'abbiamo guardata, né ascoltata.

Ora potrei giurare che il suo è un pianto. Non mi fa dormire.

Il diavolo nudo non mi dà meno tormento. La febbre è scesa, ma sembra che incubi tremendi abbiano iniziato a divorarlo. Si contorce facendo riaprire la ferita, nel delirio della malattia la sua forza è impressionante. Stremata, ho dovuto legarlo.

I due non mi concedono pace, sembrano allearsi nell'intento di farmi rimpiangere ogni scelta.

Accarezzo la scatola di velluto rosso. Dentro una custodia di legno, la lastra di bromuro d'argento conserva l'ultima immagine di mia madre. La conciaossa sa che è preziosa e può essere riutilizzata.

«Il negativo attende di essere riportato alla vita» mormoro, «ma sono troppo povera, Ismar. Non posso permettermi di farlo diventare una fotografia. Non ho mai potuto nemmeno guardare la lastra: se l'aprissi, la luce la rovinerebbe irrimediabilmente.»

Lo sento agitarsi, ansima parole incomprensibili nell'incoscienza.

«Gliel'ho scattata io, molto prima che iniziasse questa guerra, in un pomeriggio d'estate. Mia madre se ne stava per andare, ma era ancora bella» inizio a raccontare, lasciando la scatola e sedendomi accanto a lui. «Gente di città era di passaggio in paese. Un fotografo e la sua famiglia. Un'asse del loro calesse si spezzò e furono mandati da mio padre. Ci volle un giorno intero per ripararla e io feci amicizia con la nipote dell'uomo. Si chiamava Tina, aveva solo un anno meno di me e stava per partire per l'America. Voleva fare la fotografa e l'attrice. Mi insegnò lei come scattare la fotografia. Quando fu tempo di ripartire, insistettero perché tenessimo la lastra come parte del compenso. Nessuno di noi ebbe il coraggio di dire che non avremmo mai potuto utilizzarla e che, invece, qualche moneta in più sarebbe stata ben accolta.»

Appoggio i gomiti sul letto.

«Penso spesso a quella ragazza e benedico il suo dono. Di mia madre mi sono rimasti solo ricordi, ma il tempo si porterà via i dettagli. Mi rincuora sapere che forse un giorno potrò rivedere com'era fatto il suo viso. La fotografia, in fondo, è un atto d'amore, non credi? Serve a tenere accanto chi amiamo.»

Inizio a sentirmi sciocca a chiacchierare da sola, ma la vecchia conciaossa aveva ragione: in qualche modo, le mie parole lo trattengono al mondo. Ha smesso di agitarsi.

«Anche i soldati fotografano, li ho visti. Ma non c'è amore in ciò che fanno, solo propaganda bellica. Ho pensato che potrei portargli la lastra e chiedere aiuto per stamparla. Forse un giorno lo farò.» Esito, raccolgo le ginocchia tra le braccia. «Mi racconto che voglio avere i soldi per pagare il lavoro, ma forse non è tutta la verità.»

Guardo la scatola.

«E se non ci fosse nessuna immagine là dentro?»

Il silenzio con cui mi risponde la casa non mi fa più paura. Ci sono due respiri, ora, ad attraversarlo.

«Anche tu ami una fotografia in particolare. L'ho trovata.»

La prendo dalla tasca del grembiule e la poso sul comodino, accanto alla lettera ripiegata e a un crocifisso trovato nel taschino.

Entrambe erano cucite all'interno della giacca, legate assieme con lo spago: la fotografia di un transatlantico e una sorta di lettera di referenze. Ho riconosciuto qualche parola e molte altre le ho intuite, perché simili al timavese.

Ismar è un ingegnere: ama costruire, ma la guerra lo ha costretto a distruggere.

«Sognavi di partire, vero? Come Tina.»

Vuole affrontare l'oceano su un transatlantico, dopo che l'oceano ha mostrato al mondo intero che nessuna opera dell'uomo, per quanto geniale e portentosa, è inaffondabile.

Che cosa può spingere un essere umano ad affrontare una bestia d'acqua viva, che inghiotte e toglie l'aria, se non una speranza più forte di qualsiasi altra paura?

Il nemico sembra aver deposto finalmente le armi. Il suo respiro si è quietato, tutto il corpo è diventato mansueto. Sciolgo le corde e gli appoggio una mano sul cuore: è potente, il suo vigore si propaga fino al mio e lo fa galoppare selvaggio.

Avvicino il viso. Le sue labbra sono dischiuse, come a voler lasciar fuggire una parola che però resta incastrata in gola.

«Ma se dentro di te c'è una simile speranza, come puoi essere malvagio?»

Nella stalla, la capra continua il suo lamento di dolore e io non ho più forze per ignorarlo.

Mi abbandono contro la seggiola. Lo scricchiolio del legno sembra quello di ossa stanche.

«Ho tolto un figlio a sua madre solo perché voglio tenermi stretto il ricordo della mia» confesso in un sussurro. «Tu che cosa avresti fatto?»

30

All'alba abbiamo seppellito Caterina. Ero nella stalla, con un capretto in più e una scatola rossa in meno, quando è venuta a salutarmi. La porta si è spalancata e un soffio di vento è spirato fino a sollevarmi i capelli. Era ancora freddo, ma profumava di germogli, ed è svanito come una fantasia. Se n'è andata in cielo, ho pensato.

«Ho lasciato andare mia madre per un capretto» le ho detto.

So che lei avrebbe capito il mio bisogno di vita.

La necessità mi ha strappato alla casa senza concedermi il tempo di controllare il ferito; ora sono in ansia per il rischio che entrambi corriamo: lui di morire, io molto peggio. Ogni sguardo e ogni parola che mi vengono rivolti mi fanno temere di aver tradito il segreto.

La mia vita è sempre stata limpida fin nelle sue profondità, fino a farmi sentire, a volte, trasparente. I pensieri erano soliti guizzare sulla superficie, increspandola in sorrisi o cipigli. Mai, prima d'ora, li ho esiliati nel fondo del mio essere, talmente segreti da diventare insondabili anche per me.

Vedo solo ombra e non scorgo me stessa, ma forse quell'ombra agitata e incompiuta sono io.

Non è l'Agata che mi è familiare ad aver ceduto

quanto a lei più caro, ma una donna che l'ha abitata tutta la vita restando occulta, o che forse è nata oggi, ergendosi dalle sue ceneri come un virgulto deforme e macilento, tuttavia deciso a restare.

Non riesco più a nutrirmi di solo passato, ho fame di futuro, parola che suona come un anatema in tempo di guerra e può avere anche la parvenza di un afflato folle, purché esso conduca lontano dalla mera sopravvivenza. Sono folle. Sono viva.

Non saliamo fino al fronte, perché a metà quota troviamo il capitano Colman a comando di una truppa che fa la guardia alla costruzione di un ponte ardito. I genieri scalpellano e picchettano senza sosta, mentre i suoi alpini stanno di vedetta su scalette di ferro aggrappate alla parete rocciosa. Quando ci vede, scende con due balzi e ci raggiunge.

«Vi aspettavamo» dice. «Oggi non faticherete fino in cima.»

«La guerra si è fermata?» chiede Viola.

«Il cane austroungarico sonnecchia al sole, pare. Non svegliamolo.»

Ci aiuta a togliere le gerle, i suoi uomini ne trasferiscono il contenuto negli zaini.

«Abbiamo portato pane e vino. Dividetelo con noi.»

Facciamo una sosta, sedute sulla neve ghiacciata. Sotto lo strato luccicante attraversato da minuscole impronte di roditori, si sente scorrere acqua. In alcuni punti affiorano ciuffi di un verde brillante e le corolle rosee e carnose di elleboro. Il gelo sembra lontano, ma è ancora presto per sperare nell'arrivo della primavera.

«Siete taciturna» mi dice il comandante. «E con poco appetito.»

Rigiro il pezzo di formaggio tra le dita.

«Ho dormito poco.» Mi concedo l'ammissione, ma è comunque lontana dall'essere la completa verità.

«Anch'io.»

«Problemi al fronte?» Mi rendo conto della stupidità della domanda. «Perdonate. A volte dimentico chi siete.»

Il comandante sorride.

«E questo è un bene. Fatelo più spesso.»

Un'ombra gigantesca oscura il sole e plana sopra le nostre teste, per proseguire verso ovest.

Noi donne cacciamo un urlo e d'istinto ci rannicchiamo al suolo.

«Non abbiate paura» ci rassicura il capitano Colman. Grida anche lui, ma solo per farsi sentire sopra il frastuono. «Fanno parte del Corpo Aereo dell'Esercito.»

«Sono italiani?» chiede Lucia, incredula.

«Sì. A Cavazzo Carnico è stato preparato un campo d'aviazione per ospitare i primi quattro aerei della 29ª Squadriglia di Ricognizione.»

Li guardiamo sconvolte, i nasi all'insù e i petti ansanti. Il fragore prodotto da motori ed eliche è assordante.

«Sono tonnellate di metallo che si librano nell'aria» dice il comandante.

«Eppure sembrano pigri elefanti.» Mi alzo e seguo

con lo sguardo le sagome grigie che si allontanano per disegnare ampie traiettorie ellittiche.

«Li avevate mai visti?» mi chiede.

«Solo disegnati, entrambi.»

«È stupefacente quanto l'uomo possa fare.»

«Grandiose opere di ingegneria che in guerra diventano strumenti di morte efficaci.» Non ho più voglia di guardare.

«Non ancora così efficaci, dopotutto.» Punta un piede su uno sperone di roccia e li indica, ormai lontani. «A questa zona hanno assegnato dei Farman. Ci mettono un'ora e mezzo ad alzarsi da quando ricevono l'ordine di decollo e ne serve un'altra per raggiungere l'altitudine di volo. In questo terreno di battaglia, sono utili solo per i voli di ricognizione.»

Sono davvero dei pachidermi.

«E volete sapere una cosa buffa?» Abbassa la voce. «Il sistema di fuoco è da rivedere: i bossoli della mitragliatrice vanno a finire nell'elica. I piloti hanno dovuto correggere l'inconveniente con rimedi artigianali.»

Ci guardiamo per un attimo a occhi sgranati, è impossibile trattenere le risate, ma la mia dura poco.

«Presto il nemico attaccherà anche dal cielo, vero?» chiedo.

Il comandante si accende una sigaretta.

«Siamo preparati, stavo solo sdrammatizzando. Abbiamo aerei con motori potenti e nuovi eroi si stanno distinguendo anche nelle battaglie aeree. Il capitano di cavalleria Baracca è chiamato 'cavaliere del cielo',

sul suo aereo c'è dipinto un cavallino rampante» risponde tra le spire di fumo. «Questa è gradevole.»
«È genziana.»
«Meglio del noce.»
«Ve ne porterò altre, ma solo se promettete di non fare propaganda con me.»
«Perché vi racconto l'andamento della guerra?»
«Per i toni e le parole che usate. Gli eroi di norma muoiono in modo disgraziato, non lo sapete?»
Sorride.
«Sembrate nervosa, ma avete ragione. Gli eroi muoiono. Il più delle volte, soli.»
«Ora devo andare.»
«Non vi fermate per una chiacchierata?»
«L'abbiamo appena fatta.»
«È stata breve e oggi Dio non minaccia morte. Restate.»
«Se vi sentisse don Nereo, non esiterebbe a punirvi con uno scappellotto.»
«Per fortuna ci siete voi al suo posto» dice. La sollecitudine nella sua voce non può essere ignorata. «La vostra amicizia è preziosa.»
Alla parola «amicizia» abbasso gli occhi, e non per timidezza.
«Tornerò domani» assicuro con un sorriso.
«Quando volete.»
Mi aiuta a indossare la gerla.
«Almeno ora sono più tranquillo per voi e per le vostre compagne.»
«Che intendete dire?»

«C'era un cecchino più duro degli altri che si stava avvicinando troppo al sentiero che siete solite percorrere. Ci sono voluti due giorni di ricognizioni, siamo andati di cengia in cengia e abbiamo scatenato l'inferno in ogni anfratto, ma lo abbiamo stanato.»

Mi volto.

«Lo avete preso?» chiedo con voce arrochita. Dalla sua espressione capisco che non si scende a raccogliere ciò che una granata ha sparso.

«Quel diavolo assatanato non colpisce più» assicura, e per lui è una prova.

Il suo orgoglio è la mia vergogna. Il capitano Colman crede di aver eliminato un pericoloso cecchino. Io, quel cecchino, me lo sono portato a casa.

Mi comporto come un'appestata, sento di essere stata contaminata dal segreto che custodisco e che non oso chiamare con il nome che gli è proprio. Durante la discesa, mi tengo discosta dalle altre, ma quando i discorsi si fanno cupi, non posso fare a meno di ascoltare.

«Li hanno giustiziati con un colpo di fucile al petto» sta dicendo Maria a Lucia. «Ho pregato per loro.»

Allungo il passo.

«Di chi parlate?» chiedo.

«Gli alpini che due giorni fa si sono rifiutati di andare all'assalto sulla cima del Cellon» mi dice Lucia. «Il Tribunale militare di guerra li ha giudicati colpevoli. Il processo è durato un lampo, nella scuola di Cerchivento.»

«Non è stato ammutinamento!» Sono sconvolta.
«Avevano suggerito un'altra via.»
«Non è contato nulla, per il Comando Supremo. Quegli uomini non hanno ubbidito.»
Non riesco a proseguire. Lucia si volta e mi attende.
«Agata, non affliggerti. È la guerra.»
«Avevano suggerito un'altra via» ripeto, tra le lacrime. Non so perché mi ferisca tanto la loro uccisione. I soldati muoiono ogni giorno.
Lucia torna da me e con una carezza mi asciuga il viso.
«Sono tempi bui» mormora. «Ho sentito dire che alcuni militari sono andati incontro alla stessa sorte solo per aver detto che la guerra è ingiusta. Il dubbio sembra essere considerato un male più grande della febbre da trincea. Deve essere estirpato.»
Ricordo di averlo letto sulle pagine dei giornali, lo chiamano «disfattismo» e la repressione è spietata. *Non voglio morir per la Patria*, ha scritto un figlio al padre. La Patria lo ha giustiziato, come ha fatto con chi ha esitato durante un assalto o con chi al fronte si procura ferite in preda alla pazzia.
Mi volto a guardare la cima da cui sono appena scesa. Sembra tutto così lontano da queste meschinità, lassù. Dal capitano Colman all'ultimo soldato che distribuisce le gavette, tutti sembrano animati da un coraggio che definirei sovrumano, ma ora mi chiedo se invece, in una misura ai miei occhi insondabile, siano ostaggio dell'Italia, sempre raffigurata come una donna.
«Hai avuto notizie dai tuoi fratelli?» mi chiede Lucia.

«No, non mi scrivono da prima che la guerra iniziasse.»

Si fa più vicina, come nell'atto di una confidenza.

«Se dovessero farlo, brucia la lettera, e fallo subito.»

«Perché?»

«Respiriamo un'aria velenosa, Agata. Il sospetto può uccidere, specialmente se paga bene. È stata messa una taglia di cinquanta lire sulla testa di chi si macchia di tradimento.»

«Cinquanta lire?»

«Sono un'enormità, in una terra affamata.» Lucia fa qualche passo, torna a voltarsi. «A chiunque può venir voglia di accusare.»

31

A volte un battito di ciglia può essere più importante del rimbombo del cuore. Rivela che almeno una parte del corpo, per quanto infinitesimale, ancora si muove.

Quel fremere del viso riportò lentamente Ismar alla coscienza. Stava sognando di avere una farfalla posata sul viso, ma quando la sua mano aveva fatto per prenderla, la farfalla si era trasformata in un ciuffo di capelli strappato da una granata a un compagno.

Aveva sussultato, finalmente sveglio. Le mani erano corse agli occhi. Non c'erano ciocche insanguinate mosse dal vento di guerra, la pelle profumava di pulito, la terra del fronte era stata raschiata via pazientemente da sotto le unghie. La vista era tornata assieme all'insinuarsi della luce tra le palpebre, e poi fu un'esplosione di colori che gli provocò dolore alla testa.

Deglutì, il formicolio del panico che risaliva le gambe come milioni di insetti.

Non c'era il bosco attorno a lui. Il tepore del giaciglio, il riparo di un tetto e la morbidezza di mutande a righe prima d'allora sconosciute erano peggio di una bombarda pronta a scoppiare sopra la testa. Aveva imparato a distinguere il sibilo caratteristico dei proiettili in arrivo, riconoscerne il calibro significava saper trovare il riparo più adatto, ma non era preparato a questo colpo. Non sapeva come respingerlo, ma di una cosa era certo: era pericoloso.

Si tirò su a sedere e una fitta bruciante al fianco gli tolse il respiro. Il ventre era stretto in bende di stoffa.

A poco a poco, il ricordo dell'incontro nella foresta affiorò dalla confusione nebbiosa che lo avvolgeva.

Si alzò guardingo, le assi del pavimento scricchiolarono sotto le dita nude dei piedi, facendolo sudare di paura. Gli occhi corsero alla porta, ma quella restò socchiusa. La casa era silenziosa come se solo lui la abitasse. Lasciò vagare lo sguardo, non c'era traccia dello zaino con i suoi effetti personali. Le mani sentivano la mancanza del fucile e del coltello come uno storpio degli arti appena amputati. Aveva assistito un camerata nelle ultime ore della sua agonia, mentre questi si lamentava per il dolore al piede. Un piede che non c'era più, come l'intera gamba.

Una mano premuta contro la ferita, si avvicinò alla finestra e guardò attraverso il pertugio tra le imposte accostate.

Camini fumanti, tetti ancora innevati. Un vecchio zoppicava nella via con una pipa spenta tra i baffi, un cane spelacchiato gli faceva compagnia. Gli edifici non avevano nulla dell'architettura tipica austriaca, e Ismar conosceva bene il profilo montuoso all'orizzonte. Man mano che calcolava la propria posizione, le gambe si facevano molli.

Si girò. La libreria colma di volumi, le coperte lavorate a maglia, il braciere ancora caldo accanto al letto. Tutto gli sembrò micidiale come una trappola.

Si lasciò scivolare a terra.
Era dall'altra parte della linea del fronte, nel mezzo di un villaggio italiano, e indossava soltanto delle maledette mutande a righe.

Urlo di rabbia, quando vedo la catasta di legna sparpagliata nel cortile. Ho impiegato ore e sudato fatica a ordinarla sul lato soleggiato della casa, al riparo. Ora è bagnata, la fiamma non attecchirà e la casa si riempirà di fumo. Un pensiero improvviso mi fa desistere dal restare ferma a fissarla o dal raccogliere anche un solo ceppo. Entro nella stalla e faccio scattare il chiavistello.

«Se ti prendo, ti infilzo!»

Punto la forca contro il battente. So che è stato Francesco e so che mi sta osservando, nascosto da qualche parte. Comincio a sospettare che abbia evitato il fronte non grazie all'influenza esercitata dalla famiglia, ma perché c'è qualcosa che scricchiola nella sua mente. Non oso immaginare che cosa potrebbe fare con un'arma in mano, con una donna prigioniera tra le braccia.

Frugo nella tasca e a fatica trovo la chiave. Troppo tremore, troppo spavento. Le capre belano, sono agitate.

«Non è niente. Non è niente...»

La voce è un assaggio di pianto.

Corro in casa e di finestra in finestra, di stanza in stanza, sbircio tra le fenditure. Non c'è anima viva, ma qualcuno tra le viuzze che portano alla piazza intona una villotta romantica. Sulle labbra di Francesco, però, quelle parole d'amore diventano oscene e lascive.

Non smonto la guardia fino a quando non lo sento allontanarsi, solo allora mi abbandono al sollievo. Il freddo del vetro sulla pelle calma il martellare delle tempie.

Giro il viso verso la libreria, cerco il vuoto lasciato dalla scatola rossa, ora più che mai è uno strappo.

Il dorso verde di un libro interrompe la sinfonia dei gialli.

Mi raddrizzo.

Il dorso verde di un libro interrompe la sinfonia dei gialli e non sono stata io a spostarlo.

Guardo verso il letto. Due occhi glaciali mi osservano.

«*Keine Angst...*»

Non gli do il tempo di dire altro, lancio la forca. I rebbi si piantano nella testata del letto, facendo schizzare il diavolo biondo fuori dalle coperte. In un lampo è all'angolo, io nell'altro, e ci guardiamo, ansanti. Sembriamo entrambi increduli di fronteggiarci in questa improbabile vicinanza. Non ci sono confini che attraversano questa casa, se non quelli stabiliti dalla paura.

Ed è la paura ad avermi fatto tornare indietro di migliaia d'anni, trasformandomi in un essere guidato dal puro istinto, è la paura ad aver mosso la mia mano.

Il nemico cerca di comunicare con me. Potrei tentare di catturare il significato delle parole, qualcosa nel loro suono non mi è estraneo, invece scelgo di ignorarle, come faccio con il tremore delle sue mani, protese verso di me. Non per chiamarmi vicino, ma per tenermi lontana. Mi teme, lo fiuto, ma nei suoi occhi scorgo soltanto una determinazione di ferro.

Vuole vivere. Anch'io.

Questa volta non riesce a scansare il tiro e il pitale lo colpisce al centro della fronte. Il metallo risuona come un cembalo contro l'osso. Forse questa volta l'ho ucciso.

Ho atteso l'ora più nera della notte. Tra i faggi centenari del Bosco Bandito spirano forze che non riesco a ignorare. I grandi saggi, li chiamava mio padre. Erano gli unici alberi che si rifiutava di abbattere, non importava quante monete avrebbero potuto rendere. Non c'era prezzo che potesse indurlo a compiere il sacrilegio.

Si respira magia, sotto queste chiome. Stormiscono, bisbigliano agli altri abitanti del bosco. I tronchi nodosi si aprono in rami che sembrano mani dalle lunghe dita tese alla volta celeste. Sortilegio, sembrano invocare. Sortilegio su questa umanità che procede errando.

«Sono una povera figlia di questa terra» mi presento agli spiriti che li abitano, prima di varcare la soglia della foresta.

Mia madre avrebbe sorriso, rimproverando tanta credulità. Mio padre, invece, approverebbe.

Io scelgo di essere indulgente con le mie fragilità, mi abbandono alle suggestioni di antiche credenze. Tutto, pur di non avvertire il peso reale di ciò che sto facendo.

La slitta scorre sulla neve ghiacciata senza affondare e sobbalza sulle chiazze scure sempre più ampie. L'inverno, qui a valle, si sta ritirando, ma il freddo durerà ancora settimane e questa notte, forse l'ultima, sta nevicando. Il cielo ha deciso di aiutarmi, coprirà le mie tracce.

Non sento fatica, solo paura, e l'urgenza di allontanarmi dalla mia colpa.

Il diavolo non è morto. Nemmeno questa volta. Ho già scelto l'albero sotto cui abbandonarlo al proprio destino: il più possente, il più antico. Sulla corteccia, porta i segni delle battaglie condotte per crescere e conquistare la luce. Il tronco si ritorce aprendosi in crepe odorose di resina. Generazioni di giovinetti hanno inciso i propri nomi sulla corteccia bruna, pensando di fissare nell'eternità un momento che invece la pianta ha fagocitato, sanandosi. Le loro anime sono prigioniere lì dentro, diceva mio padre, la loro sorte segnata da quell'atto brutale. Forse inveiva contro qualcosa che lui non riusciva a fare, o forse a guidarlo era davvero un sentimento di rispetto nei confronti di quelle creature tanto maestose quanto indifese. Era un tagliaalegna, ma non accettava lo sfregio.

Non era un idiota. Conosceva il mondo meglio di tanti altri e il suo pensiero correva veloce. Soltanto le parole gli erano ostiche, gli danzavano davanti agli occhi confondendolo, sgretolandosi in lettere a cui non riusciva a dare un ordine.

Lui e mia madre apparivano diversi, è vero, ma solo in superficie. Come gli alberi più resistenti, inforcavano entrambi la terra con radici così estese e abbarbicanti da far apparire svigorita la chioma più rigogliosa. Si intrecciavano nelle misteriose profondità dell'amore.

Spoglio la slitta del camuffamento improvvisato. Le fascine di ramaglie scoprono il corpo del nemico. Con un piede lo faccio rotolare sulla neve e lo spingo fin sotto il grande faggio.

Siamo diversi, diavolo bianco. Non solo in ciò che è visibile, ma soprattutto nell'essenziale intangibile.

Lo afferro per il bavero e lo raddrizzo contro il tronco. Prima o poi qualcuno lo troverà.

Rivestito con i suoi abiti, è tornato a essere un nemico letale. Augurargli buona fortuna significherebbe chiedere per noi la sventura più nera.

«Ti ho ferito e ti ho salvato. Non ti devo più nulla.»

Nel momento stesso in cui pronuncio queste parole, ricordo un detto che i vecchi del paese erano soliti sciorinare come un rosario.

Finché il tuo sangue è caldo, non puoi essere sicuro che il diavolo sia soddisfatto.

33

Potrei sciogliere il gelo con le lacrime, ma le bestie non piangono. Il bosco è silente, mi nega la sua voce e così mi castiga. La slitta è leggera, il cuore pesante.

Un'ombra si muove lesta pochi passi davanti a me, ai piedi del declivio.

«Chi c'è?» grido.

Un bambino si mostra. Riconosco Pietro, il figlio di Lucia. Gli vado incontro, faccio per prenderlo tra le braccia, ma si divincola con l'orgoglio dei suoi otto anni. Il ghiaccio ha sbucciato le ginocchia che i calzoni corti lasciano scoperte.

«Pietro, è tardi. Che cosa fai nel bosco?»

«E tu?»

«Raccolgo legna.»

Guarda alle mie spalle, guarda i fastelli che trasporto sulla slitta. Non fa commenti.

«Dov'è tua madre?»

«A pregare.»

Oltre l'intreccio di arbusti, le vetrate a piombo della chiesa fiammeggiano di ori, rossi e turchesi. L'aria odora di incenso.

Lo prendo per mano e questa volta il bambino accetta. All'interno troviamo il tepore dei respiri delle persone inginocchiate nei primi banchi. Il piccolo scioglie la presa e raggiunge svogliatamente la madre.

Io mi siedo in fondo. A fatica alzo lo sguardo sull'altare. Le candele votive fumano suppliche mentre il rosario viene offerto alla Vergine Maria, come nelle prime ore di un lutto. Sono preghiere per accompagnare le anime dei soldati.

La panca cigola. Don Nereo si è seduto accanto a me.

«Sono contento di rivederti qui.»

Potrei chiedergli di confessarmi, ma la mia non sarebbe una preghiera di assoluzione rivolta a Dio, solo il meschino tentativo di condividere un peso.

Nella dottrina della fede non riesco a trovare indicazione che possa venirmi in aiuto.

Porgi l'altra guancia.

Porgi il petto alla lama della baionetta.

Accogli tuo fratello.

Accogli il nemico invasore, sfamalo e dissetalo.

Mi divorano dubbi come lombrichi gonfi. Lo sfrigolio lento della stoppa è la mia coscienza che brucia. Mi sembra di veder ondeggiare le fiamme al mio respiro.

«Che cosa farebbe Dio al nostro posto?» mormoro.

Don Nereo sospira, appoggia la fronte alle mani giunte, i gomiti conficcati nelle ginocchia.

«Il tuo dilemma è anche il mio, Agata.» I suoi occhi cercano un appiglio nei simboli che ci circondano, ma santi e angeli hanno bocche chiuse e sguardi severi, ali e aureole che non ci appartengono.

«Non pensare che non mi senta lacerato da quando la guerra è iniziata. La diffidenza si è insinuata nell'anima... Diffidenza verso tutto ciò che dal pulpito ho sempre predicato con fede incrollabile. Ma poi vado dai nostri ragazzi, lassù, vedo i sacrifici che fanno, li vedo immolarsi e allora spero, eccome se lo spero, che sopravvivano, che siano loro ad avere la meglio, anche se questo significa augurare che altri soccombano. Che Dio mi perdoni, ma ora sono io il loro padre, e tu, tu, Agata, sei una madre e una sorella per quei disgraziati.»

«Altri. Siamo sempre 'altri' per qualcun altro. C'è sempre un sud e un nord, un est e un ovest. Non hanno forse anche gli altri una madre e un padre che li aspettano? Non hanno anche loro diritto di vivere?»

Don Nereo alza il viso al crocifisso sopra l'altare.

«Se solo fermassero questa guerra ingiusta che hanno iniziato.»

«E se qualcuno avesse detto loro che non è ingiusta?» chiedo. «Se fossero solo dei giovani come i nostri, costretti da ordini che non comprendono, o non condividono?»

«L'uomo può sempre scegliere il bene invece del male.»

«No, non può! In guerra si chiama ammutinamento.»

«Agata...»

Non riesco a fermarmi. Non posso.

«Sono solo ragazzi. Sono solo esseri umani. Potremmo parlare con loro, cercare di comprendere. I prigionieri...»

«Li avete mai visti, i prigionieri?» chiede una voce. «Io no, e se non li vedo, non ci sono. Non più.»

Tino lo zoppo è poco più di un'ombra accanto al confessionale, ha il mento appoggiato al bastone, il volto coperto dal cappello di panno. Solo il grosso naso grumoso come un tubero sporge da sotto la falda, quando parla.

Don Nereo lo fulmina.

«Che cosa stai dicendo, Tino?»

«Nessuno li ha visti e nessuno si chiede che fine facciano. Solo gli ufficiali valgono qualcosa per essere scambiati con i nostri, gli altri sono zavorra.»

Don Nereo si leva la berretta a tre punte e lo colpisce sulla mano.

«Vergognati! Insinuare certe nefandezze! Come se lo spirito di tutti non fosse già provato al limite della sopportazione.»

Lascio i due a battibeccare. Non voglio credere alle parole del vecchio, ma sento freddo. Ormai il dubbio è stato gettato e, qualunque sforzo io faccia per soffocarlo, so che troverà il modo di rivoltarsi e spingere per uscire in superficie.

La Madonna di gesso mi guarda con dolore.

Hai consegnato mio figlio alla morte, mi accusa.

Pelle di luna, la sua. La mia è di fumo e del fumo della disfatta odora. Lei è madre, mentre io, forse, non lo sarò mai. Il mio grembo è sterile da mesi, la fatica mi ha depredata del futuro.

In questa notte buia, la ferocia si alza al vento e spazza la pietà. La speranza è donna e cammina scalza, cade e si risolleva. Con piedi feriti traccia vie scoscese.

La Madonna di gesso mi guarda con triste biasimo. Se non trovi il coraggio, sembra dire, non sei degna del mio re – ma il suo re pende dalla croce.

Anch'io sono figlia tua, vorrei urlare. Invece cedo, fuggo seguita da spire d'incenso.

Torno al grande faggio: lui non c'è. Nell'oscurità non riesco a trovare impronte, ma qui il confine passa alto e lui è ferito, non può essere lontano.

Alle mie spalle un ramo si spezza e qualcosa in me lo imita: nessun animale lo farebbe, perché troppo leggero, o troppo scaltro.

Affronto la presenza ancora nascosta, spaventata dall'audacia che mi ha riportato qui, ma che ora mi ha lasciato sola.

«Mostrati» ordino come una regina disperata.

«Perché sei tornata qui?»

Il timore si sgonfia. È Pietro.

«E tu perché mi segui?»

Il bambino si rabbuia.

«Vuoi rubare il mio tesoro!»

«Ma cosa dici! Vai a casa.»

Pietro scappa, e io sono costretta a rincorrerlo: non siamo soli nel bosco. C'è un diavolo ferito che si nasconde e io non lo so – non lo so! – quanta compassione abbia conservato il suo cuore, o se sia davvero oscuro come raccontano. Raccontano che quelli come lui li mangiano, i bambini.

«Torna qui, Pietro. Muoviti!»

«No!»

«Vengo a prenderti e poi lo dico a tua madre!»

Ormai lo vedo appena, rincorro una sagoma. Siamo sotto la parete rocciosa della Creta di Timau quando riesco a sfiorarlo, ma le dita si chiudono sul nulla.

«Appena ti prendo...»

Sopra di noi il buio scricchiola.

Non faccio un passo in più. Frammenti di ghiaccio mi piovono sulle guance. Qualcosa si sta muovendo, là in alto.

«Pietro» dico piano, allungando una mano verso di lui. «Vieni via, subito.»

«Devo prendere il mio tesoro!»

Il bambino si acquatta sul fondo della parete, scava e strattona.

Il crepitio corre.

«Non fare lo stupido, ubbidisci!»

«Non sei mia mamma!»

Il rumore di ghiaccio che si squarcia echeggia pauroso.

Alzo gli occhi.

«Mio Dio.»

Il ghiacciaio si è staccato. Una piccola parte di montagna sta scivolando verso il basso, lungo il corso che è quello delle acque superficiali che a primavera si aprono in una cascata quando le piogge sono torrenziali, ma è proprio sopra di noi che sta per precipitare. È una lingua che si lancia tra le rocce rovesciandosi verso il fondo con fragore.

Raggiungo Pietro, lo stringo per non perderlo nella nuvola gelida che già ci ha raggiunto e lo schiaccio contro la parete. La roccia è l'ultima speranza e la arpiono fino a sentire le unghie spezzarsi. Se la lascio, la valanga ci trascinerà sul fondo, ci ruberà il respiro.

Infine arriva, la morte bianca si rovescia su di noi e urliamo. La sento battere sulla schiena, colpire le braccia con furia, e con ancora più furia mi aggrappo alla montagna. La neve stiletta in gola e strozza il grido, mi strattona e bastona, ma non soffoca. Che risparmi il bambino, almeno lui, ma Pietro non sta più gridando e l'angoscia mi toglie forza. Le dita perdono la presa, la cercano senza ritrovarla. Sono sopraffatta dal panico, quando un'altra mano preme forte sulla mia e la aiuta a restare salda. Un altro corpo spinge contro i nostri ed è subito calore. Attorno a noi il buio sbatte e ulula, ma non ci afferra.

Solo quando torna il silenzio mi sento tirare per le braccia, il peso che mi preme addosso scompare e l'aria mi investe, facendomi tossire. Un pianto si leva, sommesso. La testa di Pietro cerca il mio petto, le braccine magre mi stringono il collo.

Mi viene da piangere, ma ho così freddo che le lacrime cadrebbero in cristalli.

Qualcuno mi passa una mano sugli occhi, toglie il ghiaccio, ma non ho il coraggio di aprirli e guardare. Resta immobile per qualche attimo, poi lo sento allontanarsi.

Voci spaventate si rincorrono nel bosco e si fanno

più vicine. Riconosco la voce di Lucia, di don Nereo e di altre donne.

A fatica mi giro su un fianco e avvolgo Pietro nel mio scialle. Siamo ancora per metà sepolti sotto la slavina.

«Va tutto bene, ora arriva la tua mamma.»

Francesco ci raggiunge per primo e scava a mani nude attorno a noi, imprecando. Libera Pietro e lo consegna a sua madre. Lucia è crollata in ginocchio e singhiozza stringendolo al petto.

«Te lo avevo detto di non uscire. Te lo avevo detto!»

Cerca la mia mano e mormora un «grazie» a fior di labbra.

Francesco mi aiuta a rialzarmi, le dita si chiudono con forza sulle mie spalle contuse.

«Che cosa ci facevi qui con il buio?»

Mi scuote, è furioso, ma il suo sguardo severo accende di rabbia anche me.

«Cercavo legna.» Mi divincolo. «Non mi chiedi perché?»

«Per fortuna mi hanno chiamato.»

Come se avesse fatto differenza.

Mi allontano, lo lascio alla sua vanagloria. Sono tutti attorno a Pietro. Il bambino insiste per avere il suo tesoro ed è chiaro che non si calmerà fino a quando non lo avrà riavuto. È una cassa piena di rame che don Nereo e Tino disseppelliscono a fatica dalla neve. Quel metallo significa pancia sazia per giorni. È quasi morto per difenderlo e ora guarda Francesco come farebbe con un cavaliere valoroso.

Ma non è stato Francesco a tirarci fuori dalla tomba

di ghiaccio. Non è stato il suo corpo a proteggere i nostri, a conservare l'aria per noi.

Nei bagliori delle fiaccole, nessuno ha notato le orme che ormai si stanno confondendo con quelle dei nuovi arrivati. Nessuno ha notato il piccolo crocifisso caduto a terra, che brilla indicando un sentiero di gocce di sangue. Lo copro con un piede, faccio scudo alla luce affinché la mia ombra nasconda le tracce. Mi muovo solo per chiudere la fila che torna verso il villaggio, senza mai voltarmi.

Soltanto più tardi, quando tutte le anime dormono, torno sui miei passi. Il mio è un lungo giro per riapparire al punto di partenza.

So dove cercarlo: dove mi nasconderei io, e cioè lungo il percorso della slavina. Nessuno oserà avventurarvisi per giorni.

E so dove incontrarlo, dove cercare un punto di comunione che renda colmabile la distanza: a metà strada delle nostre esperienze, che sono quelle di due ragazzi.

Si nasconde bene, ma io sono figlia di un cacciatore. Le nubi si sono dissolte, solo alcuni lembi sottili corrono all'orizzonte. Splende la cintura di Orione e io seguo sangue nero.

«*Hilfe*.»

Aiuto. È l'offerta che sussurro quando sono certa di essergli abbastanza vicina affinché mi possa sentire. Ferma nella mia determinazione, gli concedo tempo. È lui a mostrarsi, infine.

Nella luce della luna, è imponente. Perde sangue e trema, ma i suoi occhi mordono. Sembra accusarmi:

mi ferisci, mi salvi, mi abbandoni e mi riprendi. Deciditi, una buona volta!

Gli lancio il crocifisso e una coperta.

«Se fossi stata sicura del mio intento da subito, saresti già morto!»

34

Non sono più io. La trasformazione è avvenuta, ma la creatura uscita dal bozzolo non è una farfalla.

Rinasco nelle vesti di una grigia, opaca falena. Dispiego ali tagliuzzate dalle dita del fato e volo scomposta. A tal punto bisognosa di luce da accettare la vicinanza di qualsiasi fiamma, senza chiedere da dove provenga, senza domandare quale pericolo porti.

Nella tenebra che di questi tempi acceca, io riesco a contemplare moti misteriosi e pensieri che portano lontano quando nemmeno un passo può essere osato.

E così l'ho intravisto, smarrito quanto me, famelico di giorni futuri, questo nemico così simile a un uomo.

Ci guardiamo, ai lati opposti della stanza. Tutto diventa arduo, ora che gli sguardi si incontrano.

Si lascia crollare sul letto, pallido.

«*Wasser, bitte.*»

Chiede da bere. Vado a prendere la brocca, ma quando torno non riempio la tazza.

«Si dice 'acqua'. Qui è ancora Italia e con l'aiuto di Dio lo resterà.»

Mi guarda accigliato.

«Se vuoi... se vuoi qualcosa, chiedilo in italiano.» Sillabo lentamente. «Acqua.»

Si allunga per afferrarla, ma la ferita lo fa piegare. Il

cipiglio è diventato un misto di ostilità e preoccupazione. Tra i due, è lui che ha più da temere.

Aspetto, ma la resa non arriva. Penso che abbiamo tempo, per trovare un accordo, per cercare l'equilibrio. Forse sono crudele, ma è importante che riconosca d'essere in terra d'altri. È invasore, deve deporre le armi di cui è stata munita la sua mente, prima che le mani.

Prova a rialzarsi, ma il dolore gli strappa un lamento rabbioso.

Poso la caraffa e mi avvicino, scacciando ogni timore. Prima o poi avrei dovuto comunque decidermi a farlo.

«Devi stare fermo, o la ferita non guarirà.»

Lo aiuto a togliersi abiti pesanti e scarponi e lo faccio stendere. Mi sforzo di pensare che l'ho fatto tante volte con i feriti al fronte. È solo un soldato, mi ripeto, con un'uniforme diversa.

Il silenzio ha il potere di rapprendere l'aria, gli sguardi sono capaci di camminare sulla pelle e tormentare con formicolii inattesi.

«Si dice 'grazie'» mormoro, per stemperare la tensione, mentre con pazienza gli rifaccio il bendaggio. «Io mi chiamo Agata. Agata» ripeto, battendomi il petto.

Lui rimane in silenzio. Indico la ferita.

«Ora è pulita. Cerca di dormire.»

Si tocca la fasciatura. Dice qualcosa nella sua lingua.

«Tanto non ti capisco.»

Insiste, scuote la testa. Credo mi stia accusando di averlo colpito e poi portato in mezzo al nemico.

«Eri già da questa parte» borbotto.
Gli faccio vedere i polsi uniti e con un cenno lo invito a fare lo stesso. Si ritrae, ma non desisto.
«Ti devo legare.»
Si volta e non mi guarda. Ha il profilo dritto della stirpe teutonica, ma il bernoccolo sulla fronte rompe la perfezione e rende goffa la sua alterigia.
Indico la porta, poi di nuovo le sue braccia.
«O ti lego o te ne vai.»
Guarda il soffitto, il suo petto si allarga in un respiro profondo e si sgonfia tremando. Per un attimo provo per lui qualcosa di simile alla compassione.

È lontano dai compagni, bloccato oltre la linea del fronte, chiuso in una stanza assieme a chi ha cercato di ucciderlo.

Ha paura, come me. Può la paura unire invece di dividere? Presto lo scopriremo insieme.

Riempio la tazza d'acqua e gliela offro.
«Devi dire 'grazie'» rimarco, ma da lui non arriva nulla.

Vorrei mandarlo al diavolo, ma poi penso a che cosa sarebbe accaduto a Pietro e a me se non ci avesse protetti, e mi sento meno bellicosa nei suoi confronti.

Ci ha salvati. Me lo farò bastare. Attendo paziente, fino a quando capisce che è il momento di cedere e, finalmente, mi porge i polsi. Lo sto legando per tenere me stessa al sicuro, tuttavia la sensazione che provo è un'altra: non sono i nodi a farmi sentire protetta, ma il vigore di questi polsi. Sono forti, e lui li ha messi nelle mie mani.

Mi sveglio all'alba, con la consapevolezza di non essere sola.

C'è un altro cuore che batte oltre questa parete. Altri aneliti, altri pensieri. Così uguali, alcuni. Ferocemente diversi, altri.

Lo lascio riposare ancora un po'. Quando finalmente mi sento sicura, busso e dischiudo la porta. È sveglio.

Lo saluto con un cenno e appoggio sul comò un catino d'acqua tiepida e un panno pulito. Dalla cassettiera prendo un cambio d'abiti e lo poso sul letto.

«Farai da solo» gli dico.

Quando sto per uscire, alza i polsi e mostra i legacci.

Esito, ma non c'è altro che possa fare, se non liberarlo.

Mi avvicino.

«Ho un coltello nella tasca.»

Non è un avvertimento per lui, quanto un incoraggiamento per me. Sciolgo i nodi pensando che siamo troppo vicini, che lui è ferito, ma resta comunque il più forte, che è uno sconosciuto, un austriaco. Le mie mani tremano e i suoi occhi l'hanno notato: indugiano sui miei, sulle mie dita. E ancora sul mio viso. Non riesco a respirare.

Appena posso, mi allontano.

«Fai in fretta!» dico, e richiudo la porta alle spalle. Devo controllare la casa, assicurarmi che le finestre siano sbarrate, così come ogni entrata. Mi occupo delle capre, do loro fieno fresco, pulisco la cucina e preparo un pasto. Di tanto in tanto socchiudo un'anta e osservo il villaggio deserto. Viola non è venuta a cercarmi, ormai non lo fa più. È doloroso, ma ora è anche un bene, per entrambe.

Quando penso che abbia finito, torno da lui con un piatto.

Lo trovo in ordine, ha anche cercato di pettinarsi i capelli. Il viso è tornato di un bel colorito.

Si è allacciato le corde attorno ai polsi come ha potuto. Devo solo assicurare più saldamente i nodi.

Ci osserviamo.

Lo hai fatto per me?, vorrei chiedergli.

Mi avvicino e stringo forte. Lascio abbastanza corda in modo che possa mangiare da solo.

«Minestra» gli dico, porgendogli il cucchiaio. «E formaggio.»

Non lo guardo mangiare, riordino la stanza. Raccolgo gli abiti sporchi e pulisco. Lui non smette di scrutarmi.

«Devo insegnarti come andartene» dico a un certo punto. «Molto presto sarà il momento di farlo.»

Mi osserva con occhi attenti e guardinghi. Mi ricorda il lupo che tanto spesso ho accostato a me stessa.

«Oltre il villaggio, alle spalle del torrente, incontrerai il Bosco Bandito. È dove ti ho lasciato.»

Mi avvicino alla finestra. Apro un pochino le imposte e il mondo esterno entra da una linea sottile con mescolanza di colori e riflessi. Indico il verde lucente dello sfondo. «Bosco. Mi capisci?»

Ha l'espressione di chi, pur sforzandosi, non si raccapezzi. Serro i battenti.

«Avevo un cane che mi intendeva meglio.»

Biascica qualche parola. Non c'è irruenza, è quasi assente la speranza di essere capito. Volevo diventare maestra, ora forse avrò l'occasione di esserlo per qualche momento, con chi meno avrei creduto possibile.

Dal cassetto del comò prendo un foglio, inchiostro e pennino, e siedo accanto a lui.

Con poche linee tratteggio una casa.

«Noi siamo qui. Casa. Noi siamo in questa casa.»

Si regge su un gomito, sembra incuriosito.

Alle spalle della figura disegno alberi, profili lanceolati e chiome vaporose.

«Bosco. Noi lo chiamiamo *bolt*.»

Schiude le labbra, ma è ancora indeciso se accontentarmi.

Vienimi incontro, penso, e forse saremo un po' meno stranieri, meno lontani.

«*Der Wald*» mormora.

Tengo per me la soddisfazione per la piccola vittoria e accanto alle figure scrivo le parole.

«Casa. Bosco. Si chiama Bosco Bandito. Vi crescono i faggi più antichi e imponenti. Nel Cinquecento la Repubblica di Venezia lo requisì, dichiarandolo bandito, per riservare il legno pregiato alla costruzione delle proprie navi.»

Racconto, in modo che il suono della lingua diventi abituale per le sue orecchie. Non è importante che comprenda ogni singola parola, ma che il significato in qualche modo si faccia largo.

« Venezia... *Venedig*? »

L'ho confuso e cerco di ravvolgere il filo.

« È dove abbiamo incontrato il bambino. Bambino. » Lo disegno, minuscolo. « Bambino. Noi diciamo *Ckint*. »

« *Das Kind!* »

« Sì! Però, ripeti: bambino. »

Non lo fa.

Tratteggio ancora, una linea spezzata dietro la casa, ma questa volta non dico nulla e lascio a lui il compito di fare un passo in più.

Punta il dito.

« *Die Berge*. »

È così grande l'emozione per aver trovato una comunanza profonda con chi rappresenta tutto ciò che vorresti respingere. Il dialetto di Timau arriva immutato dal Medioevo eppure è vivo, è strumento di incontro, è qualcosa che a un certo punto della Storia ha unito le nostre genti.

« Per noi è *bearga* » gli spiego. « Sono le montagne. »

« Mon... » Serra le labbra. Riprova. « Montag... ne. »

Sorrido.

« Montagne. Con la g dolce. Montagne. »

Scrivo le tre parole. Berge. Bearga. Montagne.

« Scrivere. » Mimo il gesto, lentamente.

« *Schreib...* »

« Molto bene » lo incoraggio, ma ridivento subito seria. Ora deve comprendere ciò che dirò, perché ne va della sua sopravvivenza. «Dovrai attraversarle per arrivare al confine. Confine.»

Disegno un filo spinato.

«Confine» scandisco. «*Grenz.*»

Si fa più attento.

«*Ist die Grenze hier?*»

«Sì, lì c'è il confine, dall'altra parte l'Austria. Non sarà facile. La neve è ancora alta. *Sghneab*, capisci?»

«*Schnee.*»

Sospira e si lascia ricadere sul cuscino. È impensierito, ma sembra soddisfatto.

«Ce la farai.»

Mi sorprendo io stessa di ciò che ho appena detto. Ce la farà e poi tornerà a eseguire gli ordini che gli sono stati impartiti? Magari un giorno sarà lui a sparare a me, o a qualcuno a cui tengo. Sto allevando un cucciolo di sventura.

«Tornerai alla battaglia» dico. «Non cambierà nulla. *Ckempf.*»

Si volta, lo sguardo chiaro ottenebrato.

«*Kampf*» sussurra, e sembra volermi dire che non è la nostra guerra, anche se la dobbiamo combattere.

Mi sfiora. È solo un tocco gentile sul polso, a cui però reagisco come se mi avesse strattonato. Una reazione esagerata, il vero volto della paura.

«Scusami» mi affretto a dire, la mano però è sul cuore, a placarlo.

La indica.

« *Herz.* »

« *Hearza.* Cuore. »

Il mio respiro si è calmato. Una campana batte l'ora.

Questa volta il suo dito indica la finestra. Vuole continuare il nostro gioco e io lo accontento.

« Campana. *Klouka.* »

Il suono lo fa sorridere.

« *Die Glocke.* »

Indica il piatto vuoto, raccoglie il cucchiaio e lo porta alle labbra. Le corde attorno ai suoi polsi si tendono.

« *Essen?* »

« *Eisn.* Mangiare. »

« Mangiare. »

Così mi trattiene, tessendo fra noi una trama di parole lontane dalla guerra, lontane dall'impresa che dovrà affrontare per ritornare da dove è venuto armato e deciso a conquistare.

La mappa con il sentiero della fuga è scivolata sul pavimento e lì resta.

La domanda che mi tormenta è che cosa mi accadrà fuori dal confine sicuro di questa casa. Ciò che sto facendo ha un peso e in qualche modo dovrò sostenerlo.

Ismar indica la libreria, i volumi che non ho più tempo di leggere.

La mia mano copre la bocca.

Mio Dio, ho pensato il suo nome.

Mi nascondo dandogli la schiena, spaventata da me stessa.

Calmati, Agata. È solo un nome.

Mi concentro sui libri. Vuole una parola per chiamarli. Ce ne sono molte, e tutte dolorose.

« Storie. Sogni. Speranze. »

Torno a guardarlo.

« Spezzate. »

36

Mi sono nascosta per giorni. Ho vissuto in un'oscurità che mi cresce dentro.

Ho allontanato questo momento finché ho potuto, ma oggi sono dovuta salire al fronte. Se non l'ho fatto prima, non è stato per impedimento o per necessità, ma per l'angoscia che ora mi provoca tornare in questi luoghi.

So che dovrò incontrare il capitano Colman e non mi sottraggo. Preferisco affrontarlo prima di perdere il poco coraggio che mi resta, ma trovo il suo comando vuoto. Le poche carte riordinate, l'assenza del suo cofanetto con il corredo per scrittura mi spaventano.

Sull'uscio mi scontro con il dottor Janes, che mi saluta con un abbraccio.

«Finalmente vi si rivede!»

«Che ne è di lui?»

«Il capitano è salito in quota con gli uomini migliori del reparto e ci resterà per qualche giorno. Gli ordini comandano di presidiare un avamposto.»

Il cuore non si vuole calmare.

«Si aspettano un attacco?»

«Non abbiamo notizia di spostamenti di truppe nemiche, ma gli austriaci vogliono quello sperone di roccia, ce lo fanno capire con continue scaramucce. Se lo ottengono, porteranno lassù mitragliatrici e obici e riusciranno a colpire di rovescio le nostre trincee in soggezione di quota. Ma non vi preoccupate, non hanno mai fatto seriamente. Troppa fatica, combattere lassù.»

«Chi comanda qui nel frattempo?»

«L'ufficiale più alto in grado... sono io.»

La sua espressione buffa mi fa ridere.

«Perdonate, dottore. No, comandante!»

«'Dottore' è l'unico titolo a cui tengo. Se devo essere sincero, preferisco ricucire che chiamare l'assalto alla baionetta.»

Una pausa che ci riporta al peso della realtà.

«Tornerà presto?» chiedo.

«Chi può dire quanto gli austriaci si incaponiranno? Ma credo di sì. Ha chiesto molto di voi, in questi giorni. Era preoccupato, non vedendovi.»

Non riesco a replicare.

«Non abbandonateci, Agata. Abbiamo bisogno della vostra temperanza.»

«Tornerò domani» lo rassicuro, ma non so se è la verità.

Il dottor Janes mi prende sottobraccio.

«Venite, beviamo un tè assieme.»

«Devo andare...»

«Concedetemi la vostra compagnia ancora per un momento. Siete appena arrivata e oggi la pace sembra sfiorarci, come un sogno il dormiveglia.»

«Siete un comandante poeta, dottore» scherzo, ma fingere è snervante. «Prenderemo il tè domani, ve lo prometto.»

Lo lascio scontento e mi affretto in cerca di Lucia e Maria, verso la chiesetta del fronte.

La cappella del Pal Piccolo è diventata un simbolo di resistenza e speranza che chiama a raccolta i soldati appena possibile. Su queste cime, come un antico *hospitale*, offre ristoro allo spirito dei combattenti. Sorge tra le croci e al riparo di una parete scoscesa, così perfetta e inattesa da sembrare un miraggio.

Le nevicate abbondanti l'hanno più volte coperta fino al crocifisso che svetta sul tetto, ma ha resistito, stoica come chi l'ha voluta. Non ho scordato che anche le mani di Amos hanno contribuito a levigare le sue pietre. Mi chiedo come stia mio cugino, se sul Carso sia più al sicuro che qui.

Non so se laggiù il fronte stia tenendo. Ho imparato a diffidare delle notizie urlate dai giornali. Provo fastidio alla vista delle vignette satiriche, così come davanti alle cartoline propagandistiche. Mostrano una guerra che qui non abbiamo mai incontrato, che non esiste, fatta di giganti, di scontri fra titani senza nemmeno lo spargimento di una goccia di sangue, un arto spezzato o perduto, viscere sparse su un campo di carne. È una guerra di cui si stenta a immaginare l'odore, che io mai potrò dimenticare; le è stata tolta la voce con cui continua a urlare nelle notti di noi che invece la viviamo. È una narrazione bieca, che non possiede nemmeno l'epica dei poemi, perché non c'è valore laddove non schiuma il sacrificio.

Ritrovo le altre, sono con Viola. Stanno ascoltando

la messa sul pendio innevato. Siamo in troppi, per entrare tutti.

Il cappellano militare officia il rito sotto l'arcata del portale; accanto a lui, come un totem pagano eretto da una stirpe belluina e disgraziata, spunta un gigantesco proietto, piantato nel terreno. A volte, è salvifico tenere accanto ciò che più spaventa.

Ricordo il giorno dell'inaugurazione della chiesetta. Il cielo tuonava, il nemico aveva odorato nel vento il compiersi di un evento speciale e aveva lanciato l'artiglieria più pesante sopra le nostre teste. La terra scoppiava e ribolliva come milioni di crateri, ma non un proietto l'ha mai raggiunta. È stata costruita sapientemente, questa casa di anime e cuori.

Ci raccogliamo vicine. Viola mi bisbiglia all'orecchio.

«Hai visto il quadro? Il pittore lo ha fatto portare oggi da Venezia. Non ti ricorda nessuno?»

Alle spalle del sacerdote, due alpini reggono un'immagine della Vergine Maria. Siamo lontane, ma riconosco i tratti illuminati da una luce spirituale, l'espressione amorevole, il colorito di un giglio di monte. Tra le mani regge una corona di alloro, come a voler cingere il capo di quest'Italia ferita, o dei suoi figli caduti per difenderla. Non riesco a trattenere l'esclamazione.

«Lucia!»

Viola scoppia a ridere, mentre Lucia ci fa segno di tacere, le gote in fiamme. È lei quella Madonna.

La stringo, per un attimo felice. Chi, meglio di lei, può dare il volto alla Madre di questi ragazzi?

La nostra contentezza non contagia Maria. È lontana con il pensiero, guarda verso le linee nemiche.

Quando parla, rabbrividiamo tutte.

«*L'Agnello aprì il quarto sigillo. La Morte arrivò su un cavallo verde, seguita dagli inferi. Aveva il potere di sterminare con la spada, con la fame, con la peste e con le fiere della terra.*»

«Quanta allegria» mugugna Viola.

«È l'*Apocalisse*» dice Lucia. «Ha ragione a rammentarcela. Che Dio ci sia testimone: non abbiamo mai fatto nulla per chiamarla a noi.»

«Davvero?»

«Non lo credi?»

Viola non incrocia il suo sguardo, si è fatta sempre più spavalda, provoca perché è impaziente di sfogare l'odio che cova dentro. È perduta, contagiata.

«Qualcuno avrà pur peccato» ribatte, «se qui si è riversato l'inferno. Io per prima vorrei schiacciare gli austriaci infami! Che muoiano tutti!»

«Viola!»

Lucia cerca di abbracciarla, ma lei si divincola e sparisce tra i soldati. Sono loro, ora, il suo solo pensiero. Un pensiero ossessivo: mantenerli in vita, spronarli all'attacco. Cerca vendetta per il suo artigliere morto. La brama di vendetta la soffocherà.

«Agata, perché non provi a parlarci tu?»

Lucia ripone in me una speranza già morta in seme. Viola non mi ascolterà, secondo lei non ho ancora perso abbastanza per raggiungerla dov'è ora.

Mi allontano con una scusa, senza attendere la benedizione, e torno a casa inseguita da un'irrequietezza che si è insediata dentro di me. È una sensazione che scompare appena mi sembra di riuscire a coglierla, ma so che è fatta delle bugie dette e del livore di un'amica, del pensiero del capitano Colman armato, su una vetta.

La sera, riprendo il mio posto accanto al diavolo bianco. Sembra contento di riavere finalmente compagnia. Il suo sguardo è benevolo, il corpo adagiato mollemente. L'esuberanza della sua giovinezza è quella di un dio precipitato, o forse di un fauno. Posso quasi vedere le corna, nell'ombra che proietta, e sono così simili a quelle di un demone.

Veleno, mi dico. L'odio di Viola oggi ha infettato anche me.

Dopo il pasto, ricominciamo il nostro gioco di parole, ma il sentiero che io stessa segno presto si srotola nell'intrico di una foresta di rimpianti e colpe.

Alzo le mani, le allineo, chiudo le dita come per impugnare un fucile invisibile.

«*Jäger?*» chiede.

Scuoto la testa. Non è «cacciatore» la parola che avevo in mente. Prendo la mira e premo un grilletto immaginario.

«Assassino» scandisco.

Lui cambia espressione. Per un attimo, chiude gli occhi, come se la pallottola che ho finto di sparare fosse reale. Quando li riapre su di me non è pentimento ciò che vi vedo, ma collera quieta.

«*Träger*» sillaba.

Non ha bisogno di esprimere a gesti il significato della parola che ha collegato alla mia accusa. Il suono è simile a quello con cui hanno iniziato a chiamarci anche in paese.
Dar Trogarinnen.
Le Portatrici.

Ismar non vedeva una donna da più di un anno, ma quella ragazza non era come le giovinette che lo aspettavano smaniose a Vienna. Non indossava camicette colorate strette attorno a seni floridi e gonne fluttuanti che lasciavano intravedere caviglie voluttuose, non profumava di cipria né di acqua di colonia.

Non assomigliava a Lena.

Lena. Durante l'ultima licenza aveva evitato di incontrarla. Prima della guerra avrebbe dato un braccio per portarla al Café a prendere una cioccolata con panna o in birreria a mangiare salsiccia bianca con senape e Pretzel. Avrebbe dato qualsiasi cosa per rendere il presente un futuro luminoso.

La incrociava spesso nei suoi sogni, durante le prime settimane trascorse a sopravvivere al fronte: vestita con un Dirndl *celeste come le iridi, i capelli biondissimi acconciati in onde lucenti, la vita stretta nel corsetto... Aveva immaginato mille e mille volte di allentarne i fiocchi con un dito, mentre le bombe tuonavano.*

Ma a poco a poco quell'immagine si era appannata. Il sogno si era infranto, rivelando un angoscioso nulla. Il nulla della sua vita precedente.

Tornare a casa, sapendo di non poter sfuggire al richiamo della guerra, era un calvario. Rispondere alle domande di suo padre sulla vita al fronte, rassicurare la madre che sarebbe stato prudente – prudente –, ridere con le sorelle, soddisfare la curiosità dei passanti... Era una messinscena che lo aveva consumato.

Si sentiva incapace di condividere i loro interessi, le loro gioie, persino gli affanni. Tutto gli appariva così misero, così insignificante rispetto a ciò che era abituato a fare ogni minuto della sua nuova vita: restare vivo. Ismar era diventato un altro, era diventato «altro». Spogliato di ogni velleità, di ogni ridicolo orpello, era un re nudo, finalmente libero.

Ma la libertà è pazzia, per chi le preferisce la sicurezza delle convenzioni.

La ragazza italiana era quanto di più lontano vi potesse mai essere da Lena, dal sogno di Ismar.

Spalle larghe – la fatica.

Mani ruvide – il lavoro.

Abiti lisi – la miseria.

Occhi di bosco e capelli lunghi e scompigliati color della cannella. Una bocca grande, affamata di vita. Una bocca che era capace di accusarlo anche quando taceva.

In lei c'era qualcosa di selvaggio in cui Ismar poteva specchiarsi senza sentirsi colpevole, e allo stesso tempo qualcosa di cheto e solenne.

L'asprezza di lei apparteneva anche a Ismar – era quella delle cose consumate dalla vita –, ma coincideva, miracolosamente, con gli appigli che lui aveva imparato a sfruttare per restare vivo. Aveva imparato a diffidare delle superfici lisce e brillanti, negli eremi montani come in mezzo agli uomini.

Lei lo teneva legato. Ismar glielo lasciava fare. La capiva.

Ma non era brava con i nodi e, appena lei usciva e chiudeva la porta di casa, lui si liberava.

In quei momenti solitari, non visto, la conosceva davvero.

38

Dal fronte giunge un messaggio. Sto attingendo l'acqua alla fontana quando il campanello della bicicletta di don Nereo annuncia notizie. Vedendomi, tira i freni e consuma le suole sui ciottoli. Il biglietto è per me.
Lo leggo e l'apprensione cede presto il posto allo smarrimento. Il capitano Colman mi chiede di salire con urgenza, fino allo zoccolo di roccia che da giorni sta difendendo con un reparto, in una postazione elevata, sopra la linea del fronte.
Lo faccio leggere a don Nereo, che alla natura della seconda richiesta strabuzza gli occhi.
«Perché?» chiede.
Non lo so.
Devo portare con me il vestito più bello che possiedo e il corredo da colazione più ricco che riesco a trovare. Il messaggio non fornisce spiegazioni.
«Vai a prendere il vestito, io penso al resto. Troviamoci in sacrestia, fai in fretta.»
Don Nereo inforca i pedali e sfreccia in direzione del campanile.
Non mi resta altro da fare che affrettarmi, il secchio che sbatacchia spruzzando acqua. Alla fine lo abbandono a terra e l'agitazione prende la forma di una corsa forsennata.

In casa, trovo il nemico nella stessa posizione in cui l'ho lasciato. Lo osservo, il fiato corto: tiene gli occhi chiusi, il capo rilassato su una spalla, le mani posate sulla fasciatura dell'addome sono ancora legate al letto, ma lo so che sta fingendo. Il respiro del sonno è diverso da quello della veglia, e io ho imparato a riconoscerlo nelle notti trascorse al capezzale di mio padre.

Avvicino la brocca d'acqua sul comodino e gli poso sul grembo un fazzoletto con pane e formaggio.

«Devo andare, ma tornerò presto.»

Apre gli occhi. Non finge la confusione di chi viene strappato ai sogni, è sempre stato consapevole di ogni mio passo. Gli indico il pitale.

«Se vuoi restare al sicuro, non tentare di muoverti.»

Mezz'ora dopo, siamo già in cammino. Io, don Nereo e un mulo carico di quanto siamo riusciti a recuperare. La sacca sul dorso dell'animale tintinna di ottoni pregiati.

Non parliamo, spingiamo su ginocchia e talloni per salire più in fretta possibile. Nell'ultimo tratto, però, don Nereo incespica più volte e lo devo issare sul mulo. Lo sforzo gli gonfia le vene e arrossa il viso. Giunti sul fronte del Pal Piccolo, è costretto a lasciarmi continuare da sola.

«Che Dio sia con te» mi benedice, ma non ho cuore di rispondere. Dubito di Dio tanto quanto dell'uomo.

Il dottor Janes ci ha raggiunti e mi assegna un alpino di scorta. Procederemo su camminamenti in parte scoperti.

«Il capitano mi ha lasciato il comando» racconta, facendo qualche passo con noi. «Non vedo l'ora che ritorni, diteglielo.»

«Sono certa che onorerete l'incarico, dottore.»

Toglie gli occhiali e li pulisce con un lembo di manica. Cerca conforto. Gli stringo un braccio e lo sento tremare.

Il modo in cui mi guarda mi spaventa. Se ne accorge.

«Perdonatemi, è una brutta giornata. Sì, il capitano rinsalderà l'avamposto e tornerà a tormentarci con le sue chiacchiere. Andate, ora. Seguite il sentiero, è una mezz'ora buona di arrampicata.»

Un piede davanti all'altro, procedo spedita fino a quando il forte non mi appare con una serie di baraccamenti d'assi puntellate su precipizi. Dai camini fumanti si allungano scalette di ferro che raggiungono le cime. Alcuni alpini attaccati alle pareti alzano la mano in segno di saluto, mentre altri sono impegnati a rinforzare i parapetti con pietre e sacchi.

Mi fermo per riprendere fiato. La richiesta del capitano mi appare più che mai senza senso.

È lui ad accogliermi, comparendo dal rifugio.

«Speravo arrivaste!»

Mi aiuta a togliere la gerla e sbircia il contenuto.

«Avete portato ciò che vi ho chiesto?»

«Sì, ma siete stato misterioso.»

«Entriamo, vi spiegherò.»

«Non crollerà tutto?»

«È più solido di quanto sembri. Siamo aggrappati alla montagna.»

Il conflitto ha spinto l'essere umano ad altitudini che

non gli sono congeniali, lo ha trasformato con la vertigine e i rigori del freddo, con l'asprezza della roccia e la purezza dei venti; le valanghe lo hanno spazzato e chi è stato risparmiato ha imparato ad ancorarsi a pareti verticali.

L'interno del bivacco è intiepidito da una stufa su cui borbotta una caffettiera. Non siamo soli, due alpini stanno spazzando.

«Attendiamo ospiti» dice il capitano.

Ci troviamo in un deserto di roccia, di distese verticali che spingono lo sguardo fino al cielo.

«Quali ospiti possono mai raggiungerci quassù?»

Si volta a guardarmi. La sua espressione si fa seria.

«Il nemico, Agata. Attendiamo parlamentari dal fronte austriaco. Ecco perché vi ho chiesto di venire. Ho bisogno del vostro aiuto.»

«Come potrei aiutarvi?»

«Questo avamposto deve cambiare volto per accoglierli. Vengono per proporre la nostra resa, sono certi che non abbiamo più risorse per poter resistere.»

«Ed è vero?»

«Con il vostro aiuto, gli dimostreremo il contrario. Ve la sentite?»

Annuisco, non posso fare altro.

«Bene, comandate e i miei uomini eseguiranno. Io devo occuparmi delle difese.»

Sta per uscire, ma lo fermo. Non riesco a trattenermi.

«Reggeranno?» chiedo.

Mi regala uno dei suoi rari sorrisi, che ultimamente stanno diventando più usuali.

«Ma certo» promette, e si allontana.

Mi guardo attorno, prendo qualche istante per decidere che cosa fare.

«Avete ordini?» mi chiede un alpino.

Gli indico la gerla.

«È tutto lì dentro.»

Stendiamo il pizzo finissimo della tovaglia da liturgia sul tavolo dagli spigoli smangiati. La stola di seta che don Nereo indossa per celebrare la Pasqua diventa uno splendido centrotavola che riluce di ricami d'argento. Dio capirà, mi dico, quando riempio la coppa eucaristica dei bucaneve raccolti durante la salita.

Un soldato srotola il tappeto mentre un compagno lucida alacremente i candelabri presi a prestito dall'altare. Le mappe vengono stese sul leggio. Quando accendo le candele e faccio un passo indietro per ammirare la nostra opera, mi sorprendo io stessa del risultato. Il baraccamento ora ha l'aria di uno studio romantico, il rifugio di un fine pensatore.

Il soldato addetto al rancio entra reggendo una teglia avvolta in un panno e la stanza si riempie di fragranze dolci, di pane abbrustolito nel burro e profumato con l'ultima polvere di cannella che ho raschiato dal fondo di un barattolo. Riempiamo le coppe, gettiamo altra legna nella stufa.

Il capitano Colman rientra e la sua espressione ci fa scoppiare in una risata.

«Eccezionale!» dice. «Davvero eccezionale, manca solo un dettaglio.»

Si libera del manto e sistema alcuni tomi sulla cassapanca. Mi avvicino a osservarli.

«Libri?» chiedo.

«Romanzi. Perché il fuoco nemico non ci preoccupa minimamente e abbiamo molto tempo per leggere.»

Non posso fare a meno di ridere, mentre rigiro tra le mani uno dei volumi.

«*Nostra Signora di Parigi*. È vostro?» chiedo.

«Il mio preferito. Lo avete letto?»

«No.»

«Dovreste.»

Una stella alpina essiccata segna una pagina a pochi passi dalla fine.

«*In alto, nel cielo, un volo perpetuo di corvi...*» Guardo il capitano, dubbiosa. Scorro qualche riga e continuo. «*... e ancor più di notte, quando batteva un po' di luna su quei crani bianchi, o quando la tramontana, investendo catene e scheletri, li faceva ondeggiare nell'ombra. Bastava la presenza di quel patibolo a rendere sinistri tutti i luoghi all'intorno.*» Chiudo il libro e glielo restituisco. «Una lettura che, ne sono certa, il Comando Supremo incoraggia per risollevare l'umore delle truppe. Vi aiuta a prepararli alla Corte marziale?»

«In realtà è anche una grande storia d'amore, ma vedo che non mi credete. Questa consapevolezza mi ferisce.»

«Il dottor Janes saprà alleviare il vostro dolore prescrivendovi della grappa.»

«Il dottor Janes è il miglior medico al mondo.»

«Ha detto di sbrigarvi a tornare. Il comando non fa per lui.»

Il capitano guarda l'orologio. «È tempo che andiate a cambiarvi, ora.»

Mi indica una stanzetta attigua alla fureria che fa anche da garitta. Prendo l'involto che ho portato da casa e chiudo la porta. Mi spoglio a disagio, unica donna in un ambiente maschile.

L'abito più bello che possedete, ha comandato il capitano nel suo messaggio. L'unico che ho è anche il solo che ora non vorrei indossare. Sciolgo lo spago che chiude il fagotto e dispongo con cura il contenuto sulla branda. La camiciola di cotone finissimo profuma delle corolle di camomilla. Quando la infilo, sento l'estate sulla pelle. Le calze sono le più fini che abbia mai infilato e la gonna di velluto nero come gli *scarpetz* mi copre le caviglie in un ricamo vivace di genziane, spighe e botton d'oro. Il corpetto pervinca riluce mentre tiro i fiocchi e indosso lo scialle dello stesso colore.

C'è stato un tempo in cui i fusi e gli arcolai della valle producevano fili sottilissimi e preziosi, sotto l'abile guida di mani femminili. Canapa e lino dei nostri campi si trasformavano in trame morbide, che fiori e piante tingevano dei colori esuberanti della vita. Quel tempo se ne è andato e io mi sento triste.

Indosso l'abito da sposa di mia madre.

Davanti a uno specchio portatile, circondata da oggetti maschili che mi ricordano dove sono, intreccio i capelli e li raccolgo sulla nuca. Non mi sono mai vista così, e forse non mi rivedrò mai più. Mi concedo solamente il tempo di un respiro profondo, prima di tornare alla realtà.

Quando mi affaccio, il capitano Colman resta in silenzio, tanto che inizio a provare imbarazzo. Forse immaginava un abito diverso, ma qui la moda delle città non è mai arrivata.

«Se non...» inizio a dire.

«Manca solo una cosa» mi interrompe, sparendo. Quando riappare, mi fa indossare il bracciale rosso con il numero del reparto. «Avete dimenticato questo. Non siete qui per servire a tavola, né voglio che la vostra presenza sia equivocata in altro modo.»

Sfioro la fascia.

«Qual è il mio ruolo, come posso chiamarlo? A volte me lo chiedo, ma non trovo risposta.»

«Se la questione vi inquietava, potevate chiedere a me o a uno qualunque dei miei uomini. Il dubbio non ci sfiora.»

Sorrido, per celare l'imbarazzo, ma comincio a trovare rassicurante la sua arroganza bonaria. Quando mi sento perduta, le sue parole mi trovano e mi riportano indietro.

«Ebbene, che cosa sono io per questa guerra, capitano?»

«Non per la guerra, ma per queste trincee, che sono fatte di esseri umani e non solo di pietre. Siete la base della nostra resistenza, Agata, e vi trovate qui, ora, perché siete, di fatto, un soldato.»

Fa un cenno e gli viene consegnata una penna. È lucida, bruna, affilata come la volontà che ci fa essere qui.

«Non abbiamo trovato di meglio di uno spillone per fissarla, ma sono certo che saprete escogitare una soluzione più adatta.»

Tremo, quando me l'appunta al petto, ma neanche le sue dita sono ferme.

«Perdonate. Non sono abituato.»

«Non la merito...» mormoro, troppo vicina alle lacrime per aggiungere altro. Non riesco nemmeno a toccarla.

«Non vi permetto di dirlo.» Sembra soddisfatto. «Ora i nostri ospiti sapranno come guardarvi.»

«Perché vengono a offrire la pace?»

«Non offrono la pace, chiedono la resa dell'avamposto.»

I suoi occhi evitano i miei.

«Che motivo hanno, se il forte è saldo...» La voce mi si spezza. Devo fare una pausa. «Siete in difficoltà, è così?»

«Non un giorno è stato facile da quando la guerra è iniziata, Agata, e siamo ancora qui. Non abbiamo ceduto un solo metro di terra e, quando per disgrazia è capitato, ce lo siamo ripreso.»

«Posso scendere e portare un messaggio al dottor Janes, certamente vi invierà uomini e...» Mi rendo conto che invece il messaggio è stato mandato a me. «Avete già fatto i vostri conti» mormoro, «nessuno verrà ad aiutarvi.»

Il capitano mi posa le mani sulle spalle. Potrei cadere se in questo momento non mi sostenesse.

«Non posso sottrarre uomini e artiglieria al fronte

del Pal, e non posso dare al nemico ciò che non sta a me concedere: o si vince o si perde, ma arrendersi mai.»

«Comandante, stanno arrivando» annunciano da fuori.

Le mani del capitano Colman mi stringono più forte, ma la sua presa non diventa un abbraccio. Si scioglie.

«Non temete, siete al sicuro. Non sono venuti per iniziare uno scontro armato.»

«Che cosa devo fare?»

«State al mio fianco.»

39

Li accogliamo uno accanto all'altra, sulla soglia del bivacco. La neve quassù è ancora alta e dura, i parlamentari arrivano attraverso una galleria scavata da entrambe le parti. È così che spesso attaccano, comparendo all'improvviso al di qua delle linee italiane.

Quando li vedo spuntare dal biancore, il pensiero va a Ismar. Questi ragazzi avvolti in mantelli mimetici sono i suoi compagni, e l'ufficiale che li segue e che fanno passare schierandosi ai lati è forse il comandante che si sta chiedendo che cosa sia capitato a uno dei suoi uomini.

Il capitano Colman si presenta con qualche parola di tedesco, ma viene fermato con gentilezza dal suo analogo.

«Comandante Krauss, della 10ª armata. Conosco la vostra lingua, ho studiato violino a Mantova.»

L'ufficiale austriaco è un uomo longilineo e dall'aria matura. Gli occhi grigi come la divisa sono guardinghi ma cordiali. Il petto è decorato da un'infinità di medaglie lustre.

«Entrate, accomodatevi.»

La delegazione invade la stanza con passi cauti. I loro scarponi battono titubanti e io penso che sia una buona cosa: rispettano questi uomini e il terreno che fino a questo momento sono riusciti a difendere.

Il *Kommandant* e i suoi imperiali frugano con gli occhi il cibo, i vasellami intarsiati, le stoffe pregiate... e me.

«Caffè?» chiede il capitano Colman, invitandoli a sedere.

«*Ja, danke.* Molte grazie.»

Un inserviente passa silenzioso riempiendo le tazze. Lo riconosco: fino a poco fa ingrassava cannoni.

«Un sigaro? Non fate complimenti.»

Krauss si allunga e accetta. Il comandante lo aiuta ad accendere e con profonde boccate l'aroma del tabacco si mescola a quello del pane dolce.

Chissà dov'è riuscito il capitano a trovare un simile tesoro. Magari è una dotazione d'emergenza, per sciogliere situazioni complicate. È così strano per me assistere a tutto questo, vedere alpini e *Kaiserjäger* dividere la stessa stanza, perfino lo stesso cibo.

Abbasso gli occhi. Eppure è quello che accade a me e a Ismar. C'è speranza, forse, se questi uomini chiacchierano pacificamente. Se io e un ragazzo austriaco cerchiamo di sopravvivere senza distruggerci l'un l'altra.

Rialzo lo sguardo e incontro quello del *Kommandant*.

«Siete una delle donne che portano al fronte italiano il loro prezioso... *hilfe*» dice. «Aiuto, giusto?»

Il suo sguardo è così intenso da sentirlo quasi sfiorarmi. Per un attimo, ricordo di aver detto la stessa parola a Ismar e temo di essere stata scoperta, ma l'ufficiale imperiale addolcisce l'espressione e mi rendo conto che la sua è una curiosità genuina.

«Sì» rispondo.

«Le *Trägerin*. I miei uomini me ne parlano spesso nei rapporti. Ci vuole molto coraggio.»

«Il coraggio è sempre stato il concime di questa terra» rispondo. «A volte, la sola cosa con cui riempire lo stomaco.»

Annuisce.

«Lo stiamo imparando.»

Si volta verso il capitano Colman.

«Sappiamo delle condizioni di scarsità d'uomini e armi in cui versa questa parte di fronte» inizia a dire, ma pare incerto delle parole mentre posa i gomiti sulla tavola riccamente imbandita. Il fuoco crepita, c'è una donna dall'aria determinata che lo osserva, un capitano alpino con due dei suoi ufficiali alle spalle. Le temute penne nere. Quando torna a parlare, lo fa con meno foga. «Siamo qui per chiedervi la resa, capitano Colman. Arrendetevi e risparmiate ai vostri uomini, e a queste donne, uno scontro in cui non potete avere la meglio.»

«Mi chiedete una cosa che non posso darvi.»

«Andrete incontro a un massacro, ve ne rendete conto?»

Non riesco a fare a meno di guardare il capitano, ma la sua espressione è impassibile.

«Il vostro bollettino di guerra non mi fa essere così certo che l'esito sarà come lo dipingete voi» risponde.

«Lo abbiamo intercettato. Le perdite che avete subito non sono meno gravi delle nostre.»

Il *Kommandant* espira una nuvola di fumo.

«È questo che desiderate per le vostre truppe, che vadano all'attacco finché tutto non sarà perduto?» domanda.

Il capitano Colman mi guarda per un istante.

«No, non lo desidero.»

«E quindi?»

«Potreste arrendervi, *Exzellenz Kommandant Krauss*.»

L'austriaco scoppia a ridere.

«Temo sia una soluzione inattuabile anche per noi. Ebbene, è la vostra ultima parola?» chiede.

Il capitano Colman sorride.

«No. Ho ricevuto ordini precisi, comandante. Affiderò la risposta dell'Italia a una lettera che giungerà per vostro tramite al primo comando raggiungibile dell'Esercito Imperiale.»

Si fa consegnare carta e calamaio. Con la lenta cura di un amanuense verga le parole intingendo più volte il pennino, prendendosi pause per riflettere e molto tempo per far asciugare alla fiamma della candela l'unica riga apparsa sul foglio. Infine, lo piega con attenzione e lo infila in una busta che sigilla e consegna al nemico.

«Per il vostro generale» dispone.

Il comandante austriaco la soppesa.

«Non volete anticiparmi la risposta?» domanda.

«Temo non sia possibile.»

L'ufficiale scruta il capitano Colman come se in lui vedesse qualcosa che per noi altri è ancora un mistero.

«Capisco. In questo caso, vi saluto e vi restituisco il vostro sigaro. È prezioso.»
«Tenetelo, vi prego.»
«Ah, vi ringrazio!»
Krauss si alza e allunga la mano guantata. Colman non esita a stringerla.
«Fortuna e gloria in battaglia.»
«Fortuna e gloria in battaglia.»
È finita. Li accompagniamo fuori.
Il comandante Krauss mi prende una mano e mi saluta con un breve inchino.
«Non restate» sussurra. «Ditelo anche alle vostre amiche: tornate alle vostre case, dai vostri figli. La guerra distrugge, e sarebbe un tale peccato se...»
Si interrompe senza concludere la frase. Sfilo le dita dalle sue.
«La guerra, *Kommandant*, da questa parte del fronte è combattuta da chi ha qualcosa di caro da difendere» rispondo. «Voi potete dire lo stesso?»
Non risponde. Saluta con un cenno e la delegazione ripiega. A uno a uno i *Kaiserjäger* spariscono nella galleria che li ha portati fin qui. Gli artiglieri fanno crollare l'ingresso poco dopo.
Il capitano Colman richiama a raduno i suoi.
«Sapete cosa fare. Fatelo senza esitazione.»
I soldati non chiedono altro e in un istante si adoperano lungo le difese.
«Che cosa accadrà ora?» chiedo.
Prende una sigaretta dal taschino, ma poi cambia idea.

«Ci prepariamo a respingere un attacco. Andate, Agata. Ora lasciate fare a noi.»

«Resto, invece.»

«Non ve lo permetterò, lo sapete.»

Mi fa indossare la gerla e con un cenno chiama uno dei suoi uomini.

«Vi scorterà fino al comando del Pal.»

Si accorge della mia tristezza, perché si sforza di scherzare.

«Attendetemi accanto alla stufa e state attenta che il dottor Janes conservi per me un bicchierino di grappa. L'ultima volta non ne ho trovato nemmeno un goccio. E sorridete, per favore.»

Non riesco ad accontentarlo, il peso che sento tende le mie labbra verso il basso.

«Avete preso tempo, scrivendo quel messaggio e chiedendo di consegnarlo al generale» gli dico.

«Non sarà molto, ma siamo pronti.»

«Tornate» gli dico. «Non dovete fare altro.»

Alza una mano, ma poi sembra ripensarci e la lascia cadere.

Una sensazione di vuoto mi agguanta lo stomaco. Un presagio, penso scioccamente, perché il capitano è sereno mentre attende l'irrompere del nemico, perché oggi sorride troppo e mia nonna lo diceva sempre che dopo il tanto riso viene il pianto.

Lo afferro per la cappa.

«Tornate, o vi verrò a cercare!»

La penna sul cappello si piega in un piccolo inchino.

«Obbedisco.»

Slaccio le dita, e a malincuore mi allontano. Mi volto a guardarlo più volte e lui è sempre lì, come se avesse a disposizione tutto il tempo del mondo. Mentre attorno l'attività è alacre e i cannoni vengono trascinati sull'orlo del dirupo, resta immobile.

40

Appena scesa cerco il dottor Janes, ma in infermeria ci sono solo i due aiutanti. Non sanno dove sia, il fronte del Pal Piccolo è in fermento. Dicono che le notizie sono preoccupanti, ma non sanno darmi informazioni precise. È un atteggiamento che ho imparato a conoscere in questi mesi: anche il soldato che ha molto combattuto può essere in balìa del batticuore e dello spavento, allora i fatti si aggrovigliano ai timori ed è impossibile distinguere che cosa sia vero da quanto invece sia solo un brutto sogno condiviso con gli altri.

Sto attendendo in fureria quando un boato mi fa correre fuori. Faccio appena in tempo a sollevare lo sguardo per vedere una bocca da fuoco sfracellarsi in un dirupo. Dopo tanta fatica per portarla in quota, penso, dopo tanti sacrifici di donne, di uomini e di bestie.

Precipitano i cannoni, si sollevano le fiamme. L'aria è scossa dagli scoppi delle polveriere incendiate.

L'artiglieria del forte non deve cadere in mano nemica, o quaggiù sarà l'inferno. I nostri stanno arretrando, fanno terra bruciata prima che arrivino le truppe del *Kaiser*.

Devo trovare Janes. Mi affretto verso le trincee, ma

mi ritrovo presto a risalire una corrente contraria di soldati sudati e sporchi, alcuni feriti. Sembrano non vedermi, hanno occhi sbarrati.

Li riconosco, vengono dal forte. Fermo un alpino, è il ragazzo che ci ha servito il caffè.

«Perché state scendendo?» gli chiedo.

«Sono gli ordini!»

«E il capitano?»

«È su, a coprirci.»

Vuole proseguire, ma non glielo permetto.

«Lui solo?»

«Con pochi.»

Mi faccio largo tra le truppe in attesa, all'imbocco della prima trincea. Trovo finalmente il dottor Janes, impegnato ad assegnare consegne.

«È rimasto lassù!» gli dico.

«Lo so.»

Non mi guarda.

«Ve l'hanno detto e non fate nulla?»

Finalmente ho la sua attenzione. Mi prende da parte.

«L'ho sempre saputo, Agata. Erano gli ordini.»

«Gli ordini di chi?»

«Del generale Cadorna, arrivati da Udine. Quel forte deve resistere, o saltare in aria.»

«Non manderete rinforzi?»

«Agata, l'avamposto è votato al sacrificio. Il capitano Colman ha preso tempo con la delegazione per permettere ai suoi di ripiegare, ma qualcuno deve rimanere, o sarà considerata diserzione.»

«Che cosa state dicendo?»

Un caporale si presenta al nuovo comandante facendogli il saluto militare. È ferito a un braccio.

«Porto notizie dall'avamposto.»

«Riferite.»

«Il capitano Colman è stato colpito più volte al ventre dal fuoco di mitragliatrice nemico. Per tutto l'attacco è sempre stato presente nei punti più esposti e, anche ferito, ha diretto i suoi uomini aggrappato alla piccozza.» La voce gli manca, è la prima volta che vedo un alpino piangere. «Ha ordinato il ripiegamento per salvare i superstiti, ma non ha voluto essere portato in salvo. Ha comandato di essere lasciato lassù, perché ci avrebbe rallentati.»

«Era un addio» mormoro, scossa fino a sentirmi paralizzata. «Mi ha chiamata per dirmi addio.»

Il dottor Janes congeda il soldato.

«Scusate, Agata, avevo giurato di non dirvelo.»

Era un addio e io non l'ho capito.

«Come avete potuto lasciarlo solo? Come avete potuto?»

Finalmente riesco a urlare e a colpirlo sulle braccia che tentano di trattenermi. La presa è di una forza che non avrei mai sospettato. Sono mani robuste, penso, quelle del macellaio che è dovuto diventare. Mi divincolo e lo afferro per il bavero della divisa.

«Ma che uomo siete! Che uomo siete!» urlo.

«Obbedisco agli ordini di un generale!»

«Che non conosce queste montagne, che non sa che,

se quel forte cadrà, le trincee del Pal Piccolo saranno esposte alla pioggia di proiettili nemici. Non conosce il capitano Colman, né di che cosa sono capaci questi uomini! Siete il nuovo comandante. Vi scongiuro, dimostratelo.»

Lo sento tremare attraverso le dita che ancora gli artigliano la divisa.

«Se non rispettassi gli ordini» dice, «se prendessi l'iniziativa di contrattaccare e portassi altri uomini alla disfatta, dovrei risponderne davanti alla Corte marziale.»

Lo lascio andare, disgustata.

«E allora andate e vincete, e diventate un eroe. Lui lo avrebbe fatto per voi.»

Il dottor Janes scuote la testa, gli occhi ormai sono un reticolo di vene rossastre.

«Io non sono lui, Agata.»

«No, non lo siete. È evidente. Ma speravo che avreste potuto e voluto diventarlo.»

Mi volto, ma poi ci ripenso.

«Perché è andato lui stesso e non ha ordinato a qualcun altro di farlo?» gli chiedo.

Non risponde. Do io voce alla sua coscienza. «Perché non vi avrebbe mai sacrificato.»

Attorno a noi si è creato un cerchio di soldati. Hanno udito tutto e me ne vergogno. Non sono nessuno per chiamare alla battaglia questi ragazzi, né per deprecare chi non se la sente di andare a morire.

«Perdonate.» Faccio un passo indietro, mi asciugo gli occhi. «È solo che... Non può finire così. Non può.»

Il dottor Janes guarda verso le montagne.
«Avete ragione. Non può.»

Sento il fischio dell'attacco levarsi. Il comandante Janes è alla testa dei suoi. Fremo con lui, di paura e di rabbia, e di un sentimento di sfacelo che mi sgretola come il letto di un fiume prosciugato. Sono polvere, ormai, ma la polvere si può sollevare se soffiata dal vento di tramontana.

Ora tutto è nelle loro mani. Nessuno si è tirato indietro. Lo fanno per il loro capitano.

Ho promesso di attendere, seduta accanto alla stufa che ha scaldato i nostri incontri, sulla sedia che ha accolto i nostri corpi, mai abbastanza stanchi per non voler perderci nei racconti, nelle parole che ci portavano sollievo. Nella gerla trovo il suo libro. È un dono che il capitano ha voluto farmi, ma fa male. Sfoglio le pagine. Passo un dito su annotazioni scritte a matita. Alcune sono in francese. So così poco di lui.

Ha sottolineato un passaggio. Quando lo leggo, qualcosa affonda dentro di me. È la fine della storia.

La stella alpina cade ai miei piedi. La raccolgo, si sbriciola tra le mie dita, proprio come l'abbraccio finale dei due personaggi si disfa in polvere.

Non andartene, penso, resta con me, ma sto già piangendo.

Quando, ore dopo, la porta del rifugio si spalanca, scatto in piedi. Il dottor Janes non aspetta che sia io a domandare.

«Abbiamo respinto il nemico e ripreso il fortino» annuncia.

«Lui dov'è?»

«Non lo abbiamo trovato.»

Cerco il mio scialle, il libro scivola dalle mani. Lo raccolgo, inciampo.

«Salgo a cercarlo.»

«Fermatevi.»

«Scenderà la notte» gli dico, «e lui non può stare fuori al freddo.»

Il dottor Janes mi stringe in un abbraccio.

«Avete sentito con le vostre orecchie i racconti dei suoi uomini, Agata. Non sono ferite a cui si possa sopravvivere a lungo.»

Chiudo gli occhi, mi aggrappo a una speranza che è solo una maschera dell'illusione.

«E allora perché non c'è?» mormoro.

«Ho interrogato di nuovo tutti i presenti all'attacco prima di venire da voi. Secondo un testimone, il capitano è stato raccolto ancora vivo dai soldati austriaci.»

«Per cui...»

«Se volete sperare, fatelo, ma come medico ho il dovere di dirvi che è un miracolo quello che state chiedendo.»

«E allora che Dio mi ascolti, perché è il momento che lo faccia.»

Non riesco a infuriarmi con il dottor Janes, non riesco a strappargli la pelle dal viso per la durezza delle sue parole, contro cui vado a infrangermi. Non ce la faccio, perché sta piangendo.

«Ma voi sanguinate. Scusate, non me ne ero nemmeno accorto.»

Mi guardo la mano. Il palmo è attraversato da un taglio profondo. Il dottor Janes prende il suo pacchetto di medicazione e con pochi gesti pulisce e benda la ferita. Solo ora la sento bruciare. Nemmeno io me ne ero accorta.

«Sono scivolata, scendendo.»

«Avete altre ferite? Avete battuto la testa?»

«No.»

Qualcosa si è spento tra noi. A separarci c'è il posto vuoto di un uomo la cui assenza non può essere colmata.

Ripenso allo spazio lasciato dalla scatola rossa nella libreria di mio padre: anche quella è terra di nessuno, impossibile da riempire. Sembra che il mio destino sia conservare un rifugio per chi non potrà mai più tornare da me.

«Ora, che cosa possiamo fare?» domando.

«Nulla. Da settimane non ci scambiamo più feriti, né corpi di caduti.»

«Perché?»

«C'è stato un episodio di fraternizzazione tra linee nemiche opposte, in quota, sulla vetta Chapot. Un sottotenente italiano ha attraversato i reticolati sfidando i cecchini, per andare a offrire del vino a un sottoufficiale austriaco.»

«Lo hanno colpito?»

«Macché. I soldati delle due parti e i loro compagni si sono incontrati nella terra di nessuno e per poco hanno condiviso ciò che avevano. Non è durato molto, ma la notizia è trapelata.»

«Non ho avuto notizie di processi sommari.»

«Il Comando Supremo ha preferito richiamare i soldati italiani e sostituirli con altri reparti; quello nemico, invece, ha punito duramente i responsabili. Da quel fatto, le trincee sono mondi separati. Le bandiere bianche non si alzano più per permettere la raccolta dei caduti. Andate a casa, Agata. Tornate alla vostra vita. Lui avrebbe voluto così.»

Le parole possono uccidere, e queste lo fanno, ma sono vere. Raduno le mie cose.

«Agata?»

«Ditemi.»

Il dottor Janes mi alza il mento e asciuga le guance.

«Grazie. Se non mi aveste spinto a farlo, il rimorso mi avrebbe tormentato per tutta la vita.»

Annuisco, ma poi ci ripenso.

«Non sono stata io. È lui che ci ha sempre incoraggiato a essere migliori.»

Esco, i passi mossi dalla disperazione. Sta scendendo la sera. Tra gli sprazzi di nubi tremano le prime stelle. Mi accorgo di stringere al petto il libro del capitano Colman. L'ho macchiato di sangue. Ricordo all'improvviso alcune parole annotate a margine. Un suo pensiero repentino, forse. Chissà. Hanno la bellezza di una poesia. Le faccio mie, per non crollare, per trasformare l'illusione in una preghiera.

Notte, vattene.
L'alba canta.

Ismar attendeva da ore, il tempo diluito dall'inattività e dalla solitudine. Il desiderio di avere di nuovo compagnia si era tramutato in irrequietezza al tramonto, e in inquietudine quando era scesa la notte senza che la ragazza avesse fatto ritorno.

Non la pensava chiamandola per nome. Non era un'amica. Non era nemmeno una nemica. Era qualcuno da cui presto avrebbe dovuto separarsi.

Aveva sciolto i nodi ai polsi e li aveva rifatti un'infinità di volte. Aveva osservato il villaggio da ogni pertugio, interpretando suoni e bagliori senza riuscire a capire se fosse accaduto qualche fatto rilevante nelle vicinanze, che in quel tempo poteva essere solo un fatto di sangue.

Infine, si era arreso a guardare il soffitto a cassettoni, contando i battiti del proprio cuore.

Quando finalmente sentì la porta aprirsi, il sollievo si mescolò alla paura: se non fosse stata lei ad affacciarsi sulla stanza, probabilmente gli sarebbe toccata in sorte la fucilazione.

Non scoprì subito il destino che lo attendeva, dalla cucina arrivava un acciottolio rassegnato di mani che lavoravano piano. Qualche singhiozzo trattenuto.

I passi risuonarono lungo il corridoio. Ismar si tirò su, su un gomito.

La ragazza entrò reggendo un piatto e un catino d'acqua fumante che depose sul comodino. Senza guardarlo, gli consegnò una pezza pulita e un cucchiaio.

Aveva pianto. Il viso era devastato.

«Warten!» *Le chiese di restare nel tono più arrendevole che gli riuscì. Avrebbe voluto parlarle nella sua lingua, ma non ricordava che parole inutili.*

La ragazza sedette al suo fianco. Quando si decise a guardarlo, Ismar si sentì trafitto da una rabbia disperata. Il verde bosco dei suoi occhi era diventato nero opaco, vita che aveva abdicato allo sconforto, e che voleva mordere, tanta era la sofferenza.

«Was ist passiert?» *non riuscì a trattenersi dal chiederle.*

Fu come rompere un argine. La ragazza lo colpì e lui si difese come poteva. Le corde tiravano, le mani cercavano di arginare la pioggia di schiaffi.

E il pianto di lei ricominciò. I colpi non erano nulla, se non disperazione. Ismar riuscì a prenderle le mani tra le sue e a farla crollare su di sé. Inaspettatamente, lei non si ribellò, e allora Ismar capì: aveva perso qualcuno di caro.

La tenne così, restando immobile, dandole tempo.

Lei stava occupando uno spazio che non era stato di altre. Ismar non aveva mai accolto una donna così proprio sotto il suo mento, tra l'incavo della spalla e il cuore. Il suo alito gli increspava la pelle, rammentandogli quanto gli mancasse il contatto con un altro essere umano.

Si arrischiò a carezzarle la testa. Solo un tocco, per iniziare. Sua madre lo calmava così, quando era bambino.

Dita tra i capelli, respiri vicini. L'afflizione se ne andava, spinta via da mani amorevoli.

Lei non lo sbranò, e allora Ismar decise che era saggio continuare. Si guardava le mani e non vedeva più solo artigli pronti a dilaniare, ma anche a difendere, a tenere al sicuro. La guerra lo aveva trasformato in un barbaro spietato, ma ora il ritorno alla vita lo stava guarendo.

Si aprì la camicia, le fece vedere le garze tinte di rosso. Anche lei era ferita, la mano bendata trasudava sangue.

«Blut ist für alle gleich. Es ist das Gleiche» le sussurrò all'orecchio, quando il pianto si fu calmato.

«Blut... Pluat?» la sentì mormorare.

La ragazza rimescolò la parola con i suoni del suo dialetto e forse con i ricordi, finché l'istinto la aiutò a trovare il significato.

«Sangue?» gli chiese.

«Ja, sangue.»

«Pluat is glaich... vir ola.»

Il sangue è uguale per tutti.

Quella sera Ismar ebbe la netta sensazione che si fossero curati l'un l'altra. Si erano riconosciuti l'uno nell'altra, e perdonati.

42

File di bare. Sono pronte, a Timau. Le ho viste partendo, ordinate lungo il confine del cimitero.
Aspettano che i loro cadaveri giungano dal fronte.
Sono salita colma di apprensione e ora, nelle retrovie, attendo di ricevere notizie. Non tornerò a valle fino a quando non saprò qual è stata la sorte del capitano Colman.
Alcuni soldati cercano di farmi desistere dal mio proposito, è in corso un attacco nelle prime linee e la terra trema, ma il comandante Janes, lo so, rispetterà la mia volontà, qualunque sia il rischio.
Tra i fischi delle bombarde sale un carretto trainato da un mulo. Conosco l'anziano che lo guida, è di Cleulis. Incurante degli scoppi, scende e scarica a fatica una cassa da morto.
Due alpini cercano di farlo retrocedere, ma lui non ne vuole sapere. È in lacrime.
Allora mi avvicino.
«Che cosa cercate?» chiedo.
«Mio figlio. Lo riporto a casa.»
Negli ultimi tempi molti caduti sono stati seppelliti quassù, non c'era tempo e modo per trasportarli tutti a valle.
I soldati cercano di caricare nuovamente la cassa sul

carro, ma il vecchio ferma le loro mani con tocchi gentili, fa cadere lacrime che non possono essere ignorate. Finalmente lo ascoltano.

«Ho il permesso del comando, ce l'ho» giura. Ed è vero, lo mostra, allora gli alpini hanno pena di lui e lo lasciano passare. Lo seguo fino al cimitero davanti alla cappelletta.

Non dovrei restare, il dolore contagia, ma non riesco a voltarmi dall'altra parte.

Il vecchio prende un badile dal carretto e inizia a scavare dove gli è stato indicato.

Lo trova, sotto la croce che riporta il nome del suo bambino.

Abbasso gli occhi, quando solleva il corpo dalla terra e lo prende tra le braccia. Non per disgusto, ma per pudore davanti a un amore così grande da non temere nulla, né le bombe, né la corruzione della carne. È un Cristo tolto dalla croce quello che ora ho davanti, ma non riesco a pregare.

Rialzo lo sguardo solo quando il carretto riprende la strada di casa.

Allora vedo il dottor Janes venirmi incontro con passi che vorrebbero procedere all'indietro, tanto sono stentati. Quando mi raggiunge, mi porge una lettera con mani tremanti. Ha gli occhi gonfi.

«È stata fatta arrivare dal fronte nemico tramite la Croce Rossa. Prendetela.»

Non la sfioro. Dentro di me ho già capito.

«È per voi, Agata. Non fategli il torto di non leggerla.»

Prendo il foglio e lo spiego lentamente. Lui non c'è più, penso, perché ne parli come se fosse ancora vivo?

Ormai la sua assenza in questo mondo mi è chiara. Il capitano Colman ha smesso di respirare e il vento è diventato un po' meno forte. *Io* sono meno forte.

Ad Agata Primus

Gentilissima signora,
chi Vi scrive è il dottor Johann Müller, ufficiale medico dell'Esercito Imperiale, per mettervi a conoscenza della morte del capitano Andrea Colman, che ho assistito personalmente fino alla fine. Il capitano è caduto a seguito di un tragico combattimento di cui ormai sarete senz'altro a conoscenza ed è stato portato al mio posto di soccorso gravemente e ripetutamente ferito al ventre, anche se ancora lucido. Ogni tentativo di soccorso è stato vano.

Le ultime parole del Caduto sono state per voi e alla sua richiesta di farvi avere il suo pensiero di affetto con questa lettera io adempio come a un debito d'onore.

Si è spento da prode e alle sue spoglie è stata data dimora con gli onori militari. All'ufficio divino celebrato dal prete erano presenti tutti gli ufficiali e soldati austriaci che avevano partecipato alla battaglia.

Vi mando alcune fotografie del luogo in cui è stato tumulato che, pur se tristi, vi conforteranno, rassicurandovi sul fatto che le sue spoglie hanno trovato pace in terra consacrata da un sacerdote.

Gradiate per la crudele sciagura le condoglianze dei soldati austriaci che non intendono negare gli onori al valoroso nemico caduto.

Vostro, J.M.

«Agata?»

Il dottor Janes deve scrollarmi più volte per ottenere da me una reazione. Le fotografie scivolano dalle dita e si sporcano di fango.

«Agata, non fatemi preoccupare. Dite qualcosa.»

Se potessi parlare, urlerei il mio dolore.

Se ora avessi voce, scaglierei una maledizione sul mondo, ché non può andare avanti quando lui è sotto terra. Anatemi sulla guerra e inni alla rivolta. Spezzate i fucili, tornate alle vostre case. Che le lame servano per dissodare la terra e le mani degli uomini accarezzino le guance di bambini e di donne innamorate, così stanche di reggere sulle proprie spalle il peso di un conflitto.

Ma non servirebbe. Lui non c'è più.

Abbiamo diviso pane e fronte, la paura della morte, eppure mi rendo conto solo ora che non conoscevo il suo nome.

Il dottor Janes vuole parole da me. Gli darò molto di più.

Alzo il capo, lo guardo in modo che non possa sfuggire alla responsabilità che appartiene a tutti noi.

«Andiamo a prenderlo.»

43

Dopo mesi di vita randagia, vivere al chiuso era una sensazione straniante, come aleggiare privo di peso in quel luogo che non era casa e nemmeno terreno di battaglia.

Ismar recuperava le forze, si preparava a tornare soldato, e intanto esplorava il regno che era stato dell'uomo di cui indossava gli abiti, un regno che ora apparteneva a una giovane donna sola.

La ragazza non portava la fede. Lui era stato suo padre, ne era certo.

La casa era solida e linda. I profumi erano quelli delle estati della sua infanzia trascorse in campagna.

Aria innocente. Aria che non sapeva di morte.

Di tanto in tanto una capra belava e il compiersi delle ore era annunciato dai rintocchi di una campana. Per il resto, il silenzio era un inganno quasi perfetto: un orecchio pigro non avrebbe colto il tamburreggiare del fronte, o lo avrebbe confuso con un temporale lontano.

Un languore ostinato spinse Ismar fuori dal letto. Aveva sognato una pignatta ribollente di fagioli cotti nel lardo. Si era svegliato con le labbra umide e la gola tumida.

Lei lo nutriva con grande parsimonia, tanto da fargli desiderare, il più delle volte, di morderle la mano.

Sfamami, avrebbe voluto dirle, quando lei contava sminuzzando i bocconi di formaggio e rigirava il cuc-

chiaio nella minestra fino a sfinirlo. Sfamami e non temere, non userò questa forza contro di te.

Ma lei non lo guardava mai. Non per timore, o umiltà, ma perché di quel mondo era sovrana assoluta.

Non lo guardava per fargli comprendere quale fosse il suo posto, che era sotto il suo sguardo, dove le ciglia si abbassavano. Non un millimetro più su. Singolare salvatrice, o stravagante carnefice.

Ismar sciolse i nodi ai polsi con i denti e si alzò a fatica. Aveva controllato la fasciatura e storto la bocca alla vista della macchia scura. Sanguinava ancora, anche se poche gocce alla volta. Colpa della smania di rimettersi in piedi.

Dalle imposte accostate il sole fendeva la penombra in una lamina accecante che s'infrangeva contro la libreria. I dorsi dorati dei volumi si erano accesi di riflessi: nemmeno un granello di polvere ne contaminava la bellezza. Sembravano animati da una vita tremula. Li aveva già osservati, scorrendo le pagine scritte nella lingua del nemico. Era una collezione di valore: edizioni rilegate con cura, stoffe e pellami di pregio, carta dalla grana finissima e inchiostri brillanti. Si domandava chi e perché, in quella famiglia, avesse sentito il bisogno, nella semplicità che regnava, di possederla. Forse si trattava di un'eredità capitata in sorte, forse quella ragazza era l'erede di una famiglia caduta in disgrazia.

Tra i libri, su uno scaffale ad altezza di mano, persisteva uno spazio vuoto. Tutto attorno era un comprimersi di copertine e pagine affinché ogni volume trovasse il suo posto, e poi l'interruzione. Sembrava attendere un ritorno.

Ismar si trascinò fino al tinello aiutandosi con un bastone che probabilmente aveva sorretto più di qualche vecchio.

Il focolare ardeva indolente, le fiamme mordevano i ceppi senza troppa convinzione. Legna bagnata, che odorava di affumicato e che lo riportò con la mente a lontani ricordi di caccia, alla cascina nel bosco in cui andava con suo padre.

Non credeva che sarebbe mai più riuscito a sparare per diletto.

Quando la campana scandì il mezzodì, aveva già ispezionato la cantina, le due cassapanche – ecco, dov'erano stipate le sue cose –, la madia più grande e la dispensa più piccola.

Ciò che contenevano era poco più di niente.

Rimase a lungo davanti alle ante spalancate. Poi deglutì vergogna e si guardò intorno per abbracciare la verità.

Nel paiolo fumante bolliva solo acqua. In cantina le brocche del vino erano secche, i canestri erano vuoti. Il telaio era spoglio. Non c'erano fotografie, né quadri o maioliche nelle credenze. Le pareti accoglievano gli attrezzi da lavoro. Il pavimento consumato forse da un secolo di passi non doveva aver mai visto tappeti, e le tende alle finestre erano semplici rettangoli ricamati.

Ogni oggetto, o la sua mancanza, narrava una storia di generazioni d'indigenza.

Non era tormento, ciò che la ragazza voleva infliggergli centellinando il cibo. Era il solo modo che conosceva per imbrogliare la fame.

Il languore era passato, presto sostituito da un bisogno diverso.

Sul fondo dello zaino aveva nascosto alcuni cubetti di cioccolato. Dovevano essere ancora lì, conservati in un involto di carta di giornale, sotto tutto il resto: le lettere che non aveva più spedito alla famiglia, le cartoline ricevute, le mappe e il corredo per la medicazione. Chissà se lei l'aveva mai assaggiato, il cioccolato.

E poi c'era la capra, che belava sempre nelle vicinanze. Latte cremoso, se era fortunato. Non era panna, ma avrebbe potuto ricordarla.

Avventurarsi fino alla stalla non era un rischio troppo grande: comunicava con la casa. Era arrivato da lì, attraverso il bosco e l'orto, ma non ricordava molto.

La porticina che dava sull'ovile richiedeva un piegamento doloroso per passarci e prima ancora un tempo infinito trascorso accucciato per decidere se fosse sicuro aprirla.

Era sicuro.

Le capre erano due. Dovevano essere femmine, in tempo di guerra e di carestia nessuno foraggiava maschi improduttivi, ma le mammelle apparivano tutt'altro che rigogliose.

Le bestie lo fissavano con quegli occhi diavoleschi dalle pupille orizzontali. Avevano smesso di ruminare e stavano ritte sulle zampe. Ismar poteva sentire la loro paura. Non aveva messo in conto un'eventuale resistenza.

Doveva pensarci bene e la ferita aveva cominciato a stilettare il fianco. Non era pronto a un corpo a corpo per una tazza di latte. Avrebbe dato tempo alle caprette di abituarsi alla sua presenza. Salì con cautela la scaletta a pioli che portava al fienile. Non c'erano balle di fieno a seccare sul soppalco, solo sparuti ciuffi qua e là.

Voleva guardare le montagne, voleva cercare di capire quale sarebbe stata la portata dell'impresa per ritornare al di là delle linee nemiche.

Quando la porta della stalla si aprì con un cigolio e la luce del sole entrò per un breve momento, Ismar pensò che la ragazza si sarebbe spaventata, vedendolo calarsi giù all'improvviso, ma la porta si richiuse e una voce maschile parlò.

La risposta del comandante Krauss al messaggio che gli ho inviato attraverso il comando del Pal Piccolo è giunta senza esitazioni. Il nemico attende la delegazione che riporterà il capitano Colman in Italia.

Andremo in sette, armati di nulla se non di coraggio e di una bandiera, e non torneremo senza di lui.

I quattro alpini di scorta già attendono nei loro manti, le penne nere stagliate nei profili fermi. In molti hanno chiesto di venire, sono stati scelti gli uomini che hanno diviso più battaglie con il capitano Colman, fianco a fianco. Don Nereo ha insistito per prendere il posto del cappellano militare. Sarà lui ad accompagnarci.

Il comandante Janes ha già affidato il fronte a un tenente che per anzianità gli succederà, nel caso non dovessimo fare ritorno.

«È possibile?» gli ho chiesto.

Ha risposto che l'umore del nemico cambia di giorno in giorno; come una banderuola, segue l'andamento della guerra sul fronte occidentale.

Ripenso alla lettera dell'ufficiale medico austriaco e mi sforzo di credere che il sentimento di rispetto e onore suscitato dall'impresa del capitano Colman non possa essere svanito con la luce dell'alba.

Lui è ancora qui, lo sento. Batte in questi cuori e, per quanto impensabile possa apparire, la sua grandezza risuona anche nel petto del nemico, lasciandolo sgomento.

Si accendono le fiaccole. La bruma perenne in cui vivono queste cime accoglie le fiamme aprendosi in una cavità opalescente, ventre di creatura remota. Il suo respiro mi agita, mi sprona ad andare. Forse sarà la montagna a decidere chi avrà questa terra, non l'uomo.

Copro il capo con lo scialle, tingo l'anima del nero del lutto.

Vengo a prenderti, penso, il cuore già lanciato oltre le linee nemiche.

Le truppe si fermano a guardare questi pellegrini combattenti. La guerra tace. Le bandiere bianche sono state issate da entrambi gli eserciti.

Ci incamminiamo lungo la linea del trincerone e, come creature di nebbia, poco dopo varchiamo il confine della terra di nessuno. La vita è stata sospesa in questi territori di immensi silenzi, fatti per gli spiriti e nessun altro.

Passo dopo passo, il fronte austriaco si delinea nella caligine come una macchia d'inchiostro nel latte. Prende la forma di trincee e baraccamenti, e uomini ritti in attesa. I cavalli di Frisia sono stati spostati per creare un varco d'accesso. Centinaia di occhi estranei ci osservano, nemmeno un sospiro si leva. Anche gli austriaci sono accompagnati da un prete.

Sarebbe così facile, dopotutto, scegliere di tendere la mano, ma non è questo il mio compito, oggi, e il mio silenzio ostinato, il mento alzato, lo sguardo fiero devono pesare come le pietre che fanno rotolare sui nostri.

L'avete ucciso. Io questo non lo posso dimenticare.

Il comandante Krauss si stacca dal gruppo e scambia qualche parola con Janes e don Nereo. Davanti a me, accenna a un sorriso, ma sembra sinceramente triste.

«Ve lo avevo detto di andarvene, *Fräulein*.»

«Ci sono cose dalle quali non si può fuggire, *Herr Kommandant*.»

«Avete più che mai ragione. Vi prego di credermi, sono addolorato.»

Mi indica la tenda.

Il capitano Colman è lì dentro e io non riesco a muovere un passo.

«Spetta a voi.»

Vuole che sia io la prima. Forse è giusto così.

La barella è adagiata su un tavolaccio.

Ed eccolo.

Non riesco a fermare il pianto, ma impongo a me stessa che sia muto.

Lo hanno tolto dalla terra. Hanno avuto pietà del suo corpo, almeno questo. E il gelo è stato clemente. Il capitano sembra addormentato.

I capelli e il viso sono bagnati della neve in cui lo hanno deposto per noi. Una goccia d'acqua brilla come una lacrima scivolando dalle ciglia alla guancia. Voglio pensare che sia felice di rivederci. L'asciugo con una carezza.

Sfioro le mani giunte sul petto, accanto al suo cappello d'alpino. Il freddo della pelle non mi spaventa.

Ti ho appena ritrovato e già ti devo lasciar andare, amico mio.

Krauss mi si avvicina.

«Il suo valore ha colpito tutti i miei uomini. Ha difeso i suoi ragazzi fino all'estremo sacrificio.»

Devo chiudere per un attimo gli occhi per accogliere l'onda di emozione che mi investe.

Nessuno osa farmi fretta. Aspettano una mia parola.

Stringo più forte le sue mani nella mia.

Nulla di quanto hai fatto andrà perduto, prometto.

E allora mi sento pronta.

Alzo lo sguardo sul nemico e incontro quegli occhi così azzurri che ho imparato a conoscere.

Non provo paura.

«Riportiamolo a casa» dico ai miei.

La bandiera italiana viene srotolata con un colpo di braccia dall'alpino che fino a questo momento l'ha esposta sulle mani tese e il tricolore riempie animi e penombra. Con un fruscio si posa sul corpo dell'eroe e io divento Antigone la ribelle.

Don Nereo segna l'aria con la croce e la portantina viene issata sulle spalle.

Accendo la mia fiaccola nel braciere e mi preparo a tornare. Questo fuoco è anche il mio, mi arde dentro.

Il picchetto austriaco scatta sull'attenti al nostro passaggio.

Solo una volta, già lontana, mi fermo a guardare il nemico e lui ricambia con le truppe di *Kaiserjäger* schierate. Il vento si è alzato e ulula.

Domani sarà un altro giorno e torneremo a combattere, ma oggi il silenzio ha preso il posto dei latrati dei cannoni. Questa morte pesa e il capitano Colman vivrà anche nei loro pensieri.

Perché attraverso lui hanno visto chi siamo.

Hanno capito di quale valore sono capaci questi uomini, e ucciderli non sarà più così facile.

Se vogliono strapparci questa terra, dovranno prima calpestare la propria anima.

45

La mano di Ismar corse d'istinto al fianco in cerca del coltello, ma strinse aria.

Sotto di lui, l'uomo bloccava l'unica via d'uscita. Morse un'imprecazione tra le labbra.

Ne contò i passi, mentre con lentezza stringeva la fasciatura fin quasi a non respirare. Avrebbe dovuto lottare per uscire di lì e affrontare una fuga attraverso il bosco. Un pensiero scomodo lo sorprese: se era fortunato, molto fortunato, se ne sarebbe andato libero e sulle sue gambe, ma che ne sarebbe stato della ragazza che l'aveva aiutato?

Alzò le mani, pronto ad arrendersi quel tanto che bastava per arrivare vivo di sotto e poi pensare a qualcosa per salvare se stesso e lei.

Il tono di voce dell'uomo tradiva eccitazione. Ora Ismar lo intravedeva tra le assi: ben vestito, giovane. Stava parlando con le capre.

Ismar abbassò le mani, strisciò verso il piolo che fungeva da balaustra.

L'uomo era sotto di lui, curvo, le braccia larghe, aveva spinto gli animali verso un angolo. Canticchiava una canzone che Ismar riconobbe: l'aveva sentita il giorno in cui la ragazza era rientrata come una furia chiudendo i battenti e la porta e brandendo la forca come un'arma. Era lo stesso uomo che cantava in strada, un uomo che lei temeva e che voleva essere temuto.

Le capre belavano spaventate, ticchettavano nervosamente gli zoccoli, cercandosi l'una con l'altra, sempre più strette. Nella mano dell'uomo brillò una lama.

Ismar chiuse gli occhi. Gli era chiaro che cosa l'uomo fosse venuto a fare. Aveva imparato a fiutare il male, aveva imparato a sentirlo arrivare come quando i proiettili fischiavano sopra la testa. Ne riconosceva il calibro dal solo rumore e i più pericolosi erano anche i più piccoli.

Ancora sangue, ancora pianti d'innocenti. Poco importava che appartenessero ad animali. Ne era saturo, avevano reso la sua anima una fogna.

Pregò per le bestie affinché l'agonia fosse breve, tenendo gli occhi ancora stretti, la testa incassata tra le spalle per non udire. Ma i belati crebbero, e la voce dell'uomo li seguì in quella canzonetta allegra così stridente in quel momento.

Qualcosa si arrampicò sulla testa di Ismar e gli scivolò sulla faccia. Ismar spalancò gli occhi.

Pelliccia tiepida, zampette nervose. Il ratto era così tronfio o così inesperto da non temerlo. Grosso e pacioso, se ne stava davanti al suo naso con vibrisse tremanti, la coda lunga dal polso al gomito.

Intanto, le caprette non avevano alcuna intenzione di arrendersi senza lottare e la più grande tentava di caricare l'uomo per difendere l'altra.

C'era speranza, pensò Ismar. C'era sempre speranza.

Prese dal taschino un pezzetto di cioccolato e lo offrì al topo. Lo afferrò per la coda, la bestiola ruotò ingoiando il cibo e cercò di nuovo la mano. Ismar gliene offrì un altro po'.

Ora fai il tuo dovere, pregò.

Era in posizione perfetta. Sporse il braccio, proprio sopra la nuca ben rasata dell'uomo, prese la mira e lasciò andare la coda del ratto.

Le urla non si fecero attendere. Ci fu il finimondo. Secchi che rotolavano, capre che balzavano e colpivano, colombi spaventati che frullavano in vortici di piume sulle travi del tetto lanciando richiami striduli.

L'uomo imprecò e fuggì dando un ultimo calcio a una tinozza.

Ismar si calò di sotto e strisciò lungo le pareti fino alla porta. Vide l'invasore scomparire alla fine del viottolo. Con un piede, Ismar chiuse piano l'uscio.

Il grosso topo era ancora al centro dell'arena, il più frastornato di tutti.

I colombi si erano quietati.

Le capre erano salve.

Ismar era salvo. Non proprio un uomo d'onore, ma un uomo vivo.

Al suo ritorno, Ismar non le offrì latte munto, ma erano rimasti quattro cubetti di cioccolato. Quando li videro, stesi in ordine sulle lenzuola, gli occhi di lei si spalancarono per la meraviglia, ma la ragazza non gli diede soddisfazione. Non chiese della loro origine.

Immaginare da dove fossero arrivati non era difficile – il

suo sguardo corse ai nodi che gli legavano i polsi, e di nuovo batté sui suoi.

Era il «perché» a restare sospeso tra loro. Come un tramonto che non si spegne nell'animo di chi guarda. Come l'aria di una sinfonia che continua a suonare nella testa.

«Ist es gut?» le chiese, guardandola mangiare.

«Si dice 'è buono?'»

«È buono?»

Un accenno di sorriso, forse, l'ultimo quadratino messo tra le labbra.

«È buono, sì. Grazie.»

La vide esitare, toccarsi nervosamente i capelli, come se non sapesse come altro impegnare le mani.

Poi, occhi negli occhi, la ragazza gli prese i polsi e sciolse i nodi.

Ismar ebbe la consapevolezza che da lì in avanti sarebbe stato libero, e insieme prigioniero.

Non c'è atto d'amore o d'odio che non renda schiavi – era una massima di suo padre.

Non le disse della visita dell'uomo. Non c'era ragione di farla preoccupare. Nel caso quel vigliacco fosse tornato, ora c'era lui lì, pronto ad accoglierlo.

46

Nulla è come prima e mai più lo sarà. La morte del capitano Colman ha segnato un confine invisibile per molti di noi e io non faccio eccezione. Il fronte è un continuo ricordarlo. Il dottor Janes mi cerca per proseguire la nostra consuetudine di chiacchiere, ma è uno sforzo per entrambi. Fa male.
Lui non c'è, lui è morto. Ho scoperto troppo tardi di avere un amico.
Viola è tornata da me, ma con un cuore di tenebra. Il suo abbraccio era freddo. Nei suoi occhi, il vuoto.
Sorella, mi ha chiamata. Ora che soffro, sono degna di stare al suo fianco, ma io non sono come lei. Ho annullato in me ogni risentimento, ogni desiderio di rivalsa. Non desidero sacrifici, non chiedo assalti che tanto non potranno mai riportarlo indietro. Quando l'ha capito, mi ha voltato di nuovo le spalle, questa volta per sempre.
Ho oltrepassato la soglia che dà su una malinconia perenne, ma allo stesso tempo qualcuno mi trattiene in una vaga euforia.
Mi interrogo sulla sostanza del sentimento umano, di questo amalgama di calore, bisogno, conforto e sollecitudine che fa accostare due esistenze fino a farle sentire talmente vicine da potersi sfiorare, entrare l'una

nell'altra trasparenti come l'anima, senza dolore, senza spavento. Mi chiedo se possa essere un germoglio della guerra, un fiore bianco su stelo nero. Forse la necessità può sostentarlo invece di ucciderlo, come la fame imbocca lo spirito di rabbia e fa sì che il corpo sopravviva di niente.

Ho fame, e strappo radici lungo la discesa dal fronte. Mastico amaro, la bocca colma di saliva.

Ho fame di affetto – crampi che sono morsi – e il nemico mi appare come nient'altro che un uomo.

Mastico amaro il suo nome e alla fine lo sento quasi dolce.

Ismar.

È un segreto, è solitudine che si ritrae, la giovinezza che mi viene improvvisamente restituita.

«Agata, fermati. Sostiamo un attimo.»

Lucia mi richiama indietro. Stiamo attraversando una conca di pascolo, con noi c'è Maria.

Larghe chiazze d'erba interrompono la coltre di neve, l'acqua scorre libera in un abbeveratoio della vicina casera. Le cime e il fronte sono avvolti in nubi spumose, ma qui il sole scalda.

Togliamo le gerle e ci stendiamo sul prato a sgranchire schiene e gambe, le gonne sollevate. Dividiamo pane e formaggio, scambiando qualche parola a occhi chiusi.

La guerra non vuole cessare, sta dicendo Maria, e presto sarà di nuovo primavera e i campi dovranno essere dissodati, le sementi gettate, o sarà ancora fame.

Non lo capiscono i signori della guerra? No, perché il loro piatto sarà comunque sempre colmo. Le donne dovrebbero ribellarsi. Almeno loro.

«I giornali scrivono che questo conflitto ha significato molto per l'emancipazione delle donne» le dico.

«Continui a collezionare fogli di giornali pidocchiosi?»

«Sarebbe uno spreco buttarli.»

«Ma che vuol dire 'emancipazione'?»

«Che le donne sono diventate più indipendenti, hanno potuto fare cose che prima non facevano. Molte hanno dovuto prendere il posto degli uomini nelle fabbriche, nei negozi e anche negli uffici. Sono caduti i pregiudizi secondo cui non ne erano capaci o non avrebbero dovuto.»

Maria non sembra convinta.

«Noi lo abbiamo sempre fatto il lavoro degli uomini, da quando emigravano a ora che sono al fronte.»

La nostra capacità di bastare a noi stesse non ci è stata riconosciuta, né concessa. L'abbiamo tessuta con la fatica e il sacrificio, nel silenzio e nel dolore, da madre in figlia. Poggia su questi corpi meravigliosamente resistenti ed è a disposizione di chiunque ne abbia bisogno. Si nutre di spirito infuocato e iniziativa audace, vive di coraggio. Vive di altre donne. Siamo una trama di fili tesi gli uni sugli altri, forti perché vicini.

Lucia si alza, si spazzola con una mano la gonna e sorride. È così bella, con la luce del primo pomeriggio a indorarle i lineamenti.

«Hai ragione, Maria. A modo nostro siamo sempre state donne indipendenti.»

Quando si accascia, in silenzio, penso che stia raccogliendo il fazzoletto che il vento le ha fatto scivolare via. Non mi accorgo subito del sibilo, fino a quando un secondo non fischia sopra le nostre teste.

Mi getto a terra, la raggiungo con una mano e stringo quella di Maria che ha fatto lo stesso.

Hanno sparato. I cecchini.

Lucia alza il viso. È bianco come ossa e sporco di terra. Negli occhi, brilla paura.

«I miei bambini...»

È un sussurro che si perde nel vento. E io, sciocca, riesco solo a pensare che Lucia sembra un fiore, con questo vestito. Una campanula azzurra in prati che presto si riempiranno del rosa acceso dei rododendri. Deve poterli vedere, deve vedere la primavera.

Maria urla. Dalla casera arriva il richiamo degli alpini di guardia. Hanno sentito gli spari, hanno capito.

«Stanno arrivando» dico.

Lucia cerca di toccarsi la schiena. Trema.

«Devo andare a casa. Devo...»

Le alzo lo scialle. Il foro è piccolissimo, all'altezza della scapola.

C'è così poco sangue. Dov'è il sangue? L'assenza non mi rassicura.

Arrivano gli alpini, ci fanno da scudo. Vedo dalle loro espressioni che hanno riconosciuto Lucia. Sanno chi è, sanno quanto le devono perché tutto è iniziato con lei.

Lucia mi afferra la mano, la sua forza mi sorprende.
«Portami dai miei bambini. Promettimelo.»
Dico sì, mentre i primi petali cadono. Il fiore è stato reciso.

La pallottola è entrata dalla schiena e attraverso il fianco sinistro ha colpito l'intestino. L'addome è pieno di sangue. Tra i medici e le infermiere è sceso un silenzio dolente.

Dall'ospedaletto di Paluzza abbiamo riportato Lucia a casa, in modo che possa essere vegliata dalla madre, cinta dall'amore dei suoi bambini.

Le ho tenuto la mano, l'ho sentita diventare un po' più fredda e bagnata. Sta già attraversando il grande fiume, sta guardando l'altra sponda quando è il viso dei suoi figli che ha davanti.

Non sono rimasta, non ho abbastanza coraggio. L'ho baciata e rincuorata con parole così vuote da aver provato vergogna. Mi sono riempita ancora del suo sorriso, un po' più tirato, un po' meno convinto. Vorrei dirle che i suoi piccoli non resteranno soli, ma sarebbe come ammettere ciò che ognuno di noi ora cerca di tenere lontano dagli occhi e dalle labbra.

Esco, e sotto un cielo di violenti contrasti, sotto nubi temporalesche e raggi di sole, attraverso il paese tremando. Sono scampata alla morte e una sorella ha preso il mio posto.

È il grandioso disegno di Dio. Nasciamo e moriamo

per un gioco di coincidenze. E, nel mezzo, soffriamo e amiamo.

Sto perdendo un altro pezzo di cuore.

Dalle montagne monta tempesta. Gorghi neri turbinano verso la valle, presto copriranno il sole. Sento che gli eventi stanno per precipitare. È una voragine che mi si è aperta nello stomaco e mi risucchia. Qualcosa di orribile è in arrivo.

I passi si fanno più veloci, fino a diventare una corsa disperata.

«Te ne devi andare» dico, appena chiudo la porta di casa.

«Quanta fretta.»

Francesco è seduto sulla sedia di mio padre. I piedi incrociati sul tavolo.

Cerco d'istinto una presenza oltre le sue spalle, un segno di quanto possa essere successo in mia assenza, ma tutto è come l'ho lasciato e di Ismar non c'è traccia. La mia ansia viene fraintesa.

«Non ti preoccupare per le capre, le ho risparmiate. Qualcosa varranno, la gente ha fame.»

La sua sfrontatezza mi rende rabbiosa. Lo colpisco sugli stivali.

«Perché sei qui?»

Francesco si alza senza fretta. Accenna una carezza, ma mi ritraggo e il suo braccio ricade lungo il fianco.

«Sono stufo di mendicare la tua attenzione con giochi sciocchi, Agata.»

Non nomina il nemico, nemmeno il tradimento, e io mi chiedo che cosa ne sia di Ismar. Spero che non sia rimasto in trappola in questa casa ormai violata e che abbia avuto l'occasione di fuggire.

Francesco fa un passo verso di me.

«Non voglio farti male.»

«Sei malato» mormoro.

Il suo sguardo si fa liquido.

«Sì, l'amore che continui a rifiutare mi ha avvelenato.»

«Il tuo non è amore.»

Mi sta davanti.

«Chi ti dà il diritto di giudicare? Non sono mai stato abbastanza per te, che non sei niente. Sei uguale a tuo padre, sprezzante come lui. Non ho mai dimenticato quello che mi ha fatto.»

«Di che cosa stai parlando?»

«Ero solo un ragazzino. Tu, una bambina. Aveva notato come ti guardavo e non gli era piaciuto. Quel pezzente osò dirmi di starti lontano. Fu allora che giurai di averti, e ti avrò.»

Arretro di un passo.

«Mio padre ti aveva visto per quello che sei. Vattene, Francesco.»

Lo schiaffo arriva improvviso e mi fa quasi cadere. E poi la mano che agguanta i capelli, il bacio, umido, ripugnante.

Riesco a morderlo.

«Maledetta! Scommetto che al fronte non fai la schizzinosa, per quattro soldi.»

«Esci di qui!»

Mi sbatte sul tavolo. Il colpo alla nuca è talmente forte da farmi sentire confusa.

È su di me, provo nausea.

«Sei tu che mi costringi a usare la forza! Io non volevo.»

Le sue dita risalgono e frugano sotto la gonna. Il peso mi schiaccia, mi apre le gambe.

Cerco di urlare, ma le sue mani mi soffocano.

«Non volevo farti male, è colpa tua, non volevo...»

Mi stringe, sempre più forte. La vista si offusca, la gola si serra, ma d'un tratto l'aria si fa di nuovo largo in un'ondata dolorosa che mi fa tossire. Non c'è più stretta. Libera, scivolo a terra.

Ismar ha alzato di peso Francesco e lo inchioda al muro afferrandolo per i polsi, il viso stravolto dalla furia. Non ho dubbi su chi sia il più forte tra i due, nonostante la ferita.

L'espressione di Francesco cambia, gli occhi si spalancano davanti alla medaglietta di riconoscimento sul petto di Ismar.

«Uno di loro!» urla. Una macchia scura si sta allargando sul cavallo dei suoi calzoni.

«Ismar, guardami...»

Non riesco a dire altro, ma so che i miei occhi gli parlano.

Niente più morte. Che stia lontana da noi la violenza.

Ismar lo lancia lontano con un grido di rabbia. Francesco in qualche modo si aggrappa alla credenza e riesce a rimettersi in piedi.

Sul suo viso balena un misto di disgusto ed euforia. Sta per avere la sua rivincita e questa volta nessuno potrà evitarlo. Quando corre fuori, so di non avere molto tempo.

Guardo Ismar. Avrebbe potuto restare nascosto.

«Grazie» mormoro, ma non mi concedo debolezze. Mi affretto attorno a lui, con mille pensieri e senza riuscire a far nulla. Devo recuperare le sue cose, aiutarlo a uscire senza essere visto, ricordare dove ho messo il fucile, decidere se darglielo o meno...

Ismar resta a guardarmi, fino a quando la sua mano mi ferma, stringe la mia e ne accoglie il tremore nel palmo. Se la mette sul petto.

«*Herz*. Cuore» dice. Sorride, mentre io inizio a piangere.

«Non avere paura.»

«*Keine Angst.*»

Ci diciamo le prime parole che gli ho sentito pronunciare. Che ironia ha la sorte. Saranno anche le ultime, ma non riesco a pensare a tenerezza più grande. Ce le siamo dette a vicenda, invertendo le lingue.

«Puoi ancora andartene» gli dico. «Dalla stalla, attraverso...»

Ismar scuote la testa. Mi prende l'uniforme dalle mani.

«Aiuta me.»

So che cosa vuole fare, finalmente conosco il suo valore.

Ora o mai più, mi dico. Guardo in volto il sentimento che mi infiamma. Ama il tuo peccato e sarai innocente, ha scritto qualcuno.

Io mi sono innamorata della notte.

Parlo a Ismar con la dolcezza dei gesti. Lo aiuto a indossare l'uniforme. È un soldato, affronterà il suo destino da soldato.

Ma io, che cosa sono infine io?

Quando vengono a prenderci li stiamo aspettando davanti alla casa, uno accanto all'altra.

Ci sono tutti, ma non vedo soldati. Viola, Maria, le altre donne con cui ho condiviso tante salite... mi guardano come se non fossi più io. Vorrei poter spiegare, ma so che è difficile comprendere. Negli occhi degli uomini vedo sgomento e dubbio.

Sono Eva davanti al giudizio divino. Un Dio dai mille occhi mi sta guardando. Ho colto la mela, ma per questa gente l'uomo che mi sta accanto non è l'Adamo innocente. Ismar, per loro, è il serpente.

Ma io Dio non so più chi sia. Se il re, che ha il potere di immolare i suoi figli, o chi, come noi, instancabilmente li ricompone quando giungono a pezzi dalle montagne. Forse Dio è nelle mani del padre che ha dissotterrato la propria creatura sul Pal, e l'ha pulita con pezze e lacrime.

Forse Dio è in tutto questo, o forse non esiste.

Don Nereo si fa largo tra la gente e corre da me, lo sguardo folle di spavento puntato su Ismar. Si ferma a qualche passo.

«Che cosa hai fatto, Agata?»

Ciò che in realtà vedo scritto sul suo viso è la certezza tragica di non potermi più aiutare.

È giunto il momento di rispondere, ma non a lui. A me stessa.

Le pagine della mia storia mi scorrono davanti agli occhi voltate dal vento dell'addio. La bambina che sono stata mi sorride con margherite e viole tra i capelli, la ragazzina in cui si è trasformata singhiozza il suo dolore e la donna di oggi si volta a guardarmi. Sono così seria, al cospetto di me stessa, che vorrei farmi una carezza.

Non è andata poi così male, Agata. Hai fatto quanto possibile. A volte, molto di più.

Sono così stanca.

E allora smetti di avere paura.

Presto qualcuno scriverà su un foglio la mia condanna a morte e ordinerà a un ragazzo della mia età di colpirmi il cuore con uno dei proiettili di cui ho portato il peso in questi mesi.

Ho sempre saputo che tutto ha un prezzo.

Mi avvicino a don Nereo e do a lui e a me stessa la risposta.

«Ho scelto di essere libera.»

Libera da questa guerra, che altri hanno deciso per noi. Libera dalla gabbia di un confine, che non ho tracciato io. Libera da un odio che non mi appartiene e dalla palude del sospetto. Quando tutto attorno a me era morte, io ho scelto la speranza.

Il cielo tuona e questa volta non è il fronte: il temporale sta per scoppiare. Mi volto a guardare Ismar. Non c'è timore sul suo viso. Scende i gradini della casa.

È pronto e lo sono anch'io.

Non sono mai stata corteggiata. Non ho conosciuto l'amore. Lui, anche se per poco, mi ha dato l'illusione di essere cara a qualcuno.

Fingi di amarmi, vorrei chiedergli, mentre sento scendere le prime lacrime. Fingiamo per questi pochi istanti di avere un futuro davanti, insieme. Prendimi per mano e dimmi che mi troverai bella anche quando la giovinezza sarà un ricordo e io non avrò altro che una vecchia anima dolorante. Non voglio morire sentendomi sola.

«Io lo sapevo!»

Il cerchio attorno a noi si apre per cercare la voce che ha parlato.

Lucia avanza sorretta dalla madre, i bambini stretti alla camiciola. La pelle non ha più colore, le labbra sono bluastre. Cammina a piedi nudi e il primo pensiero che mi afferra è che non senta più nulla di terreno. Come dicono i suoi alpini, è già «andata avanti», solo il respiro si è attardato in questo mondo.

Nessuno osa un passo o un gesto per sostenerla. Lei non lo vorrebbe, ha lo sguardo fiero di una regina ferita, sovrana scalza di comandanti e soldati che davanti a lei hanno imparato a chinare il capo.

«Io lo sapevo» ripete, e lo sforzo è evidente, tanto da farla accasciare. «Portate anche me davanti al Tribunale militare di guerra.»

Tutti la circondano e il silenzio scoppia in parole che non sento. Non mi interessano, qualunque sia il mio destino.

Guardo questa madre, che spende il tempo prezioso che le rimane nel tentativo di salvarci, invece di stare con i suoi bambini, e vedo, finalmente, Dio.

Dio è qui ed è donna.

Inizia a piovere. Una pioggia gentile che mi lava, che risveglia con ogni goccia il profumo della terra. Offro il viso al cielo e chiudo gli occhi. Voglio dissetarmi di pace e di meraviglia.

Una mano prende la mia e la stringe.

La riconosco. E non sono più sola.

Maggio 1976

Ne ho attraversati di oceani, da allora. Il tempo è scorso come acqua, a volte cheta, altre tumultuosa. Mi ha portato ai quattro angoli dei continenti, e di nuovo indietro con la risacca dell'appartenenza.

«L'americana», mi chiamano ora che sono tornata, ma sono tanti i paesi che mi hanno accolta e diverse le lingue che ho parlato.

Sono stata testimone di corsi e ricorsi storici. Li porto scritti addosso nelle increspature della pelle.

Ho ritrovato Tina, la fotografa, e ho viaggiato insieme a lei fino a raggiungere orizzonti lontani. Ho scattato migliaia di fotografie. Sono riuscita a recuperare la lastra con l'immagine di mia madre e finalmente ho rivisto il suo volto nel ritratto che porto al collo.

Ho visto esplodere una guerra più sanguinaria della precedente. Sono sopravvissuta.

Nuovi confini sono nati e hanno fatto in tempo a mutare come letti di fiume, perché sono fatti per riconoscerci l'un l'altro, non per dividere. Ho visto erigere muri per dividere l'Est dall'Ovest, i bianchi dai neri: sono convinta che presto crolleranno.

Ho votato, la prima volta di tante. Ho marciato per

gridare la pace e l'uguaglianza e per rivendicare assieme a nuove sorelle ciò che avrebbe dovuto esserci riconosciuto naturalmente.

Ho visto l'uomo posare il primo passo sulla Luna. È come la immaginavo da quaggiù, ma ancora nessuno ha scoperto quale sia il suo profumo.

Me ne sono andata dalla mia terra e non vi ho più fatto ritorno fino a oggi, perché la mia presenza avrebbe alimentato il dolore di chi è rimasto, ma quando il Friuli ha tremato, ho sentito nel petto il fremito di un richiamo.

Sono tornata, capelli bianchi e corpo prosciugato, a raccogliere calcinacci come feci quel giorno di sessant'anni fa con la mia vita, proprio qui, in questa piazza.

Non ho mai saputo se quella detta da Lucia fosse la verità, o se abbia mentito per risparmiare due misere vite. Il segreto se n'è andato con lei, ma nulla mi distoglie dal pensare che, anche nell'agonia, Lucia avesse voluto salvarci.

Sono andata a trovarla dove riposa, unica donna tra i suoi alpini e fanti. Continua a vegliare su di loro e quei ragazzi, ne sono certa, vegliano su di lei con dolcissima gratitudine.

Ho posato un fiore sulla lapide del capitano Colman. Una stella alpina, dal suo fiore di roccia. Sono rimasta a lungo ad accarezzare il suo nome.

Non ti ho mai dimenticato, amico mio, uomo che per primo mi hai guardato come tua pari, insegnandomi a prendere il posto che mi spettava nella vita. Mi hai salvata da me stessa. Conservo gelosamente il tuo libro e la penna che mi hai donato. Un giorno, lo so, continueremo le nostre chiacchierate.

Non ho più rivisto i miei fratelli, né Viola. Non ha mai risposto alle mie lettere, ma ho potuto riabbracciare molte compagne di salita, in queste ore. Erano solo bambine all'epoca e ora la maggior parte di loro è nonna. Mi hanno raccontato che, finché ha potuto, Viola ha continuato a salire sulle trincee dopo la fine della guerra e ad accendervi una candela. Maria, invece, non ha più voluto andarvi, nemmeno per la fienagione. Diceva che continuava a vedere i fantasmi di quei ragazzi sui prati. Forse, qualcosa di loro è davvero rimasto lì. Il dottor Janes ne è convinto. Ancora adesso, quando gli telefono, parliamo di quei giorni in cui giovani uomini impauriti hanno gonfiato il petto del coraggio di titani.

È stato grazie a lui che ho potuto raggiungere la Svizzera con l'intercessione della Croce Rossa. Il paese non si è opposto e, a parte il dottore, nessun militare ne era stato informato. L'opera di Lucia ha avuto la perfezione di un miracolo.

Guardo le vette che hanno assistito alla mia nascita.

Il terremoto non ha risparmiato Timau, ma è stato clemente e non ha preteso un tributo di vite. Questa valle ne ha forse viste cadere fin troppe, per reclamarne ancora per sé.

L'*Orcolat*, già lo chiamano, come l'orco della leggenda che vive dentro queste montagne. Non sono capaci di odiare questa terra nemmeno quando si apre e crolla, e, proprio come in una favola, dipingono con i tratti familiari della tradizione la grande avversità che porta alla rinascita.

Così sarà: non è la fine, non lo è mai stata. È un nuovo inizio, e io sono qui per ricambiare il dono di una seconda vita che mi è stato fatto.

Alle mie spalle ticchetta un bastone. Un suono che riconoscerei fra mille altri, tanto mi è caro.

Ismar mi raggiunge, si appoggia a me, e in silenzio punta un dito davanti a noi. Non ha perso l'abitudine di comunicare nel modo che è solo nostro.

So che cosa mi chiede: una parola, soltanto una, per descrivere quanto sta avvenendo sotto i nostri vecchi occhi, lucidi di meraviglia. L'esercito austriaco ha violato diversi trattati per giungere qui a soccorrere il Friuli in ginocchio. È un invasore pacifico, che aiuta a sollevare macerie e a ricostruire, invece di distruggere. Rivedo il giovane Ismar in questi ragazzi. Hanno i suoi colori, che sono anche quelli dei nostri figli, ma che nei nostri nipoti si sono meravigliosamente mescolati ad altri, rendendoli anche figli del mondo.

Da questo esercito, però, Ismar non è mai tornato. Non ha più voluto imbracciare un fucile per sottomettere un altro essere umano. Ismar è ancora «il mio diavolo pacifista».

L'uomo è una creatura così bizzarra, ama e distrugge, riedifica e sopravvive. L'amore è vita, la vita è un vento che non comprende barriere di filo spinato, né fossati profondi quanto mari. La sua natura è espandersi.

La mano di Ismar stringe la mia, come quel giorno di tanti anni fa.

Sta attendendo di conoscere la parola che ho scelto. Non ho dovuto faticare troppo per trovarla: è lei ad aver trovato me.

«Umanità.»

Nota dell'autrice

Desideravo scrivere questo romanzo da tempo, per dare il mio piccolo contributo nel fissare sulla carta la memoria di un'impresa epica, che ha partecipato in modo sostanziale al corso della Storia, e che dalla Storia, purtroppo, è stata trascurata. Le Portatrici carniche sono nel cuore dei friulani, ma al di là dei confini che le hanno viste nascere e diventare protagoniste di eventi a volte più grandi dell'essere umano pochi le conoscono.

Mi trovavo a Milano, dal mio editore, quando ne parlai la prima volta a Fabrizio Cocco e Giuseppe Strazzeri, editor e direttore editoriale Longanesi. Stavamo passeggiando, il mio secondo romanzo non era ancora uscito e io avevo già nel cuore questa storia. In quel momento, con poche parole, sono certa che è entrata anche nei loro.

Non è un caso se li cito, perché nel destino delle Portatrici gli uomini hanno avuto un ruolo fondamentale nel far affiorare l'impresa epica di queste donne eccezionali: prìncipi, generali, ufficiali, capi di Stato hanno, ciascuno per la propria parte, reso onore e conservato un pezzettino di memoria di quanto queste donne hanno fatto per la Patria e per il compiersi dell'Italia.

Li trovavo nelle foto d'archivio, nelle letture che, da grande curiosa, avevo iniziato a fare, e nelle testimonianze delle persone che incontravo durante i miei sopralluoghi. Uno su tutti è stato fondamentale per la scrittura di *Fiore di roccia*: Luca Piacquadio, che un giorno freddissimo di cime innevate – *quelle* cime – mi aprì le porte del Museo della Grande Guerra a Timau, mi donò ricordi preziosi di luoghi e persone e mi diede dei testi fondamentali da leggere in cui ho trovato descritti eventi talmente appassionanti e commoventi da sentirmi sopraffatta. Andavano raccontati.

Ricordo che mi mise in guardia: queste donne erano state fin troppo bistrattate dalla Storia e da chi, in tempi recenti, ne aveva offerto un ritratto, a suo modo di vedere, immiserente.

«Stai attenta a come ne scrivi» mi disse, in un tono un po' burbero in cui c'erano, però, l'affetto e la sollecitudine di un figlio. Le stava proteggendo.

In questa cura, nel bisogno di conservarne la memoria, ho intravisto in tutti questi uomini, fino a Fabrizio, Giuseppe e Stefano Mauri, il mio editore, una tenacia nel voler dare voce alle imprese delle Portatrici che mi ha fatto provare tenerezza.

Come ha scritto Donato Carrisi nel suo romanzo *La donna dei fiori di carta*, «Quante donne avrebbero meritato un posto nella Storia umana e sono sparite da essa perché un mondo di maschi ha deciso di non concedere loro pari dignità? Un vero genocidio, se ci pensate».

Per fortuna, esistono anche uomini di valore che a questo scempio pongono rimedio.

Dai fatti di cui ho letto e dagli aneddoti che ho raccolto è nato *Fiore di roccia*.

Per ragioni narrative, ho condensato gli eventi accaduti nel corso di due anni in uno svolgimento di pochi mesi e semplificato il più possibile le dinamiche militari. Le date degli accadimenti, quindi, non coincidono con quelle dei fatti reali, tuttavia ne ricalcano le dinamiche nello svolgimento.

La storia di Agata e Ismar è inventata, ma quanto avviene attorno a loro è vero.

Il prete di paese che con stoica determinazione accompagnò le Portatrici in questa impresa drammatica nella realtà si chiamava don Floreano Dorotea. Fu lui che dal pulpito lanciò il drammatico appello al soccorso, durante un'omelia.

Sul monte Freikofel, nel giugno 1915, una truppa di alpini del Battaglione Tolmezzo conquistò la vetta indossando gli *scarpetz*, per non farsi udire dai soldati austriaci che la presidiavano.

Il personaggio del capitano Colman è ispirato a due ufficiali realmente esistiti: il capitano Mario Musso, comandante della 21ª Compagnia del Battaglione Saluzzo, e il capitano Riccardo Noël Winderling, comandante del forte sul monte Festa, rispettivamente Medaglia d'Oro e Medaglia d'Argento al Valor Militare. Sul monte Lodin, ferito gravemente, il capitano Musso continuò a guidare i suoi uomini aggrappato a una piccozza. Li fece ripiegare, rifiutandosi di farsi trasportare. Fu raccolto dagli austriaci e condotto presso un posto di medicamento, dove morì. La lettera che riporto nel romanzo ricalca quella scritta dall'ufficiale medico austriaco e che si può leggere integralmente nel libro *Guerra sulle Alpi*

Carniche e Giulie (La Zona Carnia nella Grande Guerra), di Adriano Gransinigh (Andrea Moro Editore).

Sul monte Festa, il forte comandato dal capitano Winderling era votato al sacrificio. Il 6 novembre 1917, dopo diversi attacchi che avevano reso precarie le condizioni dell'avamposto, una delegazione nemica raggiunse gli italiani per chiederne la resa. Il capitano Winderling fece servire agli austriaci una lauta colazione con ciò che era rimasto e affidò la sua risposta a una lettera che sigillò e fece recapitare al comando nemico. Tutto per dare tempo alla gran parte dei suoi uomini di ripiegare e avere salva la vita.

I diavoli bianchi, i temuti cecchini austriaci, infestavano camminamenti e anfratti. Uno di loro, in particolare, teneva gli italiani sotto scacco tra il Pal Piccolo e il Pal Grande, impedendo ogni movimento durante il giorno. All'ennesimo alpino caduto, il capitano Pizzarello, comandante della 6ª Compagnia del Battaglione Tolmezzo, decise di intervenire. Con alcuni dei suoi, si armò di bombe a mano e gli diede la caccia. Il cecchino non colpì più. Forse morì, o forse qualcuno lo salvò...

E ora veniamo a lei.

Maria Plozner Mentil è il simbolo delle Portatrici, l'unica donna a cui sia stata intitolata una caserma. Sua è la frase «*Anin, senò chei biadaz ai murin encje di fan*»: andiamo, altrimenti quei poveretti muoiono anche di fame.

Giovane madre, fu colpita da un cecchino il 15 febbraio 1916, durante una sosta nei pressi di Casera Malpasso, e morì nella notte. Quel giorno Maria era salita in ritardo a consegnare i rifornimenti: aveva dato il latte ai suoi bambini e li aveva sistemati nelle culle; il più piccolo aveva sei mesi. Fu sepolta con gli onori militari sotto i bombardamenti, alla presenza di tutte le sue compagne e di un picchetto militare. Ora riposa nel Tempio Ossario di Timau, fra 1626 alpini, fanti e bersaglieri, gli eroi del Pal Piccolo. All'ingresso, una scritta recita un monito che echeggerà nei secoli: «Ricordati che quelli che qui riposano si sono sacrificati anche per te».

Ricordare è nostro dovere e responsabilità. In tempi in cui ci si riempie spesso la bocca in modo inopportuno di parole come «Italia», «Patria» e «confini», teniamo ben presente ciò che hanno significato per milioni di giovani, da entrambe le parti, e cerchiamo di recuperare un sentimento di pudore davanti al sacrificio.

Le Portatrici erano donne semplici ma di una forza morale straordinaria, abituate da secoli a sostenere la famiglia nelle condizioni più avverse. Il fatto di non essere state militarizzate fece sì che l'Italia se ne dimenticasse per molto tempo, negando loro anche il sostegno economico che invece spettò ai soldati che avevano combattuto nel conflitto. Il cavalierato fu riconosciuto alle superstiti a partire dagli anni 1972-1973, con la consegna della Croce dell'Ordine di Vittorio Veneto. Le medaglie furono fuse con il bronzo dei cannoni nemici.

Il 29 aprile 1997 il presidente della Repubblica Oscar Luigi Scalfaro assegnò *motu proprio* la Medaglia d'Oro al Valor Militare a Maria Plozner Mentil. Il riconoscimento fu consegnato in una cerimonia tenutasi a Timau qualche mese dopo, davanti al monumento che ne ricorda il sacrificio estremo, costruito utilizzando il metallo delle armi recuperato sul fronte. È stata la prima donna italiana a ricevere questa onorificenza.

Vere sono le storie del padre che sotto i bombardamenti salì al fronte per raccogliere il figlio, della portatrice che si innamorò dell'artigliere, faticando per portargli proietti pesantissimi pur di averne l'attenzione (alla fine, si sposarono), di quella che continuò a salire sulle trincee portando una candela in memoria dell'alpino caduto che non riusciva a togliersi dal cuore, e di chi sul *pal* diceva di continuare a vedere gli spiriti di quei ragazzi e di non volerci più salire.

Da decenni sulle cime della Carnia molti volontari salgono sulle vecchie linee del fronte per ripristinare camminamenti, ricoveri e trincee. Tra questi, anche giovani provenienti da diverse nazioni che avevano preso parte al conflitto, finalmente uniti nella pace. Durante gli scavi non è raro che affiorino ancora oggi schegge di proietti, munizioni, elmetti, poveri resti di combattenti. Di molti soldati non si trovò mai il corpo, spazzato via dai bombardamenti. Nel Sacrario di Redipuglia riposano 101.000 soldati e una donna, una crocerossina – ancora una volta «una», per parlare di tutte. A più della metà di quei corpi non è stato possibile dare un nome. La furia della guerra.

Grazie anche all'abnegazione delle Portatrici, il fronte italiano della Zona Carnia non cedette mai. Solo in seguito allo sfondamento di Caporetto fu dato l'ordine di ripiegare sul Piave. I soldati dovettero abbandonare le posizioni così duramente conquistate e mantenute, incendiare i magazzini, gettare le bocche da fuoco nei dirupi, abbandonare la popolazione che non poteva seguirli. Lo fecero con le lacrime agli occhi.

Per quanto mi è possibile, con questo romanzo vorrei rendere onore alle Portatrici e agli uomini che su quelle cime, fianco a fianco, hanno difeso confini sacri, e restituire loro il posto che meritano nel nostro cuore.

Per chi volesse approfondire la storia delle Portatrici e delle genti del fronte carnico durante la prima guerra mondiale, ritrovando le tracce dei fatti narrati in *Fiore di roccia*, di seguito segnalo i testi di riferimento che ho letto e riletto con sentimento di profonda gratitudine.

A.A.V.V., *Le Portatrici Carniche*, Edizioni C. Cortolezzis, Paluzza, 2018.

Ardito S., *Alpi di guerra Alpi di pace*, Corbaccio, Milano, 2014.

Casadio L., Dorissa I., Moser G., *L'anno della grande fame. Fielis e la Carnia durante l'occupazione austro-ungarica del 1917-1918 nel diario di don Emilio Candoni*, Associazione culturale Nuova Latteria Fielis, Tolmezzo, 2018.

Forcella E., Monticone A., *Plotone di esecuzione. I processi della Prima Guerra Mondiale*, Laterza, Roma-Bari, 2019.

Fornari A., *Le donne e la Prima Guerra Mondiale. Esili come brezza tra venti di guerra*, DBS Danilo Zanetti Editore, Montebelluna, 2014.

Gransinigh A., *Guerra sulle Alpi Carniche e Giulie (La Zona Carnia nella Grande Guerra)*, Andrea Moro Editore, Tolmezzo, 2003.

Meliadò E., Rossini R., *Le donne nella grande guerra 1915-1918. Le Portatrici Carniche e Venete, gli Angeli delle trincee*, Editoriale Sometti, Mantova, 2017.

Sartori S., *Lettere della Portatrice carnica Lucia Puntel*, Associazione Amici delle Alpi Carniche, Timau, 2006.

Il sito del museo:
www.museograndeguerratimau.com

« È facile raccontare di scontri, di eroismi sui campi di battaglia, di eroiche imprese.
  Meno facile è ricordare e raccontare di chi ha soffiato piano sulle braci ardenti per trasformarle in fuoco allegro.
  Meno facile è ricordare di esili, ma forti presenze. »
Antonella Fornari

Ringraziamenti

Grazie di cuore alla mia fantastica squadra in Longanesi, che mi ha seguita e incoraggiata in questo cambio di rotta improvviso. Lo ha fatto da subito con entusiasmo, lasciandomi libera di scegliere, ma mai sola. Non era scontato e non lo dimenticherò.

A Stefano Mauri, una colonna, una presenza gentile.

A Fabrizio e Giuseppe. È partito tutto da voi. Grazie per la fiducia.

Alle donne forti, appassionate e combattive di via Gherardini 10: Cristina, Viviana, Graziella, Raffaella, Diana, Elena, Giulia, Patrizia, Lucia...

Ad Antonio Moro, per l'aiuto prezioso.

A Giuseppe Somenzi e a tutti i professionisti che lavorano con passione affinché i libri possano arrivare nelle mani dei lettori.

Alle libraie e ai librai, ora più che mai.

Un ringraziamento particolare a Luca Piacquadio per l'aiuto fondamentale nella raccolta di materiale e informazioni sulle Portatrici, a Lindo Unfer e all'Associazione Amici delle Alpi Carniche per tramandare il valore della memoria e per l'importante lavoro di divulgazione che portano avanti anche mediante lo splendido museo storico «La Zona Carnia nella Grande Guerra» di Timau.

Grazie a Daniela e Alessandra Primus per la consulenza preziosa sul dialetto timavese, e a Francesca Toson per avermi guidato verso le persone giuste.

Grazie di cuore agli amici di sempre, per aver reso alcune presentazioni più divertenti e per essere sempre pronti ad aiutarmi: Michela e Stefano, Massimo e Francesca, Alessandra, Roberta, Andrea, Marta, Michele e Camilla, Elena e Cristian.

Grazie a Michele, che da ottocento chilometri di distanza riesce sempre a essermi vicino.

Un ringraziamento colmo di affetto alla mia famiglia, per l'appoggio emotivo e logistico!

A Jasmine e Paolo, per esserci. Sono molto fortunata.

Infine, grazie di cuore a te, caro lettore.